S P R I N G

每一本好書都是一顆種子，
春天播種在你的心田夢土上。

Spring

S P R I N G

每一本好書都是一顆種子，
春天播種在你的心田夢土上。

Spring

陰界黑幫

6

Mafia of the Dead

Div 著

自序

終於，陰界六完成了。

從陰界五到陰界六，似乎已經超過了一年，回推上次出書速度減慢，應該是另一個系列地獄七的時期，再去對照自己的人生，發現剛好也是小孩一到二歲之時。

地獄七是老大，陰界六這次是老二，不多不少，剛好對上。

小孩一到二歲，的確就是每個父母最累之時，能走卻不穩，一個閃神就會碰撞桌腳，能吃卻會亂吞，家裡任何零錢小物都要提防，不然可愛的小口一張，肯定急死爸媽。

也就在這個時候，發現自己也三十有六，不再只是外型酷似中年大叔，還真是名符其實的中年大叔了。

不過，生活雖忙，工作雖累，但卻是自己記憶中最幸福的時光，每日回家，不管多晚，小鬼總是用大叫與擁抱伺候，爸爸回家了，爸爸畫車車，爸爸看連絡簿，爸爸吃飯飯，這些來自小孩的小事，像是晶瑩鑽石般，點綴自己精疲力竭的生活，讓它有了顏色，也給了它最簡單的兩字定義，幸福。

在這些生活點滴中，能清楚確認自己存在的，卻是寫作。

打開電腦，寫著故事，時而瓶頸，時而平淡，時而緊湊，時而撞牆，在這些組織故事的過程中，最令人期待且難忘的，還是那美妙的靈光一閃。

無法解釋，無法被規劃，宛如老天贈與的禮物般的精采橋段，就是寫作最大的快樂，而，幸好有寫作，讓我知道自己仍有不同。

各位親愛的讀者朋友，如果你除了課業與工作外，又跑出像是寫作之類的特質，未必是寫作，可能是攝影、繪畫，甚至是廚藝、看電影，怪異語言等等各種千奇百怪和你人生預定軌道背道而馳的特質，請你千萬，千萬好好的守護它。

因為，只有它，會讓你知道，你與眾不同。

不必讓人知道，卻是你自己非常清楚的，與眾不同。

現在回到故事，這集的陰界，就寫作的架構上，和前五集相當不同，幾乎是採用單一主角的故事推進，玩這樣的架構，我自己還是很開心的，而且速度能稍稍加快，讓故事更快的推入核心。

各位朋友，繼續往下翻吧，看看Div的異想世界中，琴與柏，又在陰界中，幹了什麼天翻地覆的好事！

Div

陰界黑幫

6

Mafia of the Dead

「相傳紫微星系共有一百零八星，又以十四星主掌夜空，其影響國家興亡，個人運勢甚巨，其為紫微、太陽、太陰、武曲、天同、天機、天府、天相、天梁、破軍、七殺、貪狼、巨門與廉貞是也。」

前情提要

原本只是一個平凡編輯的琴，因為一場車禍而意外喪生，當她以陰魂形態站在車禍現場，卻突然來了兩個人，一黑一白，自報姓名為「黑白無常」，並且打開了手上的通緝令。

「妳是陰界通緝犯，武曲，現在開始，我要逮捕妳。」

於是，琴開始逃亡，過程中，她因此見識到了這壯闊而奇詭，充滿古怪陰獸，充斥奇人異事的陰界。

也因為這場逃亡，琴結識了不少夥伴，玻璃雙斧的小才，黑刀的小傑，麵團小耗，大鍋大耗，天廚冷山饌，天使星小天等等……

她的足跡，更從醫院，咖啡館，貧民窟，貓街，甚至到了人類公認的巨大天災之一，颱風的內部。

琴的目的，是為了找尋武曲留下的五項食材，以及找回武曲記憶。

這場颱風內，聚集了各種風系陰獸，牠們攻擊任何的闖入者，不只如此，颱風中藏著一個能勘破任何人星格的乙等星，長生星。

長生星與天使星下棋，連輸三盤之後，見到琴，並斷言。

「琴，非武曲。」

就是這句話，逼出了小才與小傑的真面目，他們發現自己這些日子以來白費時間後，大開殺戒，先是大耗喪命，然後是天使星犧牲了自己的性命，替琴爭取了微薄的逃亡時間。

然後，琴逃到了風眼區，這裡，棲息著十二大陰獸中的嘯風犬，以及武曲記憶有關的重要食材，「怒風高麗菜」。

除了琴之外，破軍星轉世的柏，也在橫財半抓半綁的狀態下，經歷颱風中重重的陰獸考驗，抵達了颱風的最深處。

柏與琴，是否會在此地重逢？

在琴與柏是否相遇的關鍵時刻，一股巨大邪惡恐怖的黑暗勢力，也慢慢露出了它們陰森的獠牙。

天府．太白金星，十四主星之一，也在殺敗橫財之後，抵達了風眼區。

旅程的終點終於要到了，各大高手也在此地匯集了。

但等待琴的，究竟是什麼？悲傷？痛苦？回憶？死亡？還是一段展開新旅程的契機？

請看，陰界六。

脫胎換骨。

第一章・武曲

「怒風高麗菜」，第一次被陰界廚師拿來入菜，是在七百八十六年前，當時挖掘它的，正是十二代之前的天廚星。

當時也是一個超巨大颱風襲擊這個國家，海岸一帶正遭受著史無前例的暴風侵襲，暴風夾著綿密無盡的雨勢，帶起了驚人海浪，不單吞噬了船隻，更一口氣淹沒數百萬公頃的農田，人民流離失所，無家可歸。

不只陽世子民如此，巨大的天災連帶的改變了地形地貌，也同樣破壞了陰界子民的生計。

超過三千名陰魂被捲入大風大水中喪命，另外十萬名陰魂雖然倖存，卻失去了一切，只剩下飢餓，以及飢餓之後，等待能量即將耗盡的悲慘命運。

這時，在十萬名難民中，有一個十二歲的少女，她不同於其他悲愴的難民，她一人站在海岸邊，仰著頭，注視著暴雨狂風中鬱藍色天空。

她黝黑，乾瘦，衣衫破爛，但她的眼神，卻是無比的清澈且熱切。

她會如此專注的注視天空，是因為她看見了一個東西。

高空中，一縷又一縷，宛如薄刃的狂風中，一株清脆如玉，不斷由綠轉紫，由紫轉紅，七彩絢麗，美麗到讓人屏住呼吸的高麗菜之山，正聳立在遙遠的天空上。

「大家看，那是什麼？」少女伸出手，比著天空。

聽到少女的聲音，其他的難民抬起了頭，但他們卻都沒見到那株巨大美麗的高麗菜，只看到那座可怕的颱風，正不斷揮舞著一縷縷風之刃，破壞著大地，破壞著他們的家園。

所以，他們覺得這小女孩瘋了，肯定是被颱風嚇傻了。

但有個中年男子的反應卻與其他人不同，他來到少女身旁，隨著少女手指而抬起頭，用力瞇起眼睛，問道。「妳剛說什麼？」

「風中，有菜。」

「有菜？」中年男子注視著天空長達數秒，才隱約看見那美麗的高麗菜，然後，他忍住詫異之情，問道。「女孩，妳的鬼齡多久？」

「再過六天，就滿十二年了。」

「才十二，就可見到暴風中的靈界植物？」中年男子聲音揚起。「妳叫什麼名字？」

「我，叫雷好。」

「雷好……雷好嗎？好名字，現在，我需要妳的幫忙。」那中年男子注視著天空，那雙眼睛之中，燃起了對食物的熱情。「我要把那神祕的高麗菜摘下來。」

「摘下來？」

「沒錯。」中年男子的語氣，和眼神一樣，充滿著熾熱的情感。「如果我沒猜錯，這是所有陰界寶典中，尚未被記載的神祕蔬菜，而且我有自信……」

「你有自信？」

「這株高麗菜，若經由我的雙手料理。」中年男子雙手一翻，道行凝聚成實體，左手鐵鍋，右手鍋鏟。「肯定能餵飽十萬蒼生。」

「憑這一株高麗菜？」

「是，就憑這一株高麗菜。」中年男子語氣肯定。

「叔叔，請問你是……」

「我乃一代天廚星，食無脹。」中年男子眼睛看向少女。「這事完成，我帶妳去找一個老友，他是長生星。」

「長生星？」

「能窺破一切星格的長生星，」食無脹笑了。「他會告訴妳，妳是哪顆星？」

「啊？」

「妳如果不是一百零八星之一，我頭就讓妳砍下來坐，妳的鬼齡才十二，就能如此清楚瞧見陰界植物，嗯，妳的星格肯定還在我之上。」

「嗯？星格？那是什麼？」雷妤歪著頭，長髮順著她歪頭的動作，滑到了肩膀之上，此動作似曾相識。

「星格啊，這說來話長，我們該出發了，哈哈。」食無脹放聲大笑，同時間拉起了雷妤，踏風而行，朝著暴雨狂風中的高麗菜，往上奔去。

也就是這一晚，怒風高麗菜正式登上了陰界寶物榜，也正式成為陰界食譜中神奇的一章，但它之所以能名震食譜，卻不單是仰仗食無脹的好手藝，更讓人津津樂道的，是那十萬人，飽了。

只憑一株巨大高麗菜，竟讓十萬人，同時獲得了能量，撐過了暴風，並可以在兩天後，躺在地上，依舊舒服的曬著脹脹的肚皮。

怒風高麗菜之名，由此名揚陰界。

事實上，名揚陰界的，還有另外一個人。

雷妤。

食無脹並沒有猜錯，她不只是乙級星而已，她甚至是凌駕甲級星之上的……十四主星，手握爭霸天下資格。

她，是武曲。

仁之武者，武曲，雷妤。

後來，更成為十字幫的第一代幫主。

時間，拉回現代。

在這座規模足以列入歷史前十大的超級颱風，正以君臨天下之姿，推起狂風與巨浪，不斷撲擊著沿海的每座城市。

颱風中，所有的陰獸、紙飛機、米粉怪、怒風之蟲、風芽、炸彈椰子、風象，所有依然活著的陰獸，都將牠們的目光，集中到了這座颱風最核心之處，風眼區。

這裡，也是怒風高麗菜生長之地。

而這裡，也是闖過重重關卡的強者們，所聚集之處。

琴，柏，小耗，以及陰界十四主星之一的「天府星．白金老人」。

他們都已經到了，在一瓣瓣如白玉的菜葉中，他們一個接一個降落，而第一個落地的，正是目前的主角，也是剛遭遇慘烈變故的女孩，琴。

當她雙腳落地，抬起頭卻已是滿臉淚水，因為在不久前，她才死去一個很照顧她的老友，天使星．小天。

而還留在琴身旁的，只剩下一個始終堅持保護著她，就算她不是武曲星也沒關係的小耗星．小耗。

「琴姐，險地不宜久留。」小耗警戒的看著周圍。「炒飯要用到的高麗菜不多，我們快點拔半片菜葉，就離開這裡吧。」

「嗯。」琴點頭，正要伸手扭下一片菜葉，忽然，她聽到了背後傳來一聲低沉的悶響。

砰！琴回頭，她發現地上多了一個人

這人從天空直墜而下，全身滿是累累的傷痕，雙手和右腳都被扭斷，以奇怪的角度歪折著。

琴不禁納悶，這人傷得這麼重，是怎麼通過猛獸聚集的風崖區，來到風眼區的？

「這人傷得好重啊。」琴忍不住問小耗。「他是怎麼到這裡的？」

「琴姐，別管他，快點摘菜！」小耗雙手雙腳並用，拚命扯著菜葉。
「喔。」琴想回頭幫小耗，但她發現，她的眼睛就是離不開這男人。
她的雙眼，彷彿被那伏在地上的男人給深深吸住了，她的腦海開始混亂，有如一瓶被搖了好多次的啤酒，然後被人猛力拉開拉環。
回憶，紛亂瘋狂的回憶，就這樣從瓶口中衝了出來。
混亂，真的是混亂，因為琴更發現自己，竟然不知道這些回憶。
第一個出現的回憶，是在一座山巔之上，在不斷吹來涼爽且舒適的風中，她正與某個男人切磋武功。
「電。」「風。」「電。」「風。」「電。」「風……」
雙方輪流施展招數，但對琴而言，就算她不識得這份回憶，卻能感覺到充斥在回憶中的氛圍。
好舒坦的氛圍啊。
在這回憶裡，琴發現自己是一個武功高手，正盡情的揮灑武學，但卻完全不會擔心傷到對方，因為，對方的實力也夠，足以接下琴的每一擊，更能適時的回擊，讓琴也能享受瞬間回防的精采與痛快。
與琴不同的是，對方使用的招數，是風。
剛強的風與閃耀的電，在山巔上互相纏鬥，好一個令人痛快的回憶，而回憶中的琴，腦海卻浮現了一個問題。

「黑丸與真空斬，這男人是誰？為什麼會這麼多風的招數。」琴忍不住問自己。

當然，這問題並沒有得到解答，而且就在下一瞬，琴腦海又被另外一段回憶給淹沒了。

第二段回憶，凌亂且強勢的進入了琴意識之中。

此刻，周圍都是揮舞強猛武器的士兵，這些士兵不只高大，手上的武器形態和體積，更遠超過琴的認知。

有一根鎚子，它的鎚頭體積等同一台大卡車的車頭，一揮起來，光憑風壓就足以讓大樹連根拔起。

而手握著這鎚子的，是一個身穿黑色戰甲的士兵，他齜牙咧嘴，朝琴猛揮鎚子，琴往上一揮，有驚無險的避開這一鎚。

但，琴才躍到一半，忽然感到背後風壓強勁，回頭，她看見了另一項武器，狼牙棒。

這根狼牙棒長度直逼三層樓高，正由上而下，朝琴狠劈而來，琴身在半空中，原本避無可避，但卻仗著自己驚人的武藝，身體微轉，纖手按住狼牙棒，然後輕輕一推。

這一推，讓琴橫飛了數十公尺，避開了狼牙棒的致命一擊，而當這狼牙棒猛力撞地，土地還宛如海浪般起伏震盪。

琴避開了這一擊，在空中旋轉半圈，輕盈落地。

從卡車巨槌到三層樓狼牙棒，連續攻擊不到一秒，琴感覺到自己避得如此輕鬆，輕鬆到完全不像自己。

而且，接下來琴不只感覺到輕鬆而已，她還感覺到了自己的，威猛。

左手劈，右手擊，兩道燦爛電光在掌心交錯，根本就不用什麼拍掌集電，隨手一揮都是驚人電能，轟隆轟隆聲中，兩個巨人兵各中一掌雷電，往後彈飛。

而且電光宛如有生命的黃蛇，在空中更不斷追擊巨人兵，他們落地時，已經是一團散發古怪香氣的焦炭。

連續擊敗了兩個士兵，緊接著抬頭，卻見到遠處曠野外，不斷湧現滿坑滿谷的黑色巨人兵，但琴不怕，微微往後一退，忽然她感覺到，自己的背上頂上一個暖暖的，厚厚的東西。

旋即，琴回頭，她看到了一個男人的背。

這男人也在此刻回頭，對琴一笑。

「師妹，如果害怕，要說喔。」男人笑中，有著些許霸氣，和些許孩子氣。「我來罩妳。」

「哼，誰要你罩？」琴感覺到自己翻了翻白眼，「笨蛋。」

但琴內心深處卻因為這男人的笑容，起了淡淡漣漪，因為，這男生的笑，挺帥的啊。

不過，這男人的招數和琴不同，琴是掌，而這男人是拳，每次揮拳，一團黑色濃烈的風球，形狀類似陀螺，就從他的拳心旋出。

黑色風球像是一枚磁鐵，一碰到巨人兵，巨人兵就被風球捲了進去，當巨人兵被越捲越多，風球就越來越大，數十名巨人兵在風球內被捲得東倒西歪，最後，風球一個轉折，飛上了天空。

越飛越高，越飛越高，飛到了上千公尺的高空，飛到了連聲音都消失的雲層上。

然後，風解開。

五六十名士兵在哀號中，從上千公尺的高空，咻的一聲落下。

砰砰！砰砰砰！砰砰砰！砰！五六十名士兵墜地，在慘叫聲中，化成五六十灘的黑色爛泥。

「好吵。」琴皺眉，踢了那男生一腳。「你能不能用一些不會那麼吵的招數？」

「這是戰鬥欸，」男人回頭，「聲音哪裡是重點？重點是效率，好嗎？」

「屁，打架不只要贏，要效率，還要贏得優雅，好嗎？」

兩人一邊吵著，一邊合作無間的痛宰著黑色巨人兵，雖然身處險境，但卻一點都感受不到危機氣氛。

琴不禁歪頭，為什麼和這男人一起戰鬥，會這麼有趣，而且……這麼令人懷念呢？

此刻，場景又變了，而且這次沒有舒坦的風，沒有有趣與懷念的感覺，此刻的氣氛，緥緊且悲傷。

琴發現，自己凝視著一個背影。

這背影，與剛才的男人一模一樣，但身上卻多了一件赤紅色，佈滿龍鱗尖刺的盔甲，而男人的手上，也多了一把矛。

而在琴眼中，無論是這盔甲，這長矛，或是這男人，此刻都散發著一股她從未體驗過的巨大靈壓。

這是足以爭霸天下的靈壓。

但，琴同時也感覺到內心，被一種心痛的情感，給塞得好滿好滿。

「笨蛋。」琴聽出了自己語氣中，有著難以下嚥的悲傷。「回頭啦，笨蛋。」

男人背影沒有絲毫動搖，依然往前走著。

「成為天下第一有這麼重要嗎？成為強者有這麼重要嗎？」琴聽到自己的聲音，越來越哽咽。「入了魔，從此無法回頭啊。」

聽到入魔兩字，男人的背影似乎一頓，但隨即又繼續往前。

「妳不懂。」男人走著，只是慢慢轉過半張臉，堅定的字句中，透露出一股令琴完全不解的悲傷。「我之所以成魔的原因，是因為……是因為……」

琴不懂，她是不懂，所以她只能看著男人的背影越走越遠，那鮮紅色的戰甲，慢慢的遠離，直到完全消失在琴的眼簾中。

剩下的，只是琴臉頰上，那溼溼涼涼的兩行淚。

「噹噹，噹噹，噹噹噹噹，噹噹……」

一陣悅耳的鈴聲，從琴的懷裡傳了出來，瞬間將她從紛亂的回憶深淵中，給拉了回來。

琴低頭，往懷裡掏去，掏出了一個銀色弧形的物體。

記憶風鈴？

「是你在唱歌嗎？」琴感覺到自己的臉頰上，那淚痕的感覺依然存在。「記憶風鈴？」

那優雅而美好，那悲傷而沉重的旋律，從琴掌心中的記憶風鈴中，悠揚傳出。

因為，這個男人嗎？

琴注視著那個身受重傷，躺在地上的男人，然後她決定邁開了腳步，走了過去。

她有種感覺，這男人，就是當年武曲帶著無盡悲傷，毅然離開陰界的原因之一。

這男人，肯定就是重要關鍵。

「琴姐？」這時，還在奮力拔高麗菜的小耗，轉頭發現了琴的異狀。「妳要去哪？」

「我想看看這男人的臉。」琴不斷往前走著。「我想知道……他是誰？」

「琴……」小耗說到這，忽然感到背後一涼，那是一種讓人打從背脊發顫的涼。

為什麼有涼意？令人發顫的涼意？

然後，基於本能，一種小耗都無法理解的本能，他放開高麗菜，雙手高舉，白濁色的靈氣，形成一大團的「麵團」，技！這是小耗放出全力的技！

「琴姐！」小耗大吼，「小心！有敵人！而且強……強到，我無法理解！」

敵人？……琴感到眼前陡然一花，一個藍色的身影突然出現，就在琴與躺在地上男人的中間。

「安息吧。」那藍色身影，臉上掛著一個陰冷的笑，伸手，對著躺在地上男人的身體，輕輕一揮。「讓我白金老人，直接送你上路。」

白金老人？十四主星之一，天府星．白金老人？

琴驚，這名號，她曾從莫言與小才口中聽過，這可是政府的六王魂之一啊！

只見地上的男人身上，被白金老人手心揮過的位置，出現了一張綠色的支票，支票上還掛著一個驚人的數字。

十萬。

接著，十萬開始高速倒數。

數字，帶著令人膽戰心驚的速度，瘋狂減少。

事實上，在不久前，這白金老人就藉由一張張的十萬元支票，擊潰了雖然跋扈但實力堅強的鬼盜橫財，這十萬元支票的威力之強，不言而喻啊。

琴見狀，已經在陰界活過這些日子的她，不用猜，也知道那張支票的倒數期限，就是眼前這個昏迷男人的死期。

不行！不能讓他死！

一股從內心深處翻湧而出的炙熱情感，讓琴雙手張開，做出了一個拉弓的動作。

左手在前，右手在後，手腕的雷弦刺青綻放金紅色電光，一條美麗燦爛的紅色電箭，在琴的雙手之間成形。

白金老人彷彿感覺到什麼，轉頭看琴，眼神中的情感快速轉變，先是訝異，不解，然後是恍然大悟，最後，則是一絲冰冷的殺意。

「雷弦？」白金老人冷笑，笑得如此陰冷可怕。「原來，這裡還有一個老朋友啊。」

「住手。」琴大吼，手一鬆，雷箭射出。

此刻的她，完全沒有想到，原本時靈時不靈的雷箭，為何在此時會變得如此順暢，當手指鬆開，這金紅色的箭光，就這樣離開了她的指尖。

以超乎想像的高速，化成一道直線，射向白金老人。

只是，箭很快，但白金老人更快，他只是微微側過身體，就這樣避開了這一箭，「嗯嗯，這箭顏色太紅囉？大概價值十二萬元而已，不怎麼樣嘛，當年武曲的藍之箭，每一箭可是有四五百萬的價值，那可是粉絲瘋狂收集的夢幻逸品呢！」

但，白金老人才笑完，臉色卻變了，因為他的眼角餘光，已經察覺了這箭真正的目標。

琴這一箭，根本不是對準白金老人，而是背後趴在地上的男人，還有，那張正在倒數的支票。

噌的一聲，箭鋒不偏不倚的擦過男子的背，更順勢將支票給插了起來，繼續往前飛去。

「可惡。」白金老人轉頭，看著這一切，殺意在眼中成形。

而此箭飛離了男子身體約莫十公尺處，十萬元的金額，也剛好倒數到了盡頭。

轟然一聲，支票炸開，但威力卻遠不如剛才炸傷橫財時，足以讓整個颱風核心震動，因為琴的箭，化成網狀電光，抵消了支票引發的爆風。

當支票炸開，整個怒風高麗菜中，只剩下琴呼呼的喘氣聲，還有，白金老人那陰冷的笑聲。

「一把十二萬的箭，的確可以抵消一張十萬元的支票，」白金老人怒笑，「不過，真是令人驚喜啊，當年最重要的兩個人都回來了，是因為……易主時間要到了嗎？」

「你在說什麼？」琴咬著牙，身體莫名的繃緊，雖然琴不記得自己曾經見過這男人，但琴的記憶卻拚命提醒著她，這男人很危險，非常非常的危險。

「忘了嗎？哎啊，連記憶都還沒回來啊？不過總會有辦法的，我慢慢拷問，總有天會被我問出，『那東西』到底被你們藏到哪去了？」

說完，白金老人雙手一翻，左右手指間，各夾著一張十萬元支票。

然後他手一彈，兩張支票宛如兩只薄刃般的飛鏢，一左一右，切向了琴。

琴再次拉弓，手上的雷箭隨之射出，只是，此刻的琴功力與白金老人差距實在太大，所以雷箭只射穿了其中一張十萬元支票。

另一張支票，從左側而來，啪的一聲，貼上了她的左手，同時間，十萬開始高速倒數。

曾讓橫財重傷的十萬元支票，正在琴的左手手背上，不斷往代表死亡的零，瘋狂逼近！

「討厭。」琴皺眉，她想拉弓，但數字倒數實在太快，快到琴就算射出這一箭，也來不及阻止這張支票了。

這是能力問題，所以只要用上兩張十萬元支票，就能重創此刻的琴，這就是殘酷的現實。

「快了喔，等到十萬歸零，妳就會享受到高額獎金累積出來的熱力四射，哈哈哈。」白金老人面露獰笑。「放心，我不會殺妳，我打算把妳炸到半死不活，再來慢慢拷問妳，那東西，究竟被妳藏在哪？對了，妳的雷弦雖然尚未開鋒，但應該也可以賣個好價錢，粗估，兩億吧。」

「你認錯人了。」琴看著手上支票數字不斷減少，她想抗辯，她不是武曲。

長生星曾說過，她，不是武曲。

「認錯？」白金老人冷哼一聲。「妳以為雷弦是什麼？威力強大的寶物可是很任性的，它們會挑主人，雖然妳拉的威力弱到連當年武曲十分之一都不到。」

「雷弦認我……？可是，我真的不是武曲！」正當琴感到絕望，為什麼她已經不是武曲了，還必須遭遇這一些苦難？可是，就在琴感到無奈痛苦之際，忽然，一個東西出現在她的支票上。

那東西是黑色的，形狀宛如陀螺，正在支票上，高速轉動著。

然後，黑色陀螺的尖端往下，在那張支票上，咻的一聲，鑽了下去。

就在十萬倒數歸零的瞬間，陀螺捲住了支票，爆炸的威力，也在同時間被陀螺破壞掉。

兩者一衝，當支票只能碎成滿天飛舞的紙屑，再也無任何傷害力。

「黑，丸？」白金老人猛一回頭，然後睜大雙眼，瞪著剛剛躺在地上的男人。

這男人已然坐起，雙手雖然癱軟，但左腳微舉，剛剛的黑色陀螺，是他用左腳踢出來的嗎？

「剛剛的黑丸旋，價值有十三萬，好，很好。」白金老人眼中綻放殺氣。「你是急著想死嗎？」

「什麼你不你，我不我的。」那男人雙眼雖然看不到，臉上浮現用僅存的右手，撐起身體，露出一個絕不放棄的笑容。「老子叫做，柏。」

「柏。」琴聽到這名字，微微的顫動了一下。

也在此刻，琴與柏，他們的四目相交了。

「你……」琴聽到自己的嘴唇顫動。

「妳……」柏感覺到自己的心跳猛然加速。

我們見過，不是第一次見面，在哪裡？在陽世？不，是在更早，更早，更……

「你是小靜的神祕男友？」琴訝異。「你也死了？」

「妳是小靜的學姐？」柏也開口。「妳，妳怎麼也來陰界了？」

只是，他們又同時住口了，因為他們的內心，同時湧現另一種更熟悉，又更陌生的感覺。

除了小靜的神祕男友，與小靜的學姐外，一定還有別的，更深沉，更熾烈，更遙遠，卻也更溫暖，更令人懷念的感覺，充斥了他們的胸膛。

不過，就在他們對自己的感覺充滿困惑之際，一聲冷笑卻打斷了他們。

「敘舊？」白金老人雙手一翻，這次，左右手是兩張十萬元支票，加起來共四張。「也得看看地點吧？」

左二張，右二張，合計四十萬。

琴與柏，眼神交會，同時凝聚身上的道行，備戰。

「本以為這趟可以輕鬆愉快，所以身上帶的錢不多，沒想到，先是一個橫財，花了我百餘萬，再來你們兩個，唉，又要花錢。」白金老人雙手燃起詭異的光芒，然後手一鬆，四張支票，四十萬。「不如我們就在這一次，全部解決吧。」

說完，這兩張支票，化成兩條扁平且鋒利的線，兵分二路，直擊向琴與柏。

琴與柏感覺到這兩張支票來勢洶洶，但奇妙的是，他們並不害怕，因為一種默契，正湧現在他們的心中。

琴拉弓，箭離弦而去。

柏左腳踢，黑色陀螺飛馳而出。

但兩者的目標，卻都不是那四張支票。

兩者的目標，反而是彼此，箭與陀螺，在空中精準的對撞。

撞擊後，雷箭被陀螺捲了進去，跟著捲出來的，卻是千萬支，密密麻麻的小雷箭之雨。

「這招……」白金老人眼睛陡然睜大，「以風助雷，以雷助風，風雷相輔，這招，肯定有將近四十萬的價值……」

密密麻麻的紅色小雷箭，不斷轟擊著四張支票，雖然威力不強，每一箭，只能減少五到十的數字，但由於小雷箭雨實在太多太密，支票減少的數字仍是驚人的快！

最後，當支票終於通過層層箭雨，抵達了琴的面前，琴只是輕輕伸出雙指，夾住了它。

「一元。」琴淡然一笑，撕掉了這兩張支票。「現在物價高漲，一元已經不值錢了啊。」

琴與柏，兩人同時微笑。

彷彿這樣的合作，已然司空見慣，已然合作了千次百次，連一句話都不用多說，光一個聲音，或是一個微笑，一個眼神，就足以讓彼此心意相通。

「我們，到底是……」琴走上前，她有好多問題想問，卻在這一瞬間，發現好像都不用問，因為答案好像早就知道了。

「對啊，我們到底是……」柏的聲音眼神，也透露著與琴一模一樣的困惑，卻也有著一樣的答案。

但，他們奇異的心情，卻再次因為中間那個男人而被阻斷。

這男人，名為白金老人的男人，閉上眼，緩緩的吸了一口氣，然後從口袋中，拿出了所有的支票。

一疊，共有十四張。

「沒想到，我帶來的錢，會在這裡全部花光光？」白金老人眼中，帶著想要了斷一切的殺意。「算了，回去再提就好了。」

琴和柏看著那疊支票，讓連一直靠著默契合作無間的他們，也忍不住倒吸了一口涼氣。

十四張，表示一百四十萬。

黑丸原本十三萬，雷箭原本十二萬，兩者透過相輔相成，激發彼此潛力，也不過四十萬，他們真的能抵抗共計一百四十萬這個鉅資嗎？

「開始吧。」白金老人雙手高舉，然後用力往下一砸。「最後的金額，一百四十萬，給我過去啊！」

只見十四張十萬支票，在空中宛如飛劍般互相盤旋，互相纏繞，舞成又美麗又充滿銅臭的奪命之舞，朝著琴與柏而來。

無計可施之下，琴選擇繼續拉弓，柏選擇繼續揮拳，雷箭與黑丸，這場強弱懸殊的死亡競賽，已然逼近。

琴的箭，與柏的黑丸，風與雷的合作，雖然硬是將自己的實力提升了三倍。

但，他們的對手可是白金老人，就算在十四主星中，白金老人的等級只有八，並未列入最強者主星名單。

可是，就算山貓不是老虎，仍算是肉食動物，還是遠比仍未找回自己實力的琴與柏，可怕好幾倍。

陀螺黑丸與雷箭合一，這次突破四十萬大關，逼近了五十萬等級，進而擊退了五張支票。

但就算擋去五張支票，卻仍有九張支票，夾著金光閃閃的殺意，通過了小雷箭之雨，完

潰敗。

整無缺的來到了琴與柏的面前。

「完了。」琴苦笑一下，內心卻莫名出現了一種奇妙的感覺，要死，死在這男生身邊，也好啦。

也好，啦。

不過，死神的選擇，卻在這裡發生了改變，而改變的原因，卻是因為這個剩下一隻腳能動的男人，柏。

只見柏忽然大喝一聲，身體躍起，僅存的左腳踩著風，風化成一只風火輪，帶著柏瞬間來到琴的面前。

並且，柏用自己寬闊的背，擋在琴的面前。

「你……」琴看著柏，忽然，內心一震。

因為她懂，這個既陌生又熟悉的男孩，想要做什麼了。

他要擋住那九張支票，用他已經重傷殘破的身軀。

「走啊。」在九張金光閃閃的支票照映下，柏大吼，同時左腳再踢，一股強大的旋風又起，琴只覺得身體彷彿失去了重量，往後飛去。

「不要！我不要！」琴大叫，她伸出手，想要拉住柏，但一來風勢強勁，二來加上琴萬萬沒料到柏會對她出手，她整個身體往後飛，手心終究沒能撈住柏。

面前，那九張支票，啪啪啪啪啪啪，已經黏上了柏。

同時間，十萬倒數，直逼到零。

琴往後飛，她啟動電能，想要讓自己回去，她不想被這個男人救，不想，她就是不想！她更不想的是，這男人為了救自己而死。

她不想！不想！不想不想不想啦！

但她的不想，卻被另外一隻手拉住，那帶著麵粉的手，是小耗。

琴回頭，看見小耗手上拿著一大塊高麗菜，帶著苦笑，拚命搖頭。「琴姐，我們快走！」

「小耗！」琴大喊著，「別管我，讓我回去！」

「琴姐，去了，就非死不可了。」小耗抓著琴姐的手，好用力的抓著，那是絕對不能讓琴姐去死的決心。「對不起。」

「小耗，放手！」琴手上的電能開始翻湧，化成一襲又一襲暴力的紅色電流，透過小耗的手，將小耗全身的毛髮都電得焦黑。

但，就算焦黑，小耗還是沒有放手。

「小耗！」琴眼神焦急的看著柏，「你再不放手，我就要用全力囉。」

「琴姐，我不會放手。」小耗細長的眼睛睜得很大，眼神中是絕對無法改變的意志，緊咬的齒間，吐出他真正的心意。「琴姐，如果妳去了，那剛剛大耗的死，算什麼？小天的死？又算什麼？」

「我……」琴感到身軀一顫，這一顫之後，電能頓時弱了。

是啊，如果自己這時候死了，那大耗的死呢？那小天的犧牲呢？又算什麼？

「琴姐，我們走。」小耗的手開始用力，他想要將琴帶離此地。

「不……行。」琴想哭，她不想做這樣的決定啊。

然後，她看見了，那個名為柏的男子，身上雖然貼著九張即將歸零的十萬支票，卻突然露出了雪白的牙齒，對她一笑。

「小靜的學姐，下次見面，就是小靜的決賽了吧？」柏笑得爽朗，彷彿他身上貼的不是倒數奪命的符紙，而是小孩玩鬧貼的逗趣貼紙。

「柏……」琴看著柏，然後，她的眼前忽然被一片爆裂白光籠罩，看不到了。

「咱們，決賽見啦。」白光中，柏仍在微笑。

此刻，十萬倒數歸零了。

巨大高麗菜爆炸了。

九十萬的驚人威力，透過白金老人的支票，完完整整的呈現出來，化成一大片充滿殺傷力的白色烈焰，以柏為中心，往四面八方猛竄而出。

而琴則在這一瞬間，被小耗用力一拉，扯離了風眼區，然後順著九十萬支票的爆風，在這座颱風中被四處衝撞。

也許是這幾天真的經歷太多生離死別，琴的意識，在這些來回激烈的衝撞中，喪失了。

不過，喪失意識前，她的眼睛仍緊緊盯著怒風高麗菜之處。

九十萬的爆炸威力中，原本如白玉，如紫玉，如翠玉的高麗菜被炸得分崩離析，身處爆炸中心的柏，該是凶多吉少……但，琴卻看到了一個異常的影子。

黑色的，快捷絕倫的影子，突然竄入了白光中。

那影子，似乎不是人，因為牠有四隻腳。

然後，琴就這樣徹徹底底的昏了過去，而這次的昏迷，又讓她做了一個夢。

夢回了，她曾經依戀熟悉，如今卻很遙遠的陽世。

還有，柏的最後一句話，「下次見面，就是小靜的決賽了吧？」

陽世，一個女孩倏然從床上驚坐起。

然後，她抹了抹眼角。

「眼淚？」那女孩低語。「我剛剛好像夢到了柏，還有夢到了學姐，但是……」

「我，為什麼哭了呢？」女孩的眼光看向窗外，在片片的黑雲中，一枚彎月，露出隱約的光芒。

「是誰出事了嗎？」那女孩雙手交握，握在胸口之前，語氣中充滿了擔憂。「為什麼我做了夢，夢中死了十個人，而第十個死者……好像就是柏呢？」

第十個死者，真的就是被九十萬支票狂炸到支離破碎的，柏嗎？

第二章・破軍

這段記憶，屬於陽世的琴，但卻被她所遺忘了。

當時琴很小，只有六歲，是剛上幼稚園大班的年紀，那一年，長年居住在鄉下務農的父母，因為某個住在城市的親戚女兒結婚，於是帶琴北上，參與婚禮。

婚禮過後，兩老特地帶琴去附近的百貨公司逛街，當時，對從小在鄉下長大的琴而言，簡直就是畢生難忘的體驗。

這裡沒有一望無際的農田，沒有吹起來暖暖辣辣的風，沒有田邊突然鑽出來的大青蛙或大蟾蜍。

這裡，是這個國家最繁榮的城市，這裡充滿了眩彩燈光，這裡的人腳步好快，這裡每樣東西都精緻而華麗，帶著一種絕對的尊貴，卻也帶著一種與人之間絕對的隔閡。

琴走在百貨公司內，眼睛看著每個她從未想過的景色，小手摸過每個她沒想過的玩具……也許，是琴太開心，也太忘我了，也許是她的父母疏忽了，當她逛了一陣子，回頭時，卻已經發現……爸媽不見了！

年紀幼小的琴感到慌張，她快步回頭，想要找到父母的蹤跡，但反而讓她更加迷失了方向，連原來的路都找不到了！

而就在琴感到驚慌失措之時，忽然，一個身形微胖，帶著親切笑容的大叔，蹲到了琴的面前，溫柔的問。「小妹妹，妳怎麼啦？迷路了嗎？」

琴滿心恐慌，眼眶中早就飽含了眼淚，拚命點頭。「叔叔，我找不到爸媽，怎麼辦？」

「呵呵，這百貨公司這麼大，和爸媽走失很正常啊。」那微胖的大叔說，「幸好，這百貨公司有廣播系統，只要透過廣播，就可以找到爸媽囉。」

「真的嗎？」

「真的啦。」大叔笑得好親切。「小妹妹，妳不是這裡人？對不對？」

「嗯，我家在南部。」琴感到自己遇到救星了，心情也鬆懈了下來。

「我也是這樣猜，呵呵，大叔很愛鄉下小孩，因為很質樸，很乾淨，尤其是眼睛，特別漂亮喔。」大叔邊說，邊伸出大手，拉住了琴的小手，往前走去。「來，大叔帶妳去服務台，我們去請那些阿姨幫妳廣播。」

「嗯，謝謝叔叔。」琴的小手被握住時，感到微微的不舒服，但她畢竟是鄉下孩子，從小她就在鄰居家中跑來跑去，那些鄰居的叔叔伯伯，總是把她當成自己孩子。

這大叔，應該也是這樣親切的好人吧？畢竟，他要帶我去找爸爸媽媽欸，琴是這樣告訴自己的。

「服務台就在前面喔。」大叔邊說著，「小妹妹，我猜妳幾歲？五歲？六歲？」

「我六歲。」琴說。

「果然和我猜的一樣，呵呵，是六歲，偷偷跟妳說，是叔叔最愛的年紀喔。」大叔笑。

「嗯？」琴感到大叔的手心微微潮溼，這份潮溼讓琴感到不舒服，但大叔的手抓得好緊，琴發現自己掙脫不開。

「廣播，就在前面，有一扇門，看到沒？我們只要推開門，彎進去……」大叔邊笑，呼吸加快，手心也變得更潮熱了。

「嗯？」琴瞬間感到困惑了，廣播室，怎麼會藏在這麼隱密的小門後面？

但，她只是困惑，因為大叔手的力氣好大，琴完全沒有抵抗的餘力，大叔就這樣推開了門，然後把琴拉進了小門內。

小門內，燈光晦暗，空無一人，正是每間百貨公司都有的逃生梯處。

「叔叔……」琴抬頭，她感到極度的不安。

然後，當她抬起頭，恐懼瞬間擴大數百倍，變成了令她呼吸幾乎停滯的，巨大恐懼。

因為她看見了那大叔的臉，就算背著光，也可以看見大叔的親切笑容不見了，取而代之的，是貪婪，飢餓，恐怖的笑。

「六歲，是最好吃的年紀喔。」那大叔伸出滿是汗水潮溼的手，用力捏了琴的臉頰。「妳看起來，好好吃喔。」

「叔叔！放開我！」琴拚命用力，想要甩開大叔的手，但六歲孩童的力氣，怎麼足以和一個四十幾歲的成年人對抗？只見大叔紋風不動，臉上繼續掛著可怕的笑。

「我在這間百貨公司觀察很久了，這逃生梯的樓梯間廁所很隱密，平常不會有人來的。」大叔一邊說，一邊將不斷掙扎的琴，拉進男生廁所，然後從口袋中拿出一塊髒髒的布，布上，沾著一片不知名的液體。「小妹妹，妳就乖乖的睡一下，不會痛的。」

「救命！救命！」琴尖叫，但周圍卻依然沉靜，這城市雖然熱鬧，但它的角落卻是如此陰暗，如此冷漠，更是如此的致命！

琴只能眼睜睜的看著大叔的布，離自己的口鼻越來越近，越來越近……

也就在此刻，忽然門外傳來非常低的一個聲響，卡的一聲。

然後，一個小男孩的聲音，從上方的樓梯傳來。

「警衛叔叔，就是這裡，我剛剛看到有小偷，往這邊跑來。」

這剎那，大叔的臉色變了，他動作靜止了。

小偷？大叔皺眉，事實上這已經不是他第一次犯下類似的罪行，但他從未被人逮到，這些年的犯罪經驗告訴他，事情不會那麼巧的。

事情不會巧到……在他好不容易逮到心愛的六歲獵物時，門外就出現抓小偷的警衛。

是幌子嗎？是那個小男孩的幌子嗎？真的是警衛嗎？

但，就在大叔遲疑之際，六歲的琴則趁機掙開了大叔的手，然後放聲大叫。「小偷！這裡！小偷在這……」

「妳他媽的。」大叔的手再次用力摀住了琴，那充滿迷幻的麻醉氣味，頓時充滿了琴的鼻腔。「給我住口！給我昏過去吧妳！」

也就在琴大喊的同時，樓上，更門外，清楚的傳來了腳步聲，腳步聲正不斷往下，朝著變態大叔與琴的方向而來。

啪噠啪噠，從腳步聲在空曠的逃生梯處迴盪著來判斷，而且不止一個腳步聲，兩個腳步聲，門外至少有兩人，一個沉重，一個輕盈，彷彿真有一個大人，正帶著小孩，在這裡逐層搜索著。

似乎真有一個大人，帶著小孩，來到廁所附近了。

「兩個人？所以，真的有警衛？你他媽的！真倒楣！」大叔牙一咬，把琴往地上一扔，就這樣急急的從逃生梯的另一個方向推門逃了出去。

砰砰幾聲亂響，大叔離開了廁所，踢倒了垃圾桶，順著樓梯，急忙跑離了現場。現場，只剩下吸到了麻醉氣體，意識漸漸喪失的琴。

然後，琴看到了廁所門被推開，一個年紀與她相仿的男孩，探頭探腦，從上面的樓梯走了下來。出現在門外。

只有一個男孩？為什麼剛剛是兩個腳步聲……？隨即，琴笑了，因為她看到男孩的手上，正拎著自己的鞋子，而男孩的腳，卻是赤足的。

這就是剛剛兩個腳步聲的祕密嗎？

男孩脫下鞋，用手來控制第二個腳步聲，難怪能一個輕，一個重。

再加上逃生梯這裡人跡稀少，空間狹小，所以回音特別清楚，干擾了變態大叔的判斷。

這男孩好聰明啊，好聰明啊。

琴笑了，她想說謝謝，但意識已經模糊，她只能看著這男孩，想努力的記住這個救命恩人的模樣。

更奇怪的是，琴感到自己的眼眶熱了，彷彿除了感謝，還有更多的情感，在看到這男孩的瞬間，就要化成眼淚，洶湧而出。

男孩抓住琴的手，放在自己的肩膀上，然後用力往上一頂，就這樣把琴揹了起來。

「剛剛我一直跟著你們喔，沒時間回頭叫警衛，幸好，沒事。別哭，」男孩咧嘴笑，那並不是一個乖孩子的笑，反而帶著些許頑皮，但卻充滿了真誠的笑。「沒事了，沒事了。」

沒事了，沒事了。

琴就這樣靠在這小男孩的肩膀上，帶著淚，陷入了昏迷。

後來，當琴從昏迷甦醒，她發現自己已經躺在爸媽的懷裡，周圍有幾個警察，以及穿著西裝，看起來像是百貨公司的管理人員。

琴聽到他們的討論，是這樣說的……

「這變態犯生性狡猾，在這城市各大鬧區物色小孩，真的很危險。」

「而且他不只會性侵，還會用各種變態且危險的手段來虐待小孩……真的很可惡！」

「全靠一個小男孩，才救了這女孩。」

「只是，小男孩沒留下任何資料，嗯，只有在和服務台通報的時候，留下一個字。」

「一個字？」

「是啊，寫得有點潦草，可能年紀太小還不太會寫字，那個字是……」百貨公司的管理人員說。

「是……」

「柏。」

是柏。

二十年前，在百貨公司救了琴的赤足小男孩，名字就叫做……柏啊！

這裡是陰界。

等到琴甦醒，已經是十四天後的事了。

十四天，雖然只有短短兩週，但卻已經足夠讓整座颱風的災難落幕，讓事情進入了尾聲。

這個號稱十年來地表最強颱風，果然對陽世造成了驚人的破壞，溪水暴漲，土石流，高達四個深山聚落從此消失，超過五千人流離失所。

而都市方面，連向來以縝密與強大排水系統著稱的都市，都差點撐不住這次的大風大雨，道路積水，大眾運輸停擺，樹木連根拔起，城市機能癱瘓了至少四十八小時。

這次，連以往期待颱風假，偷一點時間去看電影的年輕人們，都因為沒有運輸工具而被迫待在家裡，想上網，都差點沒電可以上。

陽世很慘，那陰界呢？

陰魂死亡數目更是驚人，二十餘萬人喪命，部分是承受不住如刀刃般的狂風，被刮成肉末，部分則是遭受到颱風中的陰獸攻擊，成了這些風系陰獸的晚餐。

只是，死者雖多，但倖存的陰魂卻因為這颱風而興奮不已。

因為陰魂以能量為食，像颱風這樣巨大的天然災難，通常都帶著驚人的能量，這些能量會化成為各式各樣的寶物與食物，像是怒風高麗菜，米粉怪等陰獸，反而讓倖存陰魂能飽餐一頓。

不過，那也是專屬強者的權力，強者透過颱風因此更強，而弱者則被颱風刮死或是被陰獸吞噬。

這就是陰界。

弱肉強食，強者生存，比起陽世，這裡更直接，更血淋淋。

而就在這次颱風之後，仍有不少的傳說被記載且流傳了下來。

那些傳說，是關於颱風獵人們的，有些成名的獵人陣亡了，有些新的獵人名字崛起了，其中，詢問度最高的，就是那個看起來弱不禁風，卻闖到最後風眼區的長髮美女。

她是誰？

她和大鬧貓街，勇闖貧民窟，讓天空下起橄欖油雨的那個長髮女孩，是同一個嗎？

她也進入了颱風嗎？她又活下來了嗎？她到底是誰？為什麼她的作風如此似曾相識？

在三十年前，陰界黑幫中，也有一個女孩和她一樣膽大妄為，但卻充滿了驚人的個人魅力……

三十年後的「她」，和三十年前的「她」，有關係嗎？

當然，除了長髮美女，也有別的傳說，正隨著風在陰魂間流轉著，像是颱風中，那綿密的風刃之後，所隱藏的那座壯麗風堡。

而當颱風離開了土地，進入了海洋，消失在衛星雲圖上之後，風堡又去了哪裡？

風堡中，那最後幾個倖存的獵人，又去了哪？

而風堡為何會隨著颱風，一起來到這片土地，其解釋為何？

但，面對這麼多的謎團，這麼多無法解釋的現象，不斷出現的奇異人士，就算陰魂們無法通透理解，但他們卻都有著一個相同的預感。

來了，「改變」要來了。

某種要打破強勢政府，劣勢黑幫的「改變」，來了。

而推動這巨大的改變齒輪之關鍵人物，肯定就是那個長髮美女！

闖入貓街，殺入貧民窟，撼動整個颱風，不斷創造熱血傳說，最後下落不明的神祕女子。

一定，就是她。

琴醒了。

她發現，自己醒在一個完全超乎意料的地方。

這裡，有一整排的課桌椅，牆邊有一片又一片的大窗戶，正前方的牆壁上，還掛著一大塊深綠色的黑板。

「這裡是？」琴摸著頭，感覺到昏迷許久後的恍惚感。「教室嗎？」

她出聲問，但隨即卻發現，周圍空無一人，而且這裡雖然桌椅成排，但卻多半已經荒廢，斷折，黑板也顯得殘破，這裡也許曾是教室，但現在正確的名稱應該是「廢棄的教室」。

琴往窗外看去，此時已經進入晚上，窗外一彎黯淡的弦月。

她不懂，為何她會在這教室裡面？

她的記憶終止在颱風的激戰中，當時她被白金老人狂亂的九十萬支票爆風所波及，喪失了意識，她以為，她會醒在快餐車上，而身旁應該是冷山饌老人親手燉煮的熱湯。

但，她為何在這裡？

直到，她發現到她手心中，被塞了一張紙。

紙的邊緣呈現不規則的形狀，顯然被人慌亂的撕下，當琴打開了紙，裡面凌亂的字跡，更再一次證明了這張紙的主人，當時是多麼慌張。

當琴讀起了紙上的內容，她感到呼吸一滯。

絕望的心情，更隨著停滯的呼吸，從內心深處翻湧出來，讓她有種想哭的衝動。

因為，寫這張紙的人，正是小耗。

而內容，已經接近了……遺書。

「琴姐，我是小耗，很抱歉，必須把妳一個人放在這裡，因為，當我發現快餐車已毀，我師父更是失蹤，下手者，應該就是小才小傑。」

「快餐車被毀？冷師父……下落不明嗎？」琴用手摀住了嘴，聲音哽咽。

「而當我調查快餐車時，更不小心被他們發現了行蹤，慌亂間，我將妳帶到這裡，繼續當他們的誘餌，這塊土地有特殊身分，就算是他們，也不能隨意調查，所以妳躲在這，短時間是安全的。」

「小耗……你繼續當他們的誘餌？」琴用哽咽的聲音，喃喃自語著。

因為，她比誰都知道小才和小傑的厲害，迷離變換的雙斧，一斬斷金的絕世黑刀，就算小耗的麵團雖然在這些日子以來進步驚人，但仍與小才小傑有著無法跨越的差距。

如今，他要當作誘餌，獨自面對這兩大高手，實在是凶多吉少啊！

「為什麼？小才，小傑，在颱風時你們下手殺了大耗就算了，你們想殺我就算了，」琴用力握著紙，語氣悲憤。「為什麼你們還要趕盡殺絕？」

琴雖然悲憤，但她內心實則隱隱明白。

這也許就是陰界的法則。

在地空地劫眼中，也許琴已經不是武曲，但若她逃了，終究是一個麻煩，更何況，小耗多次仗著自己的天分，差點識破了小才的惡意，小耗不殺，將來必成大患，於是小才與小傑只是趁這機會，除去一個未來的障礙而已。

狠。

就是陰界生存的法則。

琴懂，但她始終不願意面對而已。

而紙條，終究停在最後一行字上。

這行字，是這樣寫的，「琴姐，最後我要說，無論妳是否為武曲，妳永遠是我的琴姐，永遠。」

無論妳是否為武曲，妳永遠是我的琴姐喔。

琴閉上了眼，兩行溼溼的淚，就這樣滑過了臉頰，滴落在這張皺巴巴的紙條上。

「小耗，我不知道你在哪，但我向你保證，終有一天，當我有了足夠的道行，我一定會找到你……」琴右手緊緊握著信紙，如此低語。

但，就在琴情緒悲痛之際，忽然，教室的窗邊，傳來一聲極輕極輕的響聲。

咕咚。

琴猛然抬頭，經過這些日子的歷練，讓她的警覺心變高了。

咕咚。

又是一聲，這次比剛才更清楚。

咕咚。

「是誰？」琴才開口，窗外，就突然飛進了一個影子，影子速度好快，朝著琴直衝而來。

「啊。」琴見狀，頭一側，長髮飄揚，驚險避開這影子，影子的體積並不大，約莫三十公分大小，呈球形，擦過琴的長髮之後，往前撞到牆壁後猛一回彈，更快更猛，再度回擊向琴。

琴矮身，再次驚險避開這殺意球影，球又撞向牆壁，在牆壁微微晃動之後，球又以更高速回擊，精準的衝向琴。

「一次比一次威力強大，一定不是哪個調皮的小孩亂扔的吧？」琴急忙收斂心神，又是一個急轉身，球從她的腹部下方，噌一聲擦過。

同時間，琴的雙手一擦，紅色電能再起，琴要準備反擊了。「我不知道你是什麼？但我覺得你不是陰獸，我決定要對付你囉。」

但，就在球速不斷藉由反彈越來越快，已經逼得琴必須反擊之時……窗外，又傳來新的聲音！

「酷巴！等一下！這女生好像不是壞人！」

「不是壞人？」那球影在高速中，如此回答。

「對，我不是壞人。」琴接口。

「哼，不是壞人，是妳說了算嗎？」球影在空中緊急煞車，煞車餘力未盡，球體在空中轉了幾圈後，嘟咚一聲落地。

這時，琴才看清楚了球影的真面目，竟然是一顆足球。

而且更古怪的是，足球上有一張臉，那是一張約莫十歲男孩，帶著稚氣也有著帥氣的小臉。

「這是什麼？」琴訝異，「是陰魂嗎？但陰魂怎麼會長成這樣？」

接著，窗外的人跳了進來，這人讓琴更訝異了，因為這也不是一個人，這是一個每間國小保健室內都會存放一座，更是所有國小恐怖傳說中，必定出現的角色之一。

人體模型。

這陰魂的樣子，是人體模型？

「酷巴，別攻了別攻了，先回來先回來。」人體模型用力揮手，足球咚了一聲，彈回了人體模型手上，然後人體模型轉過頭，那雙彈珠鑲嵌而成的假眼睛，注視著琴。

這模型沒有皮膚，全身都是鮮紅色的肌肉線條，肚子處更是連肌肉都沒有，只有裡面一塊塊內臟模型，平常用來教導小孩們解剖學的人體模型，此刻正在琴的面前，生龍活虎的說著話，讓琴著實感到全身不舒服。

但，這裡畢竟是陰界，有米粉作成的怪物，有颱風中的碉堡，更有成千上萬的老鼠洞穴，和會說話的大貓……出現會動的人體模型和足球，好像不用太吃驚？

「妳好，我叫做阿型。」人體模型笑。「我猜，妳是被這塊土地的靈氣吸引，想來這裡休息一下的陰魂吧？」

「嗯。」琴想了一下，然後點了點頭。

「不過這塊土地有嚴格管制，是不能隨便進入的。」人體模型說。

「是嗎？」琴一呆，隨即點頭。「這裡也不能久待？嗯，那我等一下就走……」

也許是看到琴失望的樣子，人體模型塑膠的眉毛微微皺起，開口問道：「等一下，別急著走，妳是新魂？未滿兩年？」

「嗯。」

「新魂！果然是新魂，新魂在陰界存活率不到5％。」阿型摸了摸沒有頭髮的塑膠光頭，「不過以新魂來說，妳剛剛能躲掉酷巴那幾球，運氣挺好的哩。」

「酷巴那幾球？」

「是啊，這顆足球的名字就叫酷巴，而我叫做阿型，妳好。」人體模型臉問起了琴的名字，塑膠製成的臉皮上，竟微微發紅。「那妳呢？」

「我叫琴，你好，我的確是不到兩年的新魂。」琴笑了一下，她的確是死不到兩年的新魂，但她的經歷和累積的實力，可能連二十年的陰魂都比不上哩。

但她卻沒有多說，因為經歷了小才與小傑的背叛之後，讓琴不自主的變得內斂與低調。因為她不知道地獄政府的力量能深入到哪裡？更不知道地空地劫背後還有誰？更不知道這間國小到底藏了什麼祕密，需要管制陰魂的進入？以及，為何小耗決定將琴放在這裡，自己去當誘餌？

「不到兩年啊，確實是很菜喔，我們這間國小，剛好位在充滿靈力的土地上，所以常會吸引很多魂魄來這裡。」阿型說，「不過新魂真的很弱，死後通常都是地縛靈，藉由吸取死地來求生，一離開死地常會被陰獸吃掉……所以，妳能一個人來到這間國小，妳運氣真的超好。」

「我算是運氣好嗎？」琴苦笑一下，一到陰界被各方追殺，這叫運氣好？「對了，你說這土地充滿靈力？」

「對啊，妳是新魂可能還不知道，陰魂吸取能量的方式共有兩種，一是寶物，二是土地。」阿型對琴相當熱情，滔滔不絕的介紹著陰界的知識。「寶物是精粹的能量，且能隨身攜帶，土地則是綿長的能量，潛力深遠但受到地形限制，兩者對陰魂同樣重要，懂嗎？」

琴微微點頭，她懂，因為這些道理莫言和小才和她說過。

「而且妳的幸運還是連續的，因為，再過五分鐘，『噴發』就要開始了。」

「噴發？」

「對啊，因為這土地每隔一個月，就會噴發靈力，所以這一天，那些被核可進入的陰魂們，會從四面八方蜂擁而來……」阿型語氣興奮起來，「為了土地的『噴發』，辦一場熱熱鬧鬧的市集！」

「土地的噴發？市集？」琴聽得是一知半解，正要繼續追問下去，教室外，忽然傳來一陣熱鬧的人聲。

「噴發要開始了，人潮也開始聚集了！」阿型笑了，連剛剛一直都少話的酷巴，也露出了欣喜的神情。「每個月最好玩的，就是今天啦！」

琴眨了眨眼睛，土地噴發靈力？市集？

等待在她眼前的，又是一個全新的陰界體驗嗎？

此刻，鬼魂們，正從四面八方湧來。

有的媽媽鬼穿著日式浴袍，手裡拉著小孩鬼，也有的鬼身穿背心，露出豪爽的肌肉。

最引人注目的，是一隻身高約莫三層樓高的大鬼，以及正坐在他肩膀上，身穿彩色和服，嬌小而美麗的女鬼，這女鬼不時和大男鬼咬耳朵，顯得非常親密。

還有數以百計，外型千奇百怪的陰魂們，從國小的大門不斷湧入，但琴發現，無論來的陰魂長得什麼樣？但每個人臉上的神情完全相同，那就是期待。

「土地的噴發，再一分鐘就要開始了。」

在阿型的堅持下，琴並沒有被趕離這片土地，反而將琴帶到了操場邊緣，一起等待土地的噴發。

琴坐在操場邊緣，迎面吹來的，是夏末專屬的微涼夜風。

颱風的季節快過了吧？取而代之的，應該是飽滿思念的秋天了。

就當秋意微風吹來之際，琴感到身體一顫，「地，地上在震動？」

「沒錯，妳感覺很敏銳欸，要開始了。」阿型語氣中盡是興奮。「噴發。」

「噴發？」琴沒有繼續問下去，因為在下一瞬間，她眼前的世界，就被一大片白色亮光所取代。

原來，那是一大片雪白色的噴泉，從操場中心暴湧而出，噴泉湧上了百公尺的高空，當它往上的衝勢已然疲弱，就此散開，化成點點雪白晶瑩的珍珠，盈盈散落到聚集的人群身上。

當滿天晶亮的珍珠緩緩落下，群鬼爆出歡呼，張開雙手，迎接這些土地贈與的能量。

連琴也忍不住伸出手，捧住一滴從天空落下的銀珠，銀珠很大，琴雙手幾乎捧不住。

只是，當琴看清楚了銀珠的樣子，她忍不住發出了一聲低呼。

因為，銀珠內的物質，就如同心跳般，怦怦怦，細細柔柔的跳著。

「哇，這是心跳嗎？」琴語氣驚奇。

「唉，果然是菜鳥，什麼都不懂！告訴妳，這叫做地果，每份地果都有脈動，每個脈動都和土地相連，吃了它，對妳很有幫助的。」

「怎麼吃？」

「菜鳥啊。」阿型笑，「地果，最有名的就是吃法百變，妳要用吃的，要用聞的，要用聽的都可以喔。」

「喔？吃的？聞的？以及聽的都可以？」

琴歪著頭，閉上眼，將嘴嘟向了地果，這一瞬間，她感覺到一陣溫暖的液體，正順著她的掌心，滑入了咽喉。

一邊吸吮著地果的汁液，琴依然可以感覺到那如心跳般的節奏，厚實的，飽滿的，從琴的口腔順著食道滑入了胃袋，然後順著全身的血管往外擴張，只是數秒間，琴就覺得全身上下彷彿置身於暖呼呼的溫泉中，卸下全身的疲憊之餘，更讓她充滿了力氣。

「不錯吧？」阿型笑。「我告訴妳，土地越乾淨，能量越舒服，我曾經嚐過位在東部山區的一塊靈地，它噴發出來的地泉是彩色的，心跳超有力，喝了之後，我整整三個月都不用進食。」

「真的？」琴喝了地果，臉微微發紅。「那為什麼繼續待在那呢？」

「還用說，當然是因為無聊啊。」阿型看著琴微微泛紅的雙頰，他眼神有些獃住。

「深山裡面，別說人，連鬼都碰不到一個，知道那地果的味道就好，何必多留戀？更何況啊……」

「更何況……？」

「像那種好地點，遲早都會被政府或大黑幫的人發現，然後據為己有，你們以為政府為什麼能這麼強勢？其實他們手上握有太多資源了。」阿型嘆氣，「其中，政府中，專門搜尋並獵捕土地的，正是天府星……」

「天府星，白金老人？」琴眉毛微微揚起。

「妳認識？」

「不，不認識，只是看過。」

「看過？啊，從電視上看到的，對不對？」阿型笑，「白金老人可是六王魂之一，我們這些黑幫的小角色，怎麼可能看過政府的大人物？」

「是啊。」琴微微一笑，她沒說的是，在不久以前，她在颱風中才和白金老人打過一場而已。

那九十萬的支票攻擊，不只恐怖，更可能奪去了那個男孩「柏」的生命……想到這，琴不禁臉色微微黯淡下來。

不過，就在琴感到心情低落之際，她耳畔，又傳來了阿型的聲音。

「噴發完畢，市集，要開始囉。」

「市集？」

「按照過去經驗，這塊土地每隔一到三個月的晚上，就會進行噴發，通常會噴發兩次，剛剛只是第一次，算是前菜，第二次的地果噴泉會精采數倍以上。」阿型笑咪咪的說，「不知道從什麼時候開始，當這土地噴發一次之後，有人開始擺起攤位賣食物，久而久之，人越來越多，規模越來越大，就形成了市集。」

「真的嗎？」

「當然是真的，騙妳幹嘛。」阿型手往前伸，琴順著他的手指往前看去。

沒錯，琴的眼前，那群大大小小的鬼魂開始拿出他們帶來的道具，架起一個又一個的攤位，有的鬼架起烤肉架，點了綠色鬼火，放上他們精心調配的醃肉片，肉片在鬼火的刺激下，散出令人食指大動的濃濃香氣。

除了烤肉，還有炸物，冰飲，以及滷味，或冷或熱，或正餐或小吃，不用十分鐘，全部擺了出來。

令琴感到有趣的，是除了食物，更多的鬼魂不擺食物，開始擺上各式各樣的遊戲。

有個穿著白色背心的老阿伯鬼，只見他把一個手掌大小，藍色透明的東西往地上一扔，咻的一聲那東西瞬間膨脹了三四十倍，變成一大灘水池，水池下，隱隱有生物在游動，像極了夜市的撈金魚。

但是，當琴看清楚了水池的東西，她咋舌了。

因為那生物，壓根不是夜市常見的金魚，而是人的頭，有的人頭面目猙獰，有的人頭表情悽苦，有的人頭神情安詳，他們黑色的長髮宛如魚鰭，在水中迂迴游動著。

這阿伯並將數十根釣竿放在水池周圍，並掛上牌子，牌子上寫著。「釣人頭，一次三百。」

「釣，釣……釣人頭？」琴眉頭皺起，這還真是陰界特產啊，而且，坦白說，她還真的不知道釣一個人頭回家能幹嘛？

不過話說回來，在陽世的夜市中，釣一堆可能遭受過不少化學污染的金魚回家，也是不知道要幹嘛！

除了釣人頭之外，另一個攤位玩的是套圈圈，負責套圈圈的老闆就是那對男女，男的高大如巨人，女的則是一個嬌小美女。

不過，美女拿的圈圈看起來像是活的，而且內圈還有一整排像是鯊魚的利齒。

當遊客將手上的圈圈扔出，只見利齒一開一闔，咬住了放在場內的玩具，玩具被亂咬一通，有的還被牙齒圈圈給吃光了。

「很不幸，雖然你投中了，但你的獎品被吃掉了。」美女老闆露出甜膩的笑容，拿著被咬得殘破不堪的東西給遊客。

「那該怎麼辦？投不中沒獎品，投中又會被啃光。」遊客皺眉，顯然不想收這垃圾。「黑店，我不付。」

「嘻嘻，這就是遊戲的樂趣，不是嗎？」女老闆維持著甜笑，伸出手，「付錢。」

「不付！你們是黑店？」

「確定不付？」美女老闆又問了一次。

「鬼才付……」遊客正想要來個不付錢抵制，但他發現，美女老闆後面的男老闆，慢慢站了起來。

三層樓高，手長腳長，五指上穿著鋒利鋼爪，光看這氣勢，就知道絕對不能惹。

「鬼才付……」見到男老闆這樣的氣勢，遊客的氣勢頓時虛了。「算了，誰叫我剛好是鬼呢，我付！我付就是了！」

琴看著這名高大男子，內心忽然閃過一種奇異的預感，這人會不會，其實有星格？連同那嬌小的美女老闆，他們兩個是否都有星格？

奇異的心事閃過琴的腦海，眼前的事件仍持續發生，雖然這攤位擺明了騙人，但生意卻越來越好。

也許，和美女老闆設下的第一特獎有關，那特獎的名字剛好就叫做……「女老闆本人」。

當然，至今沒有人成功，現場唯一成功的人叫做老闆娘，因為她笑咪咪的一直收錢。

除了釣人頭，套牙齒圈圈之外，還有更多的遊戲不斷的被架設出來，像是『棒球內臟九宮格』，『膽結石爆裂彈珠台』，『狂飲地溝黑心油，喝不死算你運氣。』等……這些遊戲血腥可怕且不合理，但，偏偏每個遊戲陰魂的臉上，卻都如此放鬆，如此開心。

琴看著那些陰魂的表情，不知不覺的看呆了。

這裡的氣氛，與琴記憶中的陰界，有一些些不同。

打從她因為一場車禍來到陰界開始，經歷過黑白無常的追殺，經歷過莫言橫財的脅迫，經歷過地下鼠窟的血戰，政府警察的欺壓，到最近小才與小傑的背叛，她記憶中的陰界，殘暴之餘，大都是灰色且絕望的。

但為什麼眼前的市集，為什麼……這麼開心？

這時，阿型的聲音傳來，「新魂，嘿，妳很吃驚吧？這裡感覺上雖然還是很暴力，但完全沒有殺戮之氣？」

「嗯，是為什麼呢？」

「因為這裡是租界，是受到『那個人』保護的租界。」

「租界？」琴不解。「那個人？」

「那個人，是一個厲害而偉大的人，也是我最崇拜的人。」阿型與琴並肩而站，他凝視著眼前熱鬧而歡愉的市集。「他，有一身驚人武藝，道行甚至凌駕部分的十四主星，卻願意賣身於黑暗巴別塔中，與其說接受挑戰，不如說進行一場又一場的表演，娛樂政府，也娛樂整個陰界。」

「那個人……是誰呢？」琴歪著頭。

「妳是新魂，所以不認識他，他透過黑暗巴別塔，累積驚人的財富，但他並沒有一毛錢放進自己的口袋，他拿著這些錢，加上自己的獨特身分，去找政府，希望政府租地給他。」

「嗯。」

「這些地，就是租界，妳此刻站的土地，就是其中一個租界。」阿型說。「租界受到此人保護，無論政府或黑幫的力量都難以伸入，於是陰魂們可以自在玩樂，就像是陰界中的禁戰區。」

「租界，是不是像阿寶夜市一樣的禁戰區？」

「妳知道夜市？但租界和夜市不太一樣。」阿型說。「夜市只是表面上和平而已，事實上是黑幫與政府的力量在背後控制，從中索取利益，但租界不同，租界因為那個人的關係，受到絕對的保護，至今，那人已經完成了十一個租界。」

「十一個？那個人，好厲害。」

也就在此時，琴好像懂了，為何小耗要冒死將琴放在這裡了，因為這裡受到絕對的保護，黑幫與政府都被排拒在外，琴若能躲在這裡，短時間內的確是最安全的。

「新魂，妳沒聽過他的名字，但將來一定要記住，此人，是黑幫十傑之首。」阿型語氣中充滿了崇拜與敬重，「火星．鬥王。」

「火星．鬥王……」琴默默的唸著，隱約的，她聽到記憶風鈴發出了叮的一聲，武曲的記憶中，果然有這號人物嗎？

曾經名列黑幫十傑，所以是黑幫的重量級好手，但卻願意投身政府開辦的黑暗巴別塔中，讓自己一身驚人的武藝淪為一次又一次的表演……只為了替陰界保留下最後的樂土……租界？

這人，好像真的很偉大哩。

「鬥王委託鬼鼻師管理這片土地，而我們則是鬼鼻師的手下。」阿型說，「但我記得有次鬥王曾來探訪此地，當時我的地位卑下，但斗膽問了他一個問題，『為什麼，要替我們做這些事？』」

「對啊，為什麼？」琴也好奇起來。

「他說，這是一個承諾，因為他被一個人打敗了，這只是實現當時的承諾。」

「打敗？」琴訝異。「鬥王的實力不是凌駕部分十四主星嗎？怎麼會被打敗？」

「對，我也問了這問題，但鬥王沒有回答我……」阿型說到這，微微一頓，「他只是笑著搖頭，但我從他的笑容中，卻能感覺到一股對老朋友，很深很深的思念。」

「嗯。」琴又聽到了懷中風鈴的聲音，很輕很柔，那也是一曲對老朋友唱歌的旋律。武曲的記憶知道鬥王？所以，他們也是老朋友嗎？

「但我可以肯定的是，能打敗鬥王的人，一定是十四主星中的重要人物！」阿型說到這，再次昂起頭，語氣對鬥王有著絕對的敬重。「甚至可以說，就是危險等級最高的那幾人，太陽，天相，破軍，七殺，以及武曲，就這五人而已。」

「嗯。」琴點頭。

太陽，天相，破軍，七殺，以及武曲，這是最強的五個主星嗎？武曲，原本有這麼厲害？

「對了，我看妳一個不滿兩年的新魂，要在外頭混也挺危險的，不然，妳留下來怎麼樣？我替妳問問鬼鼻師？」阿型說到這裡，塑膠製成的臉，竟然微微紅了。

「幫我問？」琴歪著頭，看著阿型。

從陽世開始，歪著頭思考，就是琴的招牌動作，這動作會讓她一頭娟細長髮順著肩膀往下滑去，配上琴那略微稚氣的臉龐，展現一種專屬於琴的獨有風情。

琴的好友阿豚曾說，這叫做「專門拿來騙人的淘氣鬼表情」。

「對啊。」看到琴的表情，阿型的臉，又更紅了，紅到像是熟透的番茄一樣。

但也就在此時，地上一顆球，蹦蹦的跳了過來，當球一停，酷巴的臉露了出來。「嘿嘿，不對勁喔，你平常沒這麼熱情的啊。你不但對新魂講這麼多事情，問她名字，還想介紹她給鬼鼻師，讓她留在這個結界裡……怪怪的喔，阿型！」

「我，我，我有嗎？」阿型那模型的臉上，似乎閃過一絲紅潮。「我只是單純想要照顧新魂嘛，不行嗎？」

「也不是不行啦。」酷巴繼續笑。「啊，對了，這新魂剛好是長髮，高挑，又有點任性，神祕，不就是你喜歡的型……」

「住！住口啦！」阿型邊叫，手已經朝著足球身上亂搥了一通。「別，別再說啦！」

「會痛，會，會痛啦。」酷巴深陷在阿型的亂搥中，忍不住叫道。

「呵呵，」琴看著阿型和足球酷巴，忍不住放聲大笑，那是自從大耗與天使星，被地空地劫所殺後，她第一次大笑。

也許是因為市集的氣氛如此愉悅輕鬆，也許是因為阿型的話語中充滿了善意，也許是，琴真的累了，她需要一個像「租界」這樣充滿溫暖的港灣。

「好，那就麻煩你了。」琴低下頭，對阿型和酷巴，微微鞠躬。「我想待在這裡，我會幫忙任何的事情。」

「嗯。」看著琴的微笑，阿型的臉突然紅了，是真的，塑膠模型製造出來的臉，真的紅了。「妳好，妳，妳可以把這裡當作家。」

「謝謝。」琴嗯的一聲，她真的需要短暫的休息，而且她由衷感謝著小耗。

小耗會選擇將琴放在這裡，因為這裡是「租界」。

租界內，如果沒有足夠的犯罪證據，無論是政府或是黑幫，都不會妄動，這就是小耗將她放在這裡的真正目的。

但，就在琴終於想通之際，她猛然抬起頭。

周圍的電波異常顫動，正告訴她，某種變化要發生了。

她的目光，看向了這片月光明亮的夜空。

「有東西來了。」琴抬著頭，「而且，好像不止一隻，十隻，不，至少有百來隻陰獸……正在這裡靠近！」

「陰獸嗎？」只見阿型和酷巴互望了一眼，「來了啊。」

「這麼大數目的陰獸，很危險，我們要……」

「不用。」

「不用？」

「不用緊張，」阿型看著夜空，臉上浮現既緊張又興奮的笑。「我們要張開雙手，熱烈的歡迎牠們啊。」

「咦？」

「因為，牠們的出現，代表著土地將進行第二次噴發了，那絕對是今晚的最高潮啊。」

眼前的陰獸群，讓琴訝異了。

這些日子以來，琴曾經見過不少陰獸，她一直以為，陰獸並沒有清楚的善惡意識，牠們所有行動的目的只有兩個字：「生存」，為了生存才會與人類戰鬥，為了生存才會以人類魂魄為食，也為了生存，才會屈服於少數人的控制之下。

當然，也有些陰獸擁有高度的自主意識，但那畢竟是少數，那是被人類喻為百大陰獸的尊貴陰獸群。

所以這一大群陰獸出現時，琴無法控制的，將自己的道行提升，細密的電流，密佈在她細緻的女性肌膚上，刺激著她的肌肉，此刻的她，已然進入了戰鬥狀態。

但，她的戰鬥意志，卻在下一秒鐘，鬆懈了下來。

因為這群陰獸並沒有攻擊人，完全沒有，這些形狀像是巨型昆蟲，像是深海兇魚，像是顯微鏡下放大版微生物的陰獸們，一隻隻飛下後，就繞著剛剛噴發地果之處，圍成了一大圈。

「這是？」琴問。

「大群陰獸的到來，是第二次噴發的徵兆。」阿型笑得好開心。「而且，嘖嘖嘖嘖，這次陰獸的數目特多欸。」

「特多？」

「陰獸數目越多，表示噴發的能量會越強喔。」阿型眼睛放著光。「這次陰獸的數目，還真是史無前例的多啊。」

就在這時，地表又開始震動了。

「來了！」阿型語氣興奮。

地表越震動越強，越震越強，然後當震度達到了頂峰，卻戛然而止。

戛然而止的下一秒，那噴泉處，轟然一聲，一條宛如彩色巨龍般的泉水，就這樣從地表上，夾著驚人的氣勢，蜿蜒衝上了天際。

壯麗，震撼，豪美，讓人打從心底震撼的噴泉，升上了六七十公尺的夜空，在高空散落，映著燦爛的月光，化成美麗透明的地果，撒落了整個國小的操場。

由於噴泉太高，能量太強，許多地果甚至隨著風，落出了操場之外，掉到了教室區。

然後，這些陰獸與陰魂們爆出一陣驚天動地的歡呼聲後，四下散開，朝著散落的地果，追了上去。

琴看著這幅美麗的畫面，看著忘卻煩惱的人們與陰獸，她不禁想起了剛從鼠窟出來時，天空也下起了橄欖油之雨，當時每個人的表情也是同樣的放鬆，快樂，忘記憂愁的朗聲笑著。

數分鐘後，當地果被分食完畢，人們又繼續開始市集的玩樂，用力唱歌，用力玩耍，而陰獸呢？牠們都未離開，在附近遊蕩著，只是吃飽了的牠們，對人類魂魄是完全沒有任何危險性的。

「地果噴發，後面還有嗎？」琴問。

「兩次，不過這要看土地啦，但這片土地通常只噴發兩次。」阿型伸了伸懶腰，手裡拿著一個透明的地果，放在鼻子前，地果竟然化成水蜜桃顏色的氣體，慢慢的飄入了阿型鼻中，「地果除了用咬的，也可以用鼻子吸喔，味道有點像陽世的水蜜桃。」

「嗯。」琴也拿了一個地果，用力一吸，清香的甜味，頓時盈滿了她的鼻腔。「真的有點像水蜜桃，嗯，還有點像水梨。」

「剛剛第二次噴發這麼精采，今晚真的值回票價了，呵呵。」阿型邊享受著地果，邊說著。「第二次地果噴發完，市集再過半小時就會散了，陰獸們也會回去囉。」

「嗯。」琴側著頭，看著眼前的人們，陰獸們，他們歡笑，牠們寧靜，彼此共存，互不侵擾，這真的是租界內才獨有的奇蹟景致。

而打造這奇蹟之景的火星鬥王，他是用什麼心情，為了一個賭注，放下了戰士尊嚴，委身自己成為政府的表演者，耗盡三十年的積蓄，打造了十一個這樣的地方，他，究竟是一個什麼樣的人？

改天，也許可以好好認識一下。

琴想到這，又不禁苦笑了一下，對了，她忘記自己不是武曲了，她只是一個平凡孤魂，又有何身分地位去認識這位驚天動地的甲級星之首，鬥王？

不過，如果可以在這裡躲著，永遠躲著，不用去外面面對地空地劫的背叛，不用面對小耗深切的眼神，不用老是被大老鼠和怪生物追殺，好像也不錯……

真的，好像也不錯……

閉著眼，琴感受著迎面而來的夜之涼風，聆聽著市集傳來的嬉鬧的聲音，還有陰獸獨有的低喃與腳步聲……

對啊，就躲在這裡一輩子，好像也不錯……

就這樣，當琴閉著眼，想著她獨有心事之際，地表，又隱隱傳來了細微的震動。

「咦？」

她抬起頭，同時間，整個市集，所有陰魂與所有的陰獸都抬起了頭。

他們與琴一樣訝異，因為這地表的震動，只代表了一件事，那就是地果噴泉，還有一次！

今晚已經經歷了兩次如此精采的地果噴泉，已經算是非常罕見了，沒想到竟然還有第三次？

今晚，這塊土地究竟發生了什麼事？為什麼出現了前所未有的……異變！

第三次的地果噴泉，根據阿型的描述，這是他有生以來所見過，最壯麗的一次。

這次噴出的地果，不是剛才淺亮的銀色，而是透亮的白金顏色。

而且是宛如包容了陽光的燦爛和月光的柔美，如水般流轉的白金。

噴上了百公尺的高空中，像是煙火般往四面八方散開，許多的地果不只超過了操場，甚至飛出了國小，掉出了租界區域之外，引來許多被禁止進入租界的陰魂與陰獸聚集過來。

而市集內呢？所有的陰魂張開雙手歡呼，那氣氛已經不是歡愉，而是狂歡了。

陰魂們將地果像是名酒般高高舉起，互相敲擊後，用力咬下，在他們嘴中噴出來的地果汁液，更完全沒有讓他們失望。

像是等級最高，熟度完美的地果，甜到讓人心服口服的汁液，在嘴中爆開，然後甜味順著口腔流入了咽喉，暖了胃，全身的靈魂彷彿都得到了短暫的救贖。

這絕對是這片土地噴發地果以來，最美味也最精采的一次。

於是，今晚，陰魂們都醉了，痛快的玩著，享樂著，直到醉倒在地上鼾聲大作為止。

「今晚的土地，真的很奇怪。」阿型雙手各拿著三四顆地果，也遞給了琴。「我從未見過這土地……這麼興奮！」

「土地？興奮？」琴歪著頭。

「是啊，土地很興奮，彷彿……彷彿在歡迎什麼似的，拚命歡迎著。」阿型看著滿地的地果，還有載歌載舞的人們。

「你的形容真有趣，你的意思是，土地有意識？」琴嘴角揚起淡淡的微笑。

「誰說土地沒有意識？」阿型又啃了一大口地果，「陰界的世界，就算我們活了超過五十年，其實都還沒摸透呢。」

「也是。」琴點頭，再次凝視著市集方向。「這個陰界的規則，還真的很神祕哩。」

「過了今晚，我帶妳去找鬼鼻師吧。」

「嗯。」

「我會說服鬼鼻師讓妳留下。」阿型看著琴，神情中有著一份濃濃的期待，「妳會留下吧？琴。」

「嗯。」琴輕輕點頭。

「太好啦！哈哈哈！」阿型看到了琴點頭，忍不住張開雙手，放聲歡呼。「太好了，那就讓我們盡情狂歡吧！慶祝土地噴發三次！也慶祝琴留下來！」

「就讓我們今晚……痛快的狂歡嗎？」琴纖細的身形，在月光下俏麗的站著，低喃著。有多久呢？多久沒這樣快樂的唱歌與跳舞了呢？

這場狂歡，持續了整個晚上，當狂歡終於落幕，已經是第二天凌晨的時候了。

第二天的清晨，操場上，躺的是七零八落醉倒的陰魂，他們一個一個慢慢的醒來，抓了抓自己凌亂的頭髮，打了一個大大充滿酒氣的哈欠，搔了搔屁股發癢的位置，然後朝著國小外走去。

市集結束了，陰魂們要各自回到自己的生活了。

當人潮幾乎散盡，阿型也遵守了自己的諾言，帶著琴來到了國小的校長室，此地視野極佳，能俯視整個校園，算是校園內風水最佳之地，自然也成為租界土地管理者盤據之地。

而租界管理者，名為鬼鼻師。

當琴一踏入校長室，馬上就明白為何此人會被稱作鬼鼻師了，因為他的鼻子，是琴看過最大的。

鬼鼻師有張比常人大上一倍的巨臉，而那張巨臉有九成的面積被那大鼻子給佔滿了。

好大的鼻子啊。琴吞了一下口水，此人的鼻子，大概是一條成年黑鮪魚的大小。

「鬼鼻師大人，這人就是琴，她是新魂，剛死不到兩年，我和酷巴希望，希望……」阿型手裡抱著足球，語氣充滿了畏懼和崇敬。「她能夠留下來幫忙。」

「嗯。」鬼鼻師那被鼻子遮住，幾乎看不到的細長眼睛，透出著威嚴的視線，看著琴。「理由？」

「因為，因為，她很可憐，若放她一個人在外面，可能沒多久就被陰獸吃掉了。」阿型低著頭，語氣極度恭敬。「我們租界成立的理由，不就是為了貫徹火星鬥王大人創造樂土的概念……」

「嗯。」鬼鼻師眼睛瞇起，「你怎麼看？酷巴。」

阿型懷中的酷巴轉了半圈，面對著鬼鼻師，那十歲孩童的容貌，露出笑容。「老大，我覺得她可以。」

「怎說？」

「因為，我沒打中她喔。」酷巴眼睛眨著，「雖然感受不到她的道行，但在教室中，我確實沒打中她，而且，土地剛好在昨天晚上爆發第三次噴發……」

「你要說的是……她有時運？」

「老大，對。」酷巴那孩童般的臉龐，此刻綻放成熟的光芒。「這女生，可能有時運，土地想留她。」

「是嗎？」鬼鼻師摸著鼻子，「時運嗎？」

「就是，老大。」酷巴點頭。

鬼鼻師摸著鼻子，看了琴與阿型，然後慢慢的從鼻孔噴出一股氣，雖然只是輕輕一噴，但琴已經感覺到自己的長髮被吹了起來。

「好。」當鼻氣散開，只見鬼鼻師已然點頭。「就讓她留下吧。」

第三章・武曲

琴，就這樣留下了。

開始了每天隨著阿型打掃土地，清掃國小，安穩而平實的生活。

這個掌管租界的組織，共有一百餘人，隱然是一個小型的黑幫，領袖是鬼鼻師，旗下分為兩大門，一為「守字門」，領袖為麥斯，是一個有著金色長髮，外貌帥氣的男魂，有如某知名手機軟體中一個叫做詹母是的男魂，他轄下的守字門共有七十餘人，專司打掃，整理，並將土地噴發出來多餘的地果進行包裝與販賣。

這守字門，儼然是一個小型的經濟工廠，而阿型則是這守字門中的一員。

而鬼鼻師下面另外一門呢，則是「戰字門」，這裡畢竟是陰界，就算租界掛著火星門王之名，但這僅能阻擋大型黑幫與政府的介入，卻阻止不了許多流離亡魂的侵擾。

這些亡魂多是斷手斷腳，連黑幫與政府都不願意收容的殘魂，這些殘魂被土地的靈氣引來，想要搶奪土地的能量。

戰字門的工作，基本就是驅逐這些無主殘魂，戰字門共三十七人，領袖叫做「帆」，這三十七個人每個人都是來自四面八方，身經百戰的戰士，而酷巴則屬於戰字門。

戰字門工作必須冒著生命危險進行驅逐，但幸好這些無主殘魂都不算真正的厲害角色，也沒有辦法像是黑幫或政府進行有組織的攻擊，所以十餘年來，土地本身從未受到真正巨大的傷害。

而琴就是跟著阿型加入了守字門，開始了她進入陰界以來，最平穩的半年。

每日，琴會隨著阿型等人，將土地徹底打掃，並整理地果，到完成出貨後，所有人躺在教室的頂樓上，隨意的亂聊。

聊地果的滋味，聊土地外的世界，聊最近看到許多政府與黑幫的大事件，而琴，則隨著這群人，安靜坐在頂樓的一角。

她總是將雙腳併攏，雙手環抱膝蓋，看著天空。

此時此刻，好多東西，突然變得遙遠起來。

黑白無常的連環追殺，莫言的壞嘴，橫財的粗暴，大耗的死亡，小耗的生死，真正讓琴傷心憤怒的，還是小才與小傑的背叛，以及天使星的犧牲。

她會看著自己手腕處的那個雷弦刺青，問自己，如果我不是武曲，你又為何會選擇我？

記憶風鈴，也安靜下來了，像是一個普通的鈴鐺般，安穩的躺在琴的懷中，漸漸的，琴甚至偶然認為，這段平穩日子才是她真正的宿命，她會和多數的魂魄一樣，活到八九十歲，然後因為失去能量而慢慢死去，或投胎，或消散在這世界上。

這段時間，對她很好的，是阿型。

而琴也知道了阿型的故事，阿型在陽世的時候，是一個普通的上班族，活到七十餘歲，因為常見的癌症而死，事實上，阿型多數的陽世記憶已經淡薄，但他卻仍深深記得，他為什麼會在陰界成為了一尊人不人鬼不鬼的模型呢？

國小時，阿型是一個非常愛惡作劇的調皮學生，縱然他本性不壞，但就是改不掉捉弄其他同學的壞毛病，某一次，阿型知道某個同學極度怕鬼，於是他找了許多同學，搞了一個嚇死人大會。

阿型先是把那個怕鬼的同學，在晚上騙回了學校，然後用盡各種阿型他們能想到最可怕且有趣的方式，去驚嚇那名同學。

最經典的一個嚇人橋段，正是模型人的復活，那一晚，教室充滿了那同學淒厲尖叫聲，與阿型等人的訕笑聲。

對阿型而言，他們過了一個非常痛快過癮的晚上。

只是，到了第二天，他們才知道自己闖禍了。

那個受到驚嚇的同學，再也不來學校了。

那晚的恐怖體驗宛如棲息在黑夜中的怪物，盤據上那受驚嚇同學的內心，他再也無法回到這間國小，再也無法坐在課堂上與同學上課，再也無法如正常人般的凝視黑暗了。

那受到驚嚇同學的母親，頭髮已然半灰半黑，穿著有些破舊的衣服，來替自己的兒子辦了轉學，臨走前，若有似無的，那母親看了阿型的方向一眼

那是一雙很疲倦的眼睛，被生活壓力，被窮困收入，被許多身為人，必須承擔的擔子給

壓得疲倦萬分的眼睛，彷彿有意，又彷彿無意的……看了阿型一眼。

從此，阿型就再也沒有看過那個同學了。

當阿型從國小畢業，國中高中畢業，大學畢業，後來踏入職場，努力工作並組織家庭，到最後六十幾歲退休，阿型都從未再看過那同學，但，他知道，自己從未有一天，忘記那個晚上，以及那母親的一眼。

萬分無奈的生命中，萬分無奈的一眼，宛如一柄永遠無法拔除的利刃，貫入了阿型心中。

如果，沒有那個晚上就好了……

如果，不要嚇那個同學就好了……

如果，自己不要弄那個人體模型的惡作劇就好了……

如果……

七十餘歲，阿型拿到了醫生診斷單，並且確定罹癌，半年後，阿型拔管，宣佈死亡。

當他來到陰界，他發現自己竟然又回到了國小，而且已經脫離了正常人體的狀態，他，成了一尊人體模型。

剛好，就是令怕鬼同學尖叫最慘烈的一個橋段。

陽世多年的夙願，不只讓阿型變成了人體模型，更給了他能量，讓他成為一個活不活，死不死的陰魂。

阿型。

陽世一個惡作劇，讓他必須用漫長的陰界生命來償還。

這段時間中，對琴而言實在平穩，但平穩之中仍發生了不大不小的兩件事，其中一件，是火星鬥王派了石之八座來探訪這塊土地。

石之八座，為黑暗巴別塔的管理者之一，曾在鈴的大規模毒殺觀眾事件中，與鈴交過手，冷酷不苟言笑是他的一貫風格。

他探訪這塊土地的目的有二，一是代表鬥王進行例行的巡查，二則是探究近期土地的變化。

所有人都共同認為，第二點，才是主因。

「土地的噴發，突然由兩次增為三次？」石之八座坐在校長室內，而站在石之八座之前，則是畢恭畢敬的鬼鼻師。

「是的，石之八座。」鬼鼻師說。

「怪。」石之八座手上是數個月來土地噴發的紀錄，這土地維持了二十餘年每月兩次的噴發地果，卻在最近幾個月內突然增加為三次，而且第三次的地果，還是滋味與價值遠勝於前兩次的白金地果。

「是，但我們已經找專家調查過地質，調查過風水地象，都未發現驚人的改變，上次的大颱風，也未對附近的地貌造成太大的改變。」鬼鼻師表情同樣的困惑。「我們也無法理解。」

「土地這東西和寶物不一樣，寶物是人為能量，土地是自然能量，自然能量的變化通常以百年為單位，」石之八座沉吟。「在短短的幾個月內，噴發次數就增加一次，實在太不尋常了。」

「是啊！是啊！」鬼鼻師點頭如搗蒜。「我們也這樣想，但，就是找不出原因……」

「嗯。」石之八座起身，「你帶我繞這土地一圈，我來看看有何異狀吧？」

「是。」

那天，石之八座就在鬼鼻師的帶領下，看過了整間國小，細細檢查了每間教室，操場的每個角落，甚至連廁所都沒放過。

「陽世呢？」石之八座問了。「陽世的人有發現什麼嗎？」

「陽世也受到了土地噴發的影響，每個學生的成績都變好了，對外比賽成績抱了不少獎牌回來，工友簽了樂透賺了好幾十倍，單身的女老師找到了帥哥男朋友，最誇張的莫過於……」鬼鼻師一一報告。「有人買到地獄十二了，Div 這個拖稿王這次竟然準時了？」

「嗯，感覺上陽世的人也是受到了土地影響，但真正的源頭是什麼呢？」石之八座眼睛瞇起，凝視著這間國小。「這土地似乎正在興奮著，但是什麼讓土地感到興奮呢？」

「不知道。」鬼鼻師苦笑。

「真是一個謎。」石之八座如刀般堅毅的五官，也因為百思不得其解而微微扭曲。「你可知道，土地異變這件事可大可小，就怕引來政府方面的關注，尤其是白金老人……」

「是，我知道，我會盡快查清楚。」鬼鼻師嘆氣，他完全明白石之八座在擔心什麼。

土地噴發次數增加，表面上是表示土地的價值大增，但風險性卻是會引來政府的關注，政府中管理土地者為白金老人，以其對金錢的貪婪程度，搞不好會試圖將土地回收，換言之，土地的異變對鬼鼻師等人而言，到底是好事或是壞事？實在很難論定。

「那最後一件事，這和土地異變沒關係，是例行性的工作，請你把所有的土地管理人員都找來吧，」石之八座說，「看看大家有無意見要反映。」

「是。」鬼鼻師鞠躬。

這一天下午，也是琴第一次見到石之八座，這位擁有乙等星格，全身沒有半點縫隙的高手，站在眾人面前，與眾人進行簡單的訪談。

訪談的內容則無太大驚奇之處，多是討論最近殘魂的攻擊增加了，暴走的陰獸也多了，但戰字門依然可以抵禦，並不成問題。

而當石之八座拿著名冊一一點名時，他特意停在琴的面前，他看著名冊，問：「妳是新人？」

「嗯。」琴低著頭，長髮垂在胸口，學習阿型等人謙卑的模樣。

「身為守字門，雖然沒有戰鬥的危險，但把土地清掃乾淨，也是一件非常重要的任務。」石之八座聲音低沉，「知道嗎？」

「嗯。」

「妳叫做琴？」

「是。」

「歡迎妳的加入。」

「謝謝。」琴微笑。

石之八座之後就回去了，帶著無法解釋的土地異變離去了，但就在半個月後，在琴記憶中，第二件讓她印象深刻的事就發生了。

那是一個月光明朗的晚上，一個穿著斗篷，高大，神祕，將極強的道行隱藏到讓人無法察覺的男人。

悄悄的，無聲的，來到了這片土地。

而唯一發現他的人，就是琴。

那晚，剛好就是當月的市集。

這晚，土地又噴發了三次地果。

第一次是銅綠色，第二次雪白色，第三次，又是白金色，而且白金之中還透著讓陰魂與陰獸為之瘋狂的七彩暈紋。

伴隨著陰魂與陰獸的歡呼聲，滿地的地果被拾起，大咬一口，然後，時間像是靜止般，所有人都一起停下了動作，不說話，也不聆聽，只是單純的將所有的感覺，都放在自己的舌頭上。

安靜，無聲，只為了享受這瞬間，來自舌尖的美好。

然後，市集又熱鬧的繼續，釣人頭的遊戲，爆破內臟九宮格，美女老闆與高壯的男老闆，光怪陸離的黑心油遊戲……以及越來越多的攤販與人群，也是因為土地的噴發越來越精采，讓市集快速脹大，成為這附近最有名的市集。

而琴呢，她一如往常，和阿型等人坐在操場的角落，周圍都是散落的地果，帶著輕鬆愉快的氣氛，看著眼前的市集。

阿型有些醉了，對琴說了好幾次，「其實妳很漂亮。」「妳會一直留著吧？我會罩妳喔。」「我老覺得妳不屬於這裡，但一直告訴自己這是我自己胡思亂想的。」「別老是笑，什麼都不回答，好嗎？別老是微笑好嗎？」

是的，琴沒有回答，只是淡淡的微笑著，然後任憑醉倒的阿型，倒在自己的腿上。

琴可以感受到阿型的溫柔與善意，但她卻無法回應，因為她很害怕，怕那些毀掉她一切的邪惡高手們，會重新找回這裡，然後再找到琴。

接著，又是一場接著一場如惡夢般的屠殺，那是琴最不忍心，也最不願意發生的事啊。

所以，對於阿型的善意，琴只是微笑著不去回應，倒是酷巴始終對琴抱著一絲戒心，酷巴有著比阿型更敏銳的直覺，只是酷巴話不多，只在一旁觀察著琴。

不過，就在這些心事淡淡的在琴的心頭飄過時，忽然，她感覺到此時土地的氣氛改變了。

雖然只是短暫的一瞬，但琴確實感覺到了，圍繞在她周圍的電荷，倏然失去了平衡，像是被某種更巨大的力量闖入。

但就在下一瞬，那巨大的力量又躲藏起來，讓周圍的電荷恢復平衡。

「有誰來了？」琴猛然抬頭，她在市集中，看到了一個身穿斗篷的高大影子，快速藏到了人群之後。

基於一股想要保護租界的意志，琴把阿型醉倒的身體放到一旁，起身，朝著那高大的影子，邁步追了上去。

琴看著這高大斗篷的背影，她很明確的知道，此人不在市集的常客名單之中，而且此人一路上並沒有參與任何的遊戲，更沒有購買任何的食物，他只是雙手插在口袋中，靜靜的走著。

很奇妙的是，此人縱然高大，卻讓人幾乎感受不到他的存在，他周圍，彷彿罩上了一片朦朧的玻璃，讓他巧妙的隱藏在人群之中。

琴就算用雙眼緊盯著此人，但好幾次，卻差點將這個背影跟丟，琴忽然意識到，高手，此人肯定是高手。

就算只是隨意的走路，就已經能將全身道行隱藏起來，和周圍的遊客同化，這樣的技巧，琴感到似曾相識。

神偷，莫言。

對，有神偷之名的莫言，也許是天生職業的關係，莫言也擁有這樣與周圍同化的隱身特質。

這人究竟是誰？琴感到微微心驚，在這個和平的租界中，為何會出現與甲級星莫言相同等級的人物？

而對方雖強，但琴卻始終未曾跟丟，則全靠著空氣中的電荷。

每個人身體都帶著獨特的電荷，而電荷與周圍環境互相影響，就會造成一種不平衡。這樣的電荷不平衡，像是此人所散發的獨特氣味，化成一圈一圈的軌跡，在人群中東繞西轉，指引著琴的方向。

追了幾步後，琴赫然發現，是什麼時候開始，她可以這麼敏銳的察覺空氣中電荷的改變？

是這半年嗎？這半年琴完全沒有啟動任何電能的技，反而讓她對電的能力更加敏銳？但這疑惑只是短暫的閃過琴的意識，她馬上收斂心神，專注的感受著眼前電荷不平衡的軌跡。

因為，此人的方向改變了，他脫離市集了。

琴腳步微微遲疑後，決定將速度放得更慢，追蹤的距離拉得更遠，避免被對方發現，但她要繼續追。

而此人脫離市集後，在操場外繞了一圈，接著又繞進了教室，後來更繞過校長室，像是在閒晃，事實上更像是在檢查什麼……

琴越是跟，越是心驚，因為此人的足跡遍及了整個校園，屢次穿過戰字門與守字門的防禦網，但卻沒有任何人發現他，所有的人都只自顧自的做著自己的工作，彷彿這人毫不存在。

其中，還包括了道行最高的鬼鼻師，連他都只是抬起頭，動了動鼻子，自言自語的說：

「怎麼好像有味道？」但又低頭繼續辦公了。

琴感到心驚之餘，更怕自己的行蹤被發現，基於直覺，她開始調整自己與周圍空氣接觸的電荷，以盡量不侵擾周圍電荷的方式，小心翼翼的跟著這神祕高手。

而這神祕高手，繞過了整個校園之後，在一道樓梯前微微一頓，邁開腳步，朝著樓梯走了上去。

「這人到底在找什麼？」琴越來越納悶，這人有著接近莫言的隱身技巧，若要大鬧這片土地，戰字門或守字門肯定擋他不住，但他為何只是不斷繞著土地而行？他在找什麼？他的目的又為何？

這人徹底的激起了琴的好奇心，琴抬頭看了一眼樓梯，也跟了上去。

電荷不平衡的軌跡，像是一種被凝固的螺旋狀氣流，不斷順著樓梯往上，琴屏氣凝神，也一階一階的往上走著。

穿過二樓，螺旋氣流繼續往上，琴又繼續跟上去。

穿過三樓，螺旋氣流仍在往上，琴又繼續往上。

當三樓已盡，螺旋氣流轉了一個彎，又上了另一道更小的樓梯，事實上，再往上的樓層已經沒有教室，而是琴和阿型等人平常結束工作後，最愛休息的頂樓水塔了。

琴看著這螺旋氣流順著樓梯往上的痕跡，她遲疑了。

神祕高手上了頂樓？他為何要上去？還有，如果琴追了上去，頂樓可是一望無際的寬闊空間，唯一的出口就是眼前這小樓梯，琴行蹤被對方發現的機率大增。

該怎麼辦？

要回去通知阿型嗎？距離這麼遠，就怕一來一回，神祕高手就逃脫了。

但若不上去，這神祕高手若有什麼對土地不利的可怕陰謀，一定要提前發現才行。

想到這裡，琴的一股熱血衝上了腦門，她決定往上走，因為她想保護這土地上的每個人，保護這些拚命想要守護土地的笑容。

然後，當琴踏上了頂樓，一幕令她吃驚的畫面，就像一頭潛伏在頂樓的猛獸，早就等待著她。

另一頭，操場上。

一顆球，滾啊滾，滾過了數百公尺，滾過了四分之一個操場，最後撞到了一個躺在地上的男人後，才停了下來。

那個躺在地上的男人伸出塑膠製成的手，抓了抓光溜溜的塑膠頭顱，說話含糊。「幹嘛撞我啊，酷巴。」

這顆球，不是別人，正是死後幻化成一枚足球的酷巴。

「阿型，起來。」酷巴皺眉。「你看到琴了嗎？」

「琴？不是一直在我旁邊嗎？」這個因為酒醉而躺在地上的塑膠男人，果然就是阿型。

「咦？她不在了？」

「對啊，我沒看見她了。」酷巴語氣低沉。

「琴不在了？琴不……在了？她終於離開了嗎？我早就知道有這麼一天，我早就……哇，早就知道……」阿型說到一半，突然放聲大哭。「琴走了？我早就知道她不屬於這裡，她是我見過最漂亮的女魂魄……」

「哭個屁！琴不是離開了！」酷巴跳了起來，球體在空中轉了半圈，重重的搥了阿型頭頂一下！「有戰字門的人和我說，琴的形跡頗為奇怪，似乎在跟著什麼……」

「所以她不是離開了，不是嗎？哇！」說到這裡，阿型又哭了起來。

「幹嘛又哭？」

「因為太高興了啊。」

「你這傢伙，真的不能喝酒，一喝酒就會胡言亂語。」酷巴十歲孩童的臉，翻了翻白眼，顯然對阿型的白癡感到無奈。「我要講的是，我不知道為何琴的形跡會這麼詭異，但我們有必要去查一下。」

「嗯？」阿型抓了抓塑膠製成的頭頂。「查？查啥？」

「查琴到底在追什麼？」酷巴皺眉。「她的形跡讓我很擔憂。」

「喔。」阿型起身，搖了搖滿是酒意的腦袋。「好。」

「那我們快。」

「等一下。」阿型停了一下。「酷巴，你為什麼特別……」

「特別怎樣？」

「特別，針對琴呢？」阿型歪著頭。「你好像很不信任她。」

「嗯，」酷巴看著阿型，他多數時候會被阿型的少根筋氣死，但極少時候，卻會被阿型一針見血的話語給震撼。「你想知道？」

「當然想。」

「因為，我和你一樣，我覺得她不屬於這裡，總有一天會走。」

「嗯，所以……」

「所以，如果這只是她的一個中繼站，我希望，她不要毀滅了這個中繼站後，繼續前進……」

「啊。」

「別忘了。」酷巴眼神中放出警戒的光芒。「土地噴發次數突然增加的那一晚，就剛好是琴出現的晚上。」

「啊。」

「她與土地噴發有關嗎？是湊巧？還是徵兆？我不知道，但我唯一確信的是，我想保護這片土地。」酷巴說，「因為這裡是我的家，這裡是數百名陰魂的家。」

「嗯。」

「所以，我們去找琴吧。」酷巴看著阿型。「沒問題吧？」

「當然。」阿型起身，「我會發動守字門的人，用最快速度找到琴。」

「很好。」酷巴笑了。「戰字門也會幫忙。」

而琴呢？當她踏上頂樓，映照在她美麗雙眸的那一幕畫面，究竟是什麼？

畫面中，神祕高手已然轉過了身，站在樓梯口處，看著琴。

「啊，慘啦，被發現了？」琴吐了吐舌頭，苦笑。

但，也許是月影的關係，也許是高手臉藏在斗篷陰影的關係，也許是高手刻意干擾了周圍的氣，讓他的五官讓琴完全看不清楚。

琴只感覺到一團，極度威猛，極度渾濁的黑色霸氣。

「你是誰？」琴感到渾身戰慄，從這麼驚人的壓迫感來判斷，此人的實力恐怕不下於莫言。

「……」這人沒有回答，只是慢慢的伸出了手掌，然後五指旋握，旋成一顆拳頭，拳心正對著琴。

「等……」琴感受到對方的戰意，急忙伸出手，想要解釋一切。

但對方卻完全沒有給琴解釋的機會。

下一瞬，拳頭已經來了。

「喂！」琴大叫，但拳頭來得好快，琴急忙一個旋身，驚險避開，只是琴才要繼續解釋，她發現對方竟然已經轉身，第二拳又來了。

好快，剛剛是什麼速度？

這人的轉身和揮拳，都不用時間嗎？

琴看著第二拳轉眼就逼近了她的左臉，拳壓更讓她的長髮因此飄揚，琴知道，這拳若正中紅心，她從此可能就是半臉美人了。

這一瞬間，琴感到電能在體內自動流竄，電能順著琴的神經和肌肉高速流動，神經提升反應，肌肉則提升了琴的速度。

當電能灌入兩者之中，逼得琴的速度瞬間提升到另外一個次元，琴甚至有了拳頭的速度陡然減慢的錯覺。

像是被切上了慢動作的按鈕，琴一個側頭，以僅僅三公分的距離，再次避開這一拳。

「喔。」看見琴竟然能夠避開，對方發出低沉的笑。「那得用兩成了。」

什麼，才兩成？

琴還沒完全明瞭到這兩個字的含意，第三拳又來了。

這拳的速度比剛剛更快了一倍，而且此神祕高手的揮拳，似乎不用預備動作，隨手一舉，就是一個君臨天下的猛拳。

這人是誰？難道是主星？又或者是黑幫十傑中的人物？

彷彿受到這高手道行的刺激，琴也開始爆發自己的潛力，電能再次刺激著琴的神經與肌肉，讓她一個完美的迴身，她像是一個舞者，旋轉她纖細高挑的身材，這次的迴身，好美，美到宛如一支藝術之舞。

「躲得好，是我太低估妳了，再加一成。」神祕高手低沉的聲音再次響起，下一刻，那威猛的拳頭在空中以一個不可思議的角度轉彎，然後再次來到琴的面前。

「啊！」

面對突然轉向的猛拳，琴完全措手不及，她唯一能做的，是將雙手舉起。

硬接。

轟嘩砰垮轟爆蹭搭暴垮砰。

一陣刺耳而尖銳的聲音響起，琴身體往後飛騰了數十公尺，直到撞上了水塔停住。

琴落地，卻沒有摔倒，落地時，雙腳穩穩的站定，只在地上留下兩條焦黑的滑行痕跡。

而這神祕的高手，看著自己的拳頭，斗篷下陰暗的臉，露出了一個古怪的笑容。

「電？」神祕高手的拳頭，表皮因為琴的電而微黑，「妳的技，是電？」

「是……又怎樣？」琴擺出架式，剛剛那瞬間她避得極險，但奇妙的是，琴卻發現自己一點都不怕，反而感到微微的刺激與興奮。

就像是一種期待，期待這神祕高手打出更強的招數，琴不懂自己這樣的心情，她不懂，但她也沒有更多的時間弄懂了，因為，神祕高手往前一踏。

拳頭，又來了。

「四成。」

琴雙手拍擊，左右電能交會，然後琴打開雙手，頓時拉出一條白中帶紅的電蛇，接著琴幾個旋身，電蛇順著琴宛如舞蹈般的動作，在空中盤桓，蜿蜒，竄流，曲折，美到令人著迷。

電之白蛇，在琴的手中，展開了與這神祕高手的拳頭纏鬥。

「五成。」那神祕高手再次加強了武力。

當神祕高手用到了五成，拳頭也發生了變化，拳心中透出了深沉的紅黑色光芒，每一下揮擊，都像是巨大的夜之火甲蟲，充滿暴力與迷人的力量，與琴的電之白蛇交互盤旋飛舞。

遠遠看去，只見到一白蛇與一紅甲蟲交互盤繞，在夜晚中是如此的美不勝收，絲毫不會感覺到兩者正在以武力分出高下，反而是一場獨特且賞心悅目的奇異舞蹈。

更奇妙的是，身處在電之白蛇與火甲蟲中心的琴，竟然也有著相同的感覺。

她可以感覺到火甲蟲的速度極快，不斷在她的臉畔，身旁，呼嘯擦過，高溫帶出了火光，更讓她全身火辣辣的疼痛。

但她卻越打越開心，越打越舒暢，因為每當火甲蟲威能速度提升，她透過電能展現的體術，就會再升上一級，手上的電蛇也會隨之加強，剛剛好避過原本可能致命的一擊。

偶爾被擊中，琴的電蛇總能及時回救，偶爾又被打飛，但琴總能在空中騰轉半圈後，落地，然後在下一秒，再次揮動手上電蛇，反擊這神祕高手。

越來越強，越打越強，琴忽然明白了，這神祕高手此刻也許並不打算殺琴，而是在和琴說話。

用火拳頭，用五成力量，在和琴說話。

而琴也回應著每一下拳頭，用她的電感，用她的體術，用她的電之白蛇，認真的和對方回答。

他們不是在對決，不是在分出生死，他們像是老友，在過了好多年後偶然相逢，在這個吹著涼風的夜晚陽台，以拳頭當酒，以武術當小菜，閒話當年。

但也就在他們交手過了百招，琴感覺到自己對電能越來越得心應手之際，忽然她有了一個調皮的想法。

以往從來不敢挑戰的調皮想法，她身陷在不斷高速衝來的火甲蟲中，卻用一個絕妙的動作，微轉身，然後拉弓。

她拉的弓，自然是藏在她手上的刺青，雷弦。

以往的琴，每次拉動雷弦，總是要儲備足夠的時間，要完整的動作，這在雙方絕招對決時，也許有用，但若在瞬息萬變的高速戰鬥中，琴的雷弦往往成為一個可看不可用的險招。

但，此刻的琴，卻想要試試，試試看這麼危險的高速對決中，她能否拉開這雷弦，能否以雷弦之力，逼出對方更強的功力。

所以，琴將自己的體術再往上提升，動作更精練，姿態更柔美，連帶的，她的舞者儀態又更美了。

雷弦的拉弓動作也縮小許多，以往無法成形的箭，這一次卻，成形了。

這是在琴記憶中，最美，最亮，最精采的一箭，就這樣在高速猛射的火甲蟲之拳追擊中，離弦。

雷箭，離弦。

「好樣的。」

琴清楚聽到了，這神祕高手第一次，深深的吸了一口氣。

「雷弦這個心高氣傲的寶物，竟然認了妳啦。」那神祕高手眼睛倒映著雷箭的光芒，那是一雙粗獷而溫柔的眼睛。「六……不，七成！」

七成。

火甲蟲之拳這瞬間，改變了形態。

甲殼張開，化成點點鱗片，觸角往前，化成兩條龍角，甲蟲之尾延伸，再延伸，延伸成一條蜿蜒燦爛的紅色龍尾。

這拳，已經不是甲蟲，而是龍。

火龍，正面對決琴的雷箭，而雷箭竟然也跟著改變形態，筆直的箭身有了弧度，背上舒展出一對豔麗的白色翅膀，箭首化成美麗的鳥嘴勾。

這箭，不只是箭，而是鳥中之聖，鳳凰。

甲蟲與雷箭，火龍與雷之鳳凰。

火與電，碰撞了。

這剎那的火花，照亮了頂樓光芒，照亮了半個夜空，然後又在下一瞬間，熄滅了下來。

酷巴和阿型也在這一刻同時感受到天空的異常。

「剛剛，」阿型開始邁步狂奔，「是頂樓。」

酷巴更是用力朝著旁邊的樹一撞，然後以極高的反作用力，化成一枚球形砲彈，朝著頂樓衝上去。

「是頂樓。」高速的風中，酷巴的臉已然變形。「頂樓，琴一定在頂樓，到底發生了什麼事？」

頂樓，這瞬間火與電的交會，到底結果如何呢？

琴直挺挺的站著，長髮飄揚，宛如一尊美麗的女神雕像。

而神祕高手的斗篷已然破碎，露出了原本豪壯的身材與堅毅的面容。

「七成啊。」神祕高手露出了淡淡笑意。「妳來到陰界多久？兩年？」

「嗯。」琴訝異，怎麼每個人都看得出她剛死不久？

「兩年就已經逼我用了七成。」神祕高手微仰頭，閉上眼，彷彿在品嚐著什麼美好的記憶。

「好期待，妳恢復實力的樣子啊。」

「不懂？我恢復實力？」琴微微皺眉，她幾乎已經猜到神祕高手將她錯認成誰了，武曲，又是武曲。「我，我不是……她。」

「不是她？誰說的？」

「長生星。」

「長生星？」神祕高手沉吟了一會，嚴肅的五官忽然露出了古怪的笑容。「專門觀察人星格的長生星？他說的？」

「是啊，人家都說，長生星絕對不會看錯星格。」琴說到這，聲音放低，「我不是武曲啦。」

「是的，長生星絕對不會看錯，」神祕高手古怪一笑，「但妳怎麼知道他說的是實話呢？」

「不是實話？長生星又沒有理由說謊？我又不認識他。」琴搖頭。「當時小天拜託他幫我看星格，他更不可能說謊啊。」

「是嗎？」

「是啊。」

「算了，這不是重點，重點是，妳『覺得』自己是誰啊。」神祕高手慢慢的說著，「我記憶中的那個人，可是一點都不會在意自己身分，更不會在意別人眼光的。」

「嗯。」琴歪著頭，而此刻，她隱隱聽到了懷中風鈴搖曳的聲音。

風鈴，也認同這個神祕高手的說法嗎？

「其他人快來了。」神祕高手轉過身，朝著頂樓另一邊走了過去。「我得走了。」

「等等……」琴看著這人粗豪的背影，忽然有種捨不得的感覺，像是要與久別重逢的老友告別。「你，你都沒說，你是誰？」

「我？」

「嗯。」

「我是一個來找為什麼……『我的土地』會異變的人。」神祕高手往前走著，已經逼近了頂樓邊緣，他的腳下，可是沒有階梯的。

「我的土地？等等，你說這是你……你的土地？」琴眼睛睜大。

「是的。」那神祕高手往前一踩，踩過了頂樓的邊緣，身體開始往下墜，筆直的往下墜落。「所以，妳覺得我是誰？」

琴一愣，還沒來得及回話，鬥王的身形已經消失在頂樓的邊緣處，琴往前奔去，朝頂樓往下看去。

神祕高手已經消失了。

「土地的主人？難道，他就是阿型崇拜得要命的……火星鬥王？」琴雙眼看著剛剛神祕高手墜落的地面，沒有任何飛行的身影，沒有任何墜地的痕跡。

火星鬥王，這個被喻為甲級星之首的男人，就這樣神祕的消失在頂樓的這一側。

留下的，只有在琴的拳心處，那與火甲蟲硬拚之後，微微火燙的餘溫。

「這就是火星鬥王嗎？」琴低語，剛剛激戰的餘韻還在她心頭縈繞。

真的嗎？剛剛與自己戰鬥的，竟然是火星鬥王？

一分鐘後，當阿型和酷巴從樓梯追上，他們只見到琴高挑纖瘦的背影，在月光下，看著頂樓的另一側。

「琴，剛剛那是怎麼回事？為什麼出現巨大亮光？」酷巴急問。

「妳幹嘛一個人突然到頂樓？」阿型也急問。

「我剛剛，」琴比著頂樓的另一側，「遇到火星鬥王了。」

「火星……鬥王？」阿型和酷巴眼睛大睜。

「對啊，和他打了一架，最後他從頂樓跳下去了。」琴說。

「妳，和火星鬥王，打架？」聽到這，阿型原本扭曲的表情忽然鬆下，取而代之的，是瘋狂的大笑。「哈哈哈哈，哈哈哈。」

「有那麼好笑嗎？」琴歪著頭。

「火星鬥王？妳是說我們這土地的老大嗎？他沒事幹嘛偷偷摸摸的來這裡？更何況，妳知道他是誰嗎？妳和他打架？他用一根指頭就可以把妳碾碎了。」

「可是，他說他剛剛用了七成力……」琴想解釋，但顯然阿型與酷巴完全把這一切當笑話。

「七成？哇哈哈哈，鬥王大人不可能親臨，他的七成力就是一個甲級星的實力了！所以，妳剛剛如果真的遇到了人，一定是這附近的殘魂吧。」阿型走向頂樓另一側，「妳剛剛說，那殘魂從這裡跳下去了？」

「嗯。」

「那一定是聽到我和酷巴的腳步聲，所以趕快逃跑了。」阿型點頭，「欸，琴，有件事和妳說，認真的。」

「嗯。」

「下次遇到這樣的殘魂，記得大聲喊出來，我會來幫妳，妳是新魂道行還太淺，讓我來解決他就好了。」阿型拍了拍胸脯，擺出大哥的模樣。「懂嗎？」

「嗯。」琴看著阿型，感受到來自阿型真誠的善意，她不禁笑了，然後點了點頭。

「不過最近真的怪怪的，是陽世在亂嗎？殘魂也越來越多了。」阿型皺眉，「對吧，酷巴？」

「是的，最近幾個月殘魂真的變多了，也許是土地能量轉強的關係。」說到這，酷巴的表情轉為嚴肅。「我們戰字門三十七人，也有些吃力了呢。」

「是啊，這件事我們還是和鬼鼻師回報一下好了。」阿型雙手扠腰，看著頂樓下方。「最近，可能真的要提高警覺了。」

「嗯。」

琴看著阿型的背影，忽然有種感覺，土地能量的提升，地果產量與品質都倍增，但，究竟對這群人而言，是好是壞，還真的很難說。

只是，土地的能量為何增幅呢？琴歪著頭。

這一點，連她也想不通啊。

只是當時的琴並不知道，殘魂增加這件事，竟然就是讓她離開這片安逸土地的導火線。

第四章・破軍

比起阿型對琴的百般照顧，事實上，酷巴對琴，是存有一份戒心的。

也許，那一晚的教室內，琴以新魂之姿，竟然能避開酷巴最得意的，高速足球來回轟擊。

也許，就是琴出現的那一天，土地發生了無法理解的異變，噴發次數由二變為三，而且從此之後，品質與數量都不斷增加。

又也許，琴雖然低調沉靜，但總無可避免的散發出一種神祕的氣質，這份讓酷巴無法理解的氣質，讓酷巴無法完全卸下對琴的戒心。

事實上，酷巴在陽世的時候，也是一個人，但卻絕對稱不上好人，因為他靠著地下賭博，成立假公司等各種介於合法與非法之間的手段，賺取財富，而他賺錢的速度是其他人的十倍，二十倍，甚至是一百倍，兩百倍。

而他也知道，這個行業不是每個人都玩得起的，因為酷巴對數學有驚人的邏輯能力，更重要的是，他下手夠狠，敢賭，敢衝，以及，當他坑殺其他人錢財時，他有種絕對不手軟的霸氣。

不管那些人拿的錢來自哪裡，是藏了二十年的私房錢？是工作了一輩子的退休金？是要給小孩的學費？還是襁褓中嬰兒的奶粉錢？

酷巴沒在管，因為他很清楚，這些人也許可憐，但他們之所以會可憐，都是因為一個字：

「貪」。

如果不是貪，他們怎麼可能把錢掏出來？既然掏錢的這一瞬間，是符合他們自己意志的，那，就沒什麼好憐憫的。

酷巴就這樣替自己賺進大筆財富，遊走於黑與白之間，但卻是某次國小同學會，讓酷巴黑暗渾濁的人生，產生了無法預料好壞的改變。

同學會內，這些二十八九歲的同學們，有男有女，聚在一間咖啡館內，與其說是回憶當年，不如說是在互相評價對方這些年來的成就。

就是在那次同學會，酷巴更強烈感覺到他與同學間的差異，那些國小同學多數都在吃人頭路，優秀一點的可能已經開始當小主管，平凡一點的就是還在學習職場規矩，吃飯間此起彼落的抱怨著自己工作爛，沒前景，薪水少，主管智商太低受不了。

而酷巴呢？他身上的西裝可能是所有男女身上衣物價格的總和，他的手錶可以換上一部高級轎車，他一天賺的錢，可能是眼前這些同學三個月的薪水。

更讓酷巴感到諷刺的，是那些女生的目光，二十幾歲，掙扎於令人嚮往物質生活的幾個女孩，已經敏銳的察覺到，酷巴那不同凡響的財力背景。

於是，她們黏上來了，像是某種身居在潮溼的洞穴深處的軟體動物，一碰到人類，立刻用觸手抓住人類大腿的皮膚，然後狠狠地黏住。

酷巴覺得好笑，因為他還記得這些女生在國小時那副高傲的模樣，如今，只不過是一堆軟體動物而已嗎？

說到高傲的，最高傲的，非「那個女孩」莫屬吧，她呢？咦？她沒黏上來。

那個女孩，叫做嫙，她依然坐在位子上，一如酷巴記憶中的，低調，沉穩的，喝著自己的飲料，並與眼前的一個男生聊著最近的生活。

就是這個嫙，她也許不是班上最耀眼的女孩，但她的聰明，冷靜，自信，常讓酷巴在國小時候自慚形穢。

「嗨。」酷巴決定主動出擊，他起身，他不只有錢，他將自己的身材維持得很好，加上一張清秀的臉，他對自己的異性緣有百分之百的自信。

他想要捕獲嫙，一種酷巴自己也無法解釋的執著，讓他起身，朝著嫙的方向走去。

「酷巴？」嫙抬起頭，看了一眼酷巴。「好久不見。」

「好久不見。」酷巴微微轉動手錶，讓精緻的錶面對上嫙的目光，酷巴深信，女人這種生物，就算不知道這錶的價值，也能感受到手錶背後散發出來，不屬於這個年紀，那巨大的財富氣息。

「嗯，」嫙似乎看到了手錶，但表情卻絲毫不為所動。「我剛才和同學聊到你呢。」

「聊到我？」酷巴內心冷笑，嫙，嘿嘿，妳果然也只是普通女孩，連妳都無法控制的把我當成今天的主角嗎？

「是啊，聊到你，你現在還踢足球嗎？」

「足……足球？」

「對啊，我記得你國小時候好呆，除了數學還不錯以外，最讓我印象深刻的，還是足球。」嫙微微一笑，那清澈的大眼睛中，竟然沒有半點被金錢迷惑的茫然。「我超期待你上國中後，能夠繼續踢足球的。」

「沒了，上國中以後，就沒踢了。」酷巴發現自己講話的聲音低了。

「啊，為什麼？」嫙語氣中滿滿的都是失望。「你還記得六年級的時候，我們班踢進全國小的前八強嗎？酷巴，你是前鋒……」

「對，我們國小踢進了八強，對上的是超級強隊仁愛國小。」這時，對面的同學聽到足球，眼睛一亮，也擠進了這個話題。

「先不講八強，精采的是十六強那一場吧，忠孝國小那兩個雙箭頭厲害得像是鬼一樣，我們掉兩分之後，硬是追回了三分！」另一個同學聽到足球，也插話了進來。

「還有區域複賽也超酷的喔，對方超級愛用越位陷阱，還有信義國小的犯規戰術。」另一個男生也塞進了他們之中。

「那時候你們男生只要一踢，我們女生就去加油！老師還說，國文算什麼？加油最重要！」這時，連女生也加入了討論。

「對對，大家都記得，那一年的夏天，好精采！」這時輪回了嫙，她笑著說：「我們全班都為足球瘋狂，而且大家都踢得好棒。」

「對對，超棒。」眾人齊聲應和。「好棒的夏天！足球！熱血！」

此時的酷巴反而愣住了，剛剛一直瀰漫在話題中的，工作，離職，爛主管，沒有前景，遇不到好男人……那些污濁而骯髒的東西呢？怎麼一瞬間像是被陽光照射般，散去了。

而這道陽光，很顯然的，就是嬿的傑作。

連那幾個黏在酷巴身邊的女生，彷彿也都忘記了剛才黏著酷巴時的那種諂媚與污濁，語氣興奮，口沫橫飛的討論著當年夏天的足球。

怎麼回事？酷巴詫異。

嬿這女生是怎麼回事？

「酷巴呢？」嬿轉過頭，那雙清澈到讓酷巴感到畏懼的眼睛，正透出熠熠的光芒，彷彿要穿透到酷巴內心深處。「你還記得那年夏天嗎？」

「那年夏天……」酷巴喃喃自語著，「四強賽，我們挺進了四強，碰到了當年的冠軍隊……和平國小。」

「嗯。」嬿看著酷巴，眼睛瞇起，彷彿因為酷巴還記得足球而開心著。

「和平國小講究防守，尤其是守門員非常厲害，身高超過一百七，已經是國中生的身材了。」酷巴喃喃自語著，「我們平手到最後，唯一一次得分的機會，就是對方犯規，然後我罰十二碼球。」

這片刻，整個咖啡廳突然安靜下來，每個人似乎都想起了那個夏天的四強戰，也就是驚奇旅程的尾聲，那個最後的十二碼球。

「整個比賽下來，我已經踢進超過十球，被喻為最強前鋒，我主踢，站在守門員的前面，我可以感覺到，四周的空氣都因為這一球而安靜下來，然後我跑了兩步，起腳，射門。」

咖啡館很安靜，那是一根針掉落都會被聽聞的安靜。

「球飛了一個好漂亮的弧度，斜上之後，再陡然往下，而那個被喻為最強守門員則被我的球所騙，太早跳出來……」酷巴慢慢說著，「當所有人都相信，那球會成為這場比賽最後一球時……球撞上了球柱！」

球撞上了球柱……這秒鐘，現場的男人咬了牙，女人則閉上了眼。

「那是我最得意的一球，平常不知道練習了多少次，每次都會差二十公分墜入網中，但，偏偏那一天就是撞上了球柱，也許是場地，也許是風，也許是那天自己比賽到最後肌肉疲乏了，也許是太過緊張……」酷巴緩緩的吐出一口氣，「沒進。」

沒進，明媚的夏天，驚奇的旅程，走到這裡而終止。

所有的人，都一起吐出了一口氣。

每個人都記得那個時刻，因為球沒進之後，後來足球拉到了延長賽，在眾人體力耗盡的狀況下，被對方連進兩球，最後以第四名收場，而擊敗他們的和平國小，更以四比零擊敗了亞軍，登上了那年的冠軍。

看著和平國小拿到了獎盃，幾乎所有人都不約而同的想到了那一幕，那個十二碼球。

那球進了，我們就是冠軍了，不是嗎？

「那，之後還踢嗎？」在這片安靜的吐氣聲中，只剩下嫙的聲音，傳了出來。「國中以後。」

「不踢啦。」酷巴搖頭，事實上，從那次比賽之後，酷巴就再也不碰足球了。

「高中和大學呢？」

「都不踢了。」酷巴繼續搖頭，上了大學以後，酷巴就開始鑽研各種股市和賭盤，離開學校之後，更開始巧立名目，藉由人的貪念來進行斂財。

「喔。」漩的表情，像是有些失望，更像是早已預料到，輕輕的嘆了一口氣。

不過，隨即安靜的咖啡館又被紛亂的說話聲所覆蓋，但對生活的抱怨，對金錢的吹噓，都一起少了，更多的是那場足球賽，以及陽光與夏天。

酷巴回到座位，當那幾個打扮得漂漂亮亮，虛榮的女生又黏上來之時，酷巴的眼睛仍不時的看著漩。

那纖細樸素的身影，她究竟是有什麼魔力，竟能輕易的扭轉整個咖啡館的氣氛？

就和她在國小時候一樣，一模一樣。

國小同學會後，酷巴主動聯絡了漩，約她喝咖啡，看電影，與閒晃。

以往酷巴無聊時，他總習慣打開架設在辦公室那的六七台電視，電視上播放著世界各地的股市，期貨，以及賭盤，然後邊看邊打瞌睡，看到睡著為止。

而現在呢？他會和漩一起走走。

一開始酷巴帶著漩去吃了位在城市最高樓層的神祕餐廳，吃著被蓋上米其林三星的超昂貴美食。

但兩三次之後，莫名其妙的，沒有任何道理的，變成了娗主導用餐地點，她總是拉著酷巴朝著小巷內鑽，吃著一碗三十元餛飩麵，一盤四十元的鍋貼，小巷內的小店很擠，很熱，酷巴總是吃得滿身大汗。

但當滿身是汗的酷巴轉頭，卻看見了娗那清澈的眼睛，帶著笑。

「好吃嗎？」

「好熱，熱死了。」酷巴拉了拉溼透了的襯衫領子，這襯衫的價格，大概可以吃一千碗餛飩麵。

「對啊，有點熱，好吃嗎？」

「還好。」酷巴沒有正面回答，但他心裡其實已經給了答案。

這是他從國小畢業開始，所吃過最好吃的一碗麵，最好吃的一盤鍋貼，因為熱，因為擠，因為小巷小店，以及最重要的……娗。

「只是還好嗎？哼，那你幹嘛又加點？」

「因為餓啊。」

「哼。」娗轉過頭，哼了一聲。

而酷巴卻總在這一秒獃住，因為這是他最喜歡娗的一個角度，微微別過頭，馬尾甩動，那半邊側臉和纖細脖子與隱約可見的鎖骨。

彷彿是為了看這一個角度，酷巴才會不斷想惹娗生氣。

酷巴知道自己掉進去了，掉在一個名為愛情的漩渦裡，在這漩渦中，他向來自傲的金錢能力，自傲的少年得志，都變得不重要了。

只有這個女孩，這個側臉，這個哼的一聲，才是最重要的。

但酷巴不知道自己該怎麼表白，雖然旋從來沒有拒絕酷巴的邀約，雖然他們每週都會在大街小巷穿梭尋找小店美食，雖然他們不斷創造屬於彼此的回憶，但，酷巴就是不知道該怎麼表白……直到有一天，酷巴決定了。

晚上，他一個人拿著足球，來到了過去的國小，並走到國小的操場上，那個簡易的白色球門前。

他開始踢球，在這個晚上。

「你還好吧？最近精神不太好。」旋轉過頭，看著酷巴，她發現酷巴正在揉著眼睛。

「嗯。」酷巴搖頭。

「工作的關係？」

「嗯。」

酷巴極少和旋談到他如何創造財富，因為他怕那個黑暗渾濁的世界，會讓旋如驚弓之鳥，他甚至減少了賭博與金錢的遊戲，但，也就在最近，因為幾家大公司紛紛倒閉，讓許多原本乍看之下獲利的賭注瞬間崩盤。

不只酷巴損失的金錢，連他經手的幾個投資者，都一起慘賠，這些投資人滿肚子的火氣無從發洩，開始找人洩恨，而首當其衝的，自然就是酷巴。

「別玩了吧。」漩溫柔的看著酷巴，眼睛透徹。

「玩？」酷巴一驚，漩，妳是不是知道什麼？

「雖然詳細的部分不是很清楚，但也猜得到，你身上的衣服應該很貴，你的手錶應該也不便宜，這些都不是我們這年紀該擁有的。」漩那清澈的眼睛，注視著酷巴，「收手了，好嗎？」

「嗯。」

「好嗎？」

「嗯。」

「酷巴。」

「嗯。」酷巴沉默著，他的沉默，來自他不知道不玩金錢遊戲後，他還能幹嘛？

「從頭開始啊。」漩總是能輕易的看穿酷巴的猶豫。「薪水雖少，只有一點點錢，不過我們還是可以一起吃著小巷中的小店，很開心，不是嗎？」

「嗯。」

「不過就是一場足球，不要再逃避了，酷巴。」漩的語氣，又溫柔，又堅定，深深撼動著酷巴的心。「正面對決，足球講究的，不就是正面對決嗎？」

「嗯。」忽然，酷巴閉上的眼睛睜開了，專心的看著漩。「好，但妳要先答應我一件事。」

「什麼事？」

「後天晚上十點，妳可以到我們畢業的國小嗎？」

「啊？」

「操場上，足球球門前。」酷巴鼓起了勇氣。「我有話想對妳說。」

「足球球門前……？啊！」媄雙手摀住了嘴巴，然後那雙清澈的眼睛，瞬間彎成迷人的半月形，「嗯，我會去，我一定會去的。」

後天晚上，九點四十五分，酷巴雙手抱著球，他正在那國小的操場上，球門前。

這晚，他要展現連續幾週努力的成果，他要踢球門。

十二碼，他想要踢進，讓球先飄高，然後在球門前，以極度銳利的角度下墜，最後一球入門，改寫戰局。

只是酷巴畢竟多年沒踢球了，他練得是滿身大汗，練得是筋骨痠痛，但他終於練成了。

而且，他告訴自己，此球若進，他要表白。

和這個身上總是帶著陽光，擁有美麗的側臉女孩，表白。

時間，九點五十分。

酷巴正在進行熱身及調整，忽然，他感覺到了周圍有腳步聲。

他抬頭。

月光黯淡。

他發現來的人，不止一個。

五個？十個？每個人手上都帶著棍子，還有人拿著槍。

酷巴懂了。

人群沒有說話，只是朝著酷巴靠近。

原來，已經來不及了嗎？

人群繼續靠近，有人甚至已經高舉了球棒。

在巷弄的小店中吃著便宜的美食，逗著身邊的女孩生氣，然後轉過去美麗的側臉……原來，已經太慢了嗎？

人群腳步停了，圍在酷巴身邊不到一公尺處，每個人手上的棍子都已經高舉。

「嘿。」酷巴虛弱的笑了。「不過就是一點錢，各位大哥……」

酷巴的話沒有說完，棍子下來了。

落下的棍子，如雨。

噴出來的血，也如雨。

在血雨中，酷巴拚命睜著眼睛，想撐過去，但實在太難了，內臟全爛，腦漿破出，全身四十處骨折，這樣的傷勢還不死，也太為難造物主了。

於是，酷巴來到了陰界，然後當他睜開眼睛，赫然發現自己，變成了一顆足球。

一顆無法完成心願的足球。

隨著時間過去，酷巴慢慢的忘記了細節，但卻始終記得，當他成為足球陰魂時，所看到的那一幕。

十點整，人群散去，女孩來了。

她先是驚慌，然後抱住全身血泊的男孩屍體，急忙掏出手機報案，等待的過程中，女孩用力的抱住已經軟塌的男人屍體，用力的抱著，全身被血染紅也不在意。

「太慢了。」女孩咬著牙，閉著眼，眼淚一滴接著一滴，滑過臉頰。「早知道，早知道，當國小你踢漏那球開始，我就該這樣抱住你了。」

酷巴看著女孩，內心激動。

「國小時，剛看你踢球，老覺得你自認為自己踢得好，超臭屁，但，自從那一刻……看到你沒踢進時，那雙手扠著腰的背影，動也不動的背影，忽然我發現，我喜歡上你了啊。」

女孩眼淚不斷滑下。「我，為什麼不在那時候就去找你呢？為什麼要等這麼久呢？為什麼？」

遺憾，酷巴內心浮現了這兩個字。

「不知道為什麼，我就是知道，我就是知道你從此會迷失自我，我好擔心你。」女孩低語著，哭泣著低語著。「擔心了好多年，直到遇見你為止……只是，太晚了，在當時，我就該抱住你，告訴你一切沒事，只不過是一顆球而已啊。」

只不過是一顆球而已啊。

但，酷巴終究為了自己未償的夙願，化成了一顆球。

一顆背負著眾人期待，一顆理當帶領大家度過完美夏天的冠軍之球，但卻最後沒進，失落的足球。

「後來呢？」這故事是琴從阿型以及其他人口中，慢慢拼湊起來的。

「後來，有一天，我們陪著酷巴去參加了那女孩的婚禮，女孩結婚了，有了小孩，雖然在不經意中會露出悲傷的神情，但還算幸福快樂。」阿型這樣說。

「嗯。」琴歪著頭。「那酷巴……他還好嗎？」

「他還好，只是他有些疑惑，因為他似乎知道，這並不是他未償之願……」阿型說，「他未償的心願，也許還是那顆球吧。」

「該進而未進之球？」

「嗯。」阿型抬起頭，「那個讓驚奇夏天之旅，提早結束的那顆球。」

「嗯。」琴歪著頭，思考著。「還有，那個表白之球，總而言之，酷巴死後變成球的原因，都和足球有關啦。」

只是，當時所有人都不知道，這樣美好而平靜，訴說著彼此未償心願的生活，已經接近了尾聲。

就在數週後，第一次，大規模的，有計畫的，數量超過三百的殘魂進攻，突然來到了這片土地之前。

並揭開了這片土地有史以來最慘烈的一頁戰爭紀錄。

事實上，在殘魂展開大規模的進攻之前，曾出現了某個奇異的徵兆，那是一名突然躺在土地上的流浪漢。

在殘魂進攻的前一天晚上，在地果噴發處附近，突然出現了一個流浪漢，他全身衣衫破爛，躺在地上，呼呼大睡著。

「這是誰？」當守字門的陰魂向領袖麥斯報告，麥斯看著這個流浪漢，不禁皺眉。「有人認識他嗎？」

阿型等人互望了一眼，無人可以回答這問題。

「那就，扔出去。」麥斯手一揮。

眾人七手八腳抬起流浪漢，走過半個校園，然後朝門外一扔。只是當這些人氣喘吁吁的走回原地，赫然發現，剛剛操場的位置，那個流浪漢竟然依然躺在原地，呼呼大睡著。

「怎麼回事？」眾人神情詫異，議論紛紛。「剛剛丟的是同一個人嗎？」「是他自己跑回來的嗎？怎麼那麼快？」「他的技難道是飛毛腿？還是和黑白無常一樣是無限分裂？」

「再，丟。」麥斯撥了撥帥氣的金髮，宛如某個知名軟體的詹母是，語帶怒氣。「去，再丟。」

於是，眾人再次抓起這還在睡覺的流浪漢，眾人一邊重到臉色鐵青，一邊舉步維艱的往校門口走去，好不容易，在眾人快要斷氣之時，終於把流浪漢扛到校門，然後用力一甩，甩到門外。

大夥擦著汗，嘴裡唸唸有詞的走回操場時，赫然發現，原來的位置，竟然又躺著一模一樣的流浪漢。

同樣呼呼大睡，同樣衣衫破爛，同樣該死的躺在地上。

「怎麼回事？」麥斯大叫，「叫阿型來。」

阿型出動，他展現優於他人的道行，雙手一扛，單人就將流浪漢扛上了肩膀，往校門口走去。

可是眾人看著阿型的背影，不禁咋舌，因為他越走，腳印越深，這流浪漢的重量似乎正不斷的加重，當阿型走到校門口，他的小腿肚已經陷入了土地中。

幸好阿型的身體是塑膠製成，具有彈性且不怕受損，所以他奮力撐住，終於他雙手用力往上一摔。

「喝。」阿型一喝，流浪漢在空中轉了一圈，然後摔出了校門外。

只是，當阿型走回了原處，卻發現眾人仍圍在相同的地方，因為那個地方，又出現了那名流浪漢。

而且，流浪漢出現得又快速又詭異，像是電視畫面一個微小的雜訊畫面閃過後，那個流浪漢就出現在那裡了。

連阿型都沒辦法驅逐這個流浪漢？這件事終於驚動了以帆為主的戰字門，六個戰字門來到這裡，他們擺開了架式，但卻又互相看了一眼之後，停止了攻擊。

「我們不知道該怎麼戰鬥。」戰字門六人這樣說，「因為這個人，只是在睡覺啊。」

「別管他，就打他啊。」

「不行啦，把他真的打死怎麼辦？」戰字門搖頭。「我們是負責守衛土地，又不是負責把人打死的。」

戰字門束手無策，終於，驚動了鬼鼻師。

他那頭大身小的身影，來到了操場的中心，在呼呼大睡的流浪漢之前。

此時，整個操場已經聚集了超過五十個陰魂，他們都想知道鬼鼻師會怎麼處理這個突兀的流浪漢，陰魂中當然也包含了琴。

「不速之客啊。」只見鬼鼻師細小的眉頭皺起，慢慢的笑了。「看我怎麼把你送出去吧！」

接著，鬼鼻師的大鼻子微微顫動，黑色的鼻孔開始往外擴張，如同腳踏車輪胎大小，開始吸氣。

當鬼鼻師吸氣，所有的陰魂包含了琴，都感覺到呼吸一窒，因為附近的空氣都開始捲向了鬼鼻師的巨大鼻翼中。

十餘秒後，鬼鼻師的吸氣終於停了。

突然，阿型伸手拉住琴，「抓穩。」

「啊？」

「鬼鼻師要打噴嚏了。」

噴嚏？琴還沒搞懂這三個字的意思，

哈啾的一聲巨響，這剎那，琴只感覺到迎面而來鋪天蓋地的氣流，她不只看不清眼前景物，更幾乎要將琴的身體吹上天空，吹上遙遠的天際。

琴急忙啟動道行，道行化成兩股強韌電能，兵分兩路，灌入左腳右腳，登時在這如暴風般的噴嚏中，穩住了身形。

而當她抬頭，赫然發現，五十幾個陰魂全部東倒西歪的倒在地上。

站著的，寥寥可數。

戰字門之首，帆，墨綠色的夾克，小平頭，有型的黑框眼鏡，雙手插在口袋中，雖然被噴嚏吹上了天空，但落地時，仍能穩穩站著。

另一個，是麥斯，守字門之主，他自戀的金髮雖然已亂，幾綹金髮垂在臉上，但仍不減他最後仍站著的事實。

其餘，還有一個，是酷巴，它身體是圓滾的球形，也許難以分辨他是否站好，但從他的神情來看，這個噴嚏並未讓他失態。

阿型呢？琴轉頭，見到阿型已經倒地，他快速站起，苦笑。「還是抵受不住，雖然只是阿鼻師三成功力的噴嚏。」

不過，阿型的神情卻在下一秒變了，他眼睛愣愣的瞧著前方，獃住。

「啊，那個流浪漢……」

「對啊，那個流浪漢……」琴順著阿型的目光往前看去，這剎那，她也愣了。

首先映入眾人眼簾的，是雙手握拳，滿臉怒容的鬼鼻師，然後是鬼鼻師腳邊的景象。

流浪漢，竟然還躺著，鼻中還發出均勻的鼾聲。

「鬼鼻師的三成噴嚏，沒吹走他？」眾人都看著鬼鼻師，也看著地上的流浪漢。「鬼鼻師只要用到超過五成，就足以摧毀一棟二十層高建築物啊，竟然沒吹走流浪漢？」

「該怎麼辦？要繼續攻擊他嗎？」「還是通知石之八座呢？」「該繼續打嗎？還是算了？」「算了的話，又該怎麼處理這奇怪的傢伙呢？」

而琴則歪著頭，看著那個流浪漢。

從她長時間和莫言等高手相處的感覺，琴幾乎可以肯定，這個神祕的流浪漢，身上有星格。

那種特立獨行的特質，那種玩世不恭的味道，以及目空一切的驕縱，就算只是在睡覺，琴都可以感覺到，這人的等級，很高。

琴苦笑，這世界到底是大還是小？才躲半年，又有新的星格人物來臨了。

「該怎麼處理呢？」鬼鼻師咬著牙，「守字門。」

「在。」麥斯點頭。

「在他附近圍起鐵牢。」

「啊，是。」

「用那種僧幫出品，上面附有最高級咒語的鐵柱，把他關起來。」鬼鼻師轉身，朝著校長室走去。「既然他不想走，就別讓他走了。」

「是。」

「我會通知石之八座。」鬼鼻師走幾步，回過頭說。「高手現蹤，絕非好事，今晚，所有人備戰。」

「是。」這時，麥斯開口。「那鬼鼻師，我們該派人守住他嗎？」

「今晚要備戰，所有人應該都很忙，算了，派一個最派不上用場的人守他好了。」鬼鼻師再次邁開腳步，朝著校長室走去。

派一個最派不上用場的？

隨著鬼鼻師的背影漸漸遠去，所有人的目光，都集中到了同一個地方。

一個長髮，美麗，露出淺淺微笑的女孩。

琴。

「最派不上用場。」阿型尷尬的笑了。「琴，今晚就委屈妳一下啦。」

「嗯。」琴再次歪著頭，看著那個躺在地上的流浪漢，今晚，由我負責看守你嗎？嗯，就讓我看看你有多少能耐吧。

神祕，有星格，又如此任性的高手。

這晚，琴一個人坐在這座鐵框之前，鐵框的柱子上刻著密密麻麻的咒語，而鐵框內則是這位神祕的高手，流浪漢。

琴閉著眼，聽著流浪漢均勻傳來「呼，呼，呼」鼾聲，琴安靜的默想著。

雖然此刻整個土地的陰魂正處於緊繃的狀態，但獨自看守流浪漢的琴，內心反而異常平靜，她開始想著，這些日子以來，她所經歷的一切。

如此安穩，如此平靜，但偶有驚奇，像是那晚神祕的斗篷高手。

他真的是如今甲級星的第一人，火星鬥王嗎？

他真的用了七成力量嗎？

若是，那琴自覺，這半年來，自己的進步真是異常驚人。

也許，一進入陰界後，因為長時間和莫言，小才等高手相處，已經無意間替琴打下了堅實的基礎，颱風之戰中，琴獨自闖了這麼長的路，更將她的力量全部激發。而最重要的，則是這半年的休養生息，將所有的道行內化了，才讓琴能產生如此巨大的躍進。

真的嗎？她真的讓鬥王拿出了七成力量？

不過，先不管她自己的實力界限在哪，那場對決，還真是忍不住讓琴反覆咀嚼，回味無窮。

白電鳳凰與火之甲蟲，每一招都如此驚險，但又如此過癮，鬥王的每一招威力與技巧讓琴想放聲尖叫，但當琴接下來之時，她又忍不住想為自己喝采。

這就是戰鬥嗎？

在流浪漢陣陣「呼，呼，呼」鼾聲中，琴微微的笑了。

然後，就在她微笑時，她的頭忽然往下頓了一下。

咦？琴訝異，她想睡了嗎？

琴拍了拍自己的臉頰，先別說她現在有任務在身，這也不是琴平常的睡覺時間啊，為什麼會想睡呢？

但琴才這樣想而已，她的頭，又頓了第二下。

很明顯的，就算琴的意識清楚，她的身體也正處於要進入睡眠的狀態。

發生了什麼事？琴隱隱感覺到不對勁。

但她才勉強提起精神，第三次點頭又來了，這次她甚至感覺到自己的下巴，碰到了胸口。

快睡著了。

為什麼？

琴用力把頭抬起，想要睜開眼睛，但眼皮更像是鉛一樣沉重，讓她的視界只剩下窄窄的細縫。

細縫中，她無法察覺任何的異狀，一切都和剛才一模一樣，遠處為了戰鬥準備的魂魄們在奔走，近處則是這個大字形躺平的流浪漢在「呼，呼，呼」，以某種特殊的規律的音律，打著呼。

快，快睡著了。

糟糕，難道是流浪漢打呼的節奏嗎？琴手一伸，朝著自己的臉，甩了一個巴掌。

但，除了那隱隱約約，彷彿不存在的疼痛之外，琴什麼都沒有感覺到。

終於，在她第四次點頭時，琴阻止不了了。

她頭一低，呼吸節奏與流浪漢的打呼聲，終於被迫同步了。

琴，終於進入了夢鄉。

夢中。

琴看到，眼前的流浪漢，竟然睜開了眼睛，然後慢慢的站了起來，開始對琴說話了。

「妳懂黑幫嗎？」

「啊？」琴嘴巴微張，這是夢境嗎？怎麼場景都沒變。

這流浪漢的聲音低沉，帶著些許長年菸酒後的沙啞，而此刻他目光炯炯，滿佈污垢的臉龐，掩不住一股滄桑的英氣。

這男人，讓琴想起了某位姓金的超帥男星，如果這位姓金的男星五十幾歲，大概就是這副模樣吧。

有人不只帥，年紀越大，其帥氣不減反增。

「黑幫，其實就像是政府的影子，有光就有影，政府必須維持住人民對他們的信仰，像是光，而黑幫，就像是他的影。」

「嗯。」

「政府維持表面的秩序，黑幫維持深層的秩序，兩者表面上敵對，事實上彼此依存。」流浪漢不只表情英氣，連說起話來，都有一種讓人不得不服的巨大說服力。「不過，兩者的勢力不能過度強弱懸殊，因為光一旦吞噬了影，黑暗力量無法運作，整個生態肯定會失衡。」

「嗯。」琴點頭，彷彿像一個小學生般，聽著眼前流浪漢的開導。

「如今的陰界就是如此，光與影已然失衡，於是群魔亂舞，妖孽四起，人民苦不堪言，但這些都不是重點，重點是『那東西』，那東西如果被政府中的惡意份子拿到，亂的恐怕不只是陰界，連陽世都會遭逢大難！」

「那東西？」琴聽到這裡，又再次歪了歪頭，長髮撒落胸前。

陰界亂，為何陽世會遭逢大難？那東西又是什麼？

天府星是不是也提過類似的話？而莫言與橫財一直在找的東西，是不是也有關連？

「那是一個歷代中，只有陰界之主方有資格掌握之物，」流浪漢說著，「而我的存在，就是為了找出那個人，並且輔佐他。」

「嗯……」琴似懂非懂的點頭。「那你為何來到這片土地？」

「妳很會問問題。」流浪漢嘴角微微揚起，「因為這土地出現異變了，土地的變異通常以百年為單位，這種在短短數日內發生異變，通常都只代表一件事。」

「哪件事？」

「我要找的人，就在這裡。」

「啊。」琴一呆，「你要找的人……在這裡？」

「人們總說火星鬥王是甲級星之首，事實上，甲級星的排行中，火星只是第三。」流浪漢的嘴角慢慢揚起，一股帶著君王氣勢的笑容，深深震懾住琴的雙眼。「火星之前，有兩星星格更高，只是他們低調沉穩，只為輔佐易主之王而誕生，所以不愛爭鬥……」

「嗯。」

「他們一為左輔，一為右弼，而我。」流浪漢繼續笑著。「正是右弼星，木狼。」

右弼星，木狼！

「木狼？」琴從未聽過木狼這個名字，但在陽世，這名字好像與柏有關？

「好啦，既然見到了妳，」流浪漢伸了一個懶腰，「我此行的目的算是達到了，接下來，是該門王的那些小隨從們擔心了。」

「咦？擔心？」

「呵。」流浪漢再次躺下，打了一個大大的哈欠。「是啊，因為他們來了啊。」

「誰是他們？」琴發現自己都在發問，但又不得不問。

「另一群對土地異變感到興趣，但手段殘暴好幾倍的人啊。」流浪漢的鼻息漸漸沉重。「建議妳，不要親自出手，因為太引人注意啦，這時候啊……躲在遠處，踢踢球就好啦。」

踢踢球？琴感到滿心的問號，正想繼續追問，但在此時，她忽然聽到遠處傳來轟隆隆的吼聲，大地更隨著這些吼聲而震盪。

琴，猛然睜開了眼睛。

她看見了夜空，一轉頭，更看到流浪漢躺在地上，依然是規律的鼾聲。

醒了？

剛剛的對話究竟是真是假？琴不知道，但唯一可以確定的，是此刻遠處的吼聲，還有彷彿在顫抖般的大地震動，這是真實存在的。

然後，琴聽到了守字門數十名陰魂狂奔，與嘶吼的聲音。

「殘魂！是殘魂！五百，不，肯定超過一千名殘魂，全部朝著這片土地，瘋狂湧來了啊！」

今晚，這土地有史以來最慘烈的一夜，即將被揭開了。

琴甦醒，一甦醒後她立刻轉頭看去，只見整片土地的陰魂，都慌亂的往同一個方向狂奔而去。

那裡，是大門，而大門附近，正燃起了熊熊火光。

戰鬥，已經開始了嗎？

上千名殘魂，這些不被黑幫與政府接納，帶著殘破身軀四處遊蕩的陰魂，竟然同時在這個晚上發動了攻擊？

「不對。」琴吞了一下口水，「殘魂背後，一定有主謀者，不然這些殘魂，不會這麼團結的。」

事實上，這片土地上，稍有見識的人，也都同時想到了這件事。

這些居無定所，四處遊蕩的殘魂，怎麼可能會在同一時間，同一地點發動攻擊，這背後一定有主謀者，但，眾人卻也沒有時間再探究了。

因為，戰鬥已經開始。

「結陣！」此刻，在這片土地之上，專司戰鬥，以強大武力組成部隊，編制三十七人的戰字門，已經全部聚集到大門口了。

他們以五個人為一單位，結成小陣，準備迎戰殘魂。

小陣中，兩人專司攻擊，兩人保護，一人掩護並與其他小陣互相同連。

三十七個人，七個小陣，守住大門要害，決心與如海浪般的千名殘魂群正式對決。

殘魂一個一個猛衝而來，但才沒衝幾步，就發現自己被五人小組包圍了。

喀嚓一聲，殘魂斷首。

第一個殘魂脖子上的鮮血還沒噴出，五人小組就繼續往前移動，合作無間的，再次斬殺一名殘魂。

一秒一個，兩秒一雙，十二秒一打，七個五人小組，只花了三分鐘不到，就擊退了第一波殘魂攻擊，當殘魂倉皇後退，只留下上百具殘魂屍體。

「幹得好，戰字門。」琴握拳，在遠處觀戰的她，都可以感覺到戰爭中那繃緊至極的氣氛。

只是，殘魂並沒有給戰字門三十七人任何一點喘息的時間，因為，第二波殘魂又再度湧上，而且這一次數目更多，殺意更強，混著第一波後退的殘魂，化成更強猛的海浪，翻湧向三十七人小組。

「戰字門，迎擊！」三十七人之中，有兩人不在小陣中，其中一個就是戰字門的首領，帆。

另一個則是琴非常熟悉的，酷巴，他正被帆拿在手上。

七個小陣，見到第二波殘魂逼近，再次開始移動，只是這次卻出現了令戰字門措手不及的現象，殘魂中，不只是單純的肉體攻擊，竟然出現了奇異的光芒，那是施展道行才有的光芒。

「殘魂中，有人會用技？」見到那光芒，琴感到自己的心跳加速。

陰界的能力被區分為「心，體，技」，由心的想像力配上肉體的鍛鍊，融合而成了技。技的難度高，門檻高，並非一般魂魄能練成，如今，這些流離失所，手腳不全的殘魂中，竟然有人會技？

「那不就危險了嗎？」琴雙手緊握，神情緊張。

第二波殘魂攻擊的時間比第一波時間來得長，十分鐘後，戰字門終於逼退了殘魂，再次留下上百具殘魂的屍首，戰字門又勝了這一波。

但，再仔細看去，戰字門卻沒有上次交手來得從容，許多人衣衫破爛，身上帶傷，這時，更聽到戰字門的門主，帆，正發出大吼。

「守字門，有傷者，快過來。」

三十七名戰字門有人受傷了？一聽到這句話，守字門立刻衝出了數十名魂魄，其中以阿型為首，他們奔到戰場上，將受傷的戰字門人員扛起，然後發足狂奔的往回跑。

會發足狂奔，是因為他們已經聽到了，背後第三波殘魂的攻擊聲。

第三波殘魂攻擊數目又再次倍增了，那是將近千人等級的猛攻，而且更混雜沉重的腳步聲，如雷的吼聲，還有飄忽在空中，宛如鬼火般的火光，足見這波殘魂中，肯定藏了不少擁有技的奇人異士。

「第三波了，敵人傾巢而出了。」帆扶了扶黑框眼鏡，約莫二十餘歲的臉龐，透露著滄桑與堅定意志。「變陣，以十人為一組，擋住他們！」

擋住他們！

千名殘魂，其中混著各式高手，衝向了戰字門。

戰字門快速換位，從五人合為十人，戰力陡升，正面強碰這千人怒浪。

這場慘戰，長達整整十五分鐘。

混戰中，許多十人大陣耐不住衝擊，開始崩潰，殘魂爬上了戰字門的夥伴，張口亂咬，咬得是鮮血淋漓。

殘魂的數目實在太多，實在太可怕了。

「撐住。」帆雙眼狠狠地注視著戰局，拿著酷巴的手心，滿是汗水。「這波殘魂攻擊一定有幕後首腦，第三波攻擊若沒拿下，首腦一定會現身，到時候……」

「到時候，就靠我們了。」酷巴接口，從他的口氣中，帶著絕對的堅毅。

十五分鐘很長，尤其對身在其中的戰士而言，對不斷揮舞的手上的刀，不斷要推開血盆大口的殘魂的戰士而言，更像是永恆般無法結束。

第一組十人大陣，崩潰了。

隨即而來的，是接近殘忍而恐怖的畫面，那十人被殘魂咬住，拖住，瞬間就要將這十名勇者，當場分屍。

「糟糕，可能撐不下去了。」帆咬牙，他吸了一口氣，看著手上的酷巴，「我們要提早出動嗎？一出動，對付敵人的王牌，就沒有用了啊。」

但，就在帆與酷巴遲疑之際，一個人影，雙手負在腰後，緩緩的站到了帆的身邊。

這人頭很大，眼睛很小，表情嚴肅。

他是一直深居在校長室內，整個土地的領導者。

「鬼鼻師大人？您怎麼出來了？」帆訝異。

「這些不是殘魂，這些根本就是戰士，裡面不只黑幫，連政府的人都有。」鬼鼻師眼睛放著冷冷光芒。「他們以殘魂的外表做掩護，要將我們全部殺盡。」

「那，那怎麼辦？戰字門怎麼可能是黑幫和政府的對手？」

「我已經用最快速度通知鬥王了，只能祈禱老大能及時趕上了。」鬼鼻師眼睛閉起，鼻翼慢慢的張開，沒錯，這是吸氣，他的大鼻子開始吸氣了。「現在我們能做的，就是戰鬥到老大親臨了。」

「老大……」

「還有，你和酷巴的工作很重要，殘魂之所以能施展這麼緊密的攻擊，表示對方一定有首腦，要珍惜酷巴這種一擊必殺的能力，才能真正拖到鬥王來臨。」鬼鼻師的鼻孔越張越大，已經脹到鬼鼻師的胸部脹起。

「是。」

「看我的技，鬼鼻師之狂暴噴嚏！」鬼鼻師掏出羽毛，朝自己的鼻孔一搔，然後，轟的一聲。

這一瞬間，所有人的耳朵彷彿都聽不到了。

幾乎所有人的眼睛都看不到了。

唯一感覺到的，是強勁到令人屏息，讓人雙腳離地的暴風，從鬼鼻師的鼻中吹出，橫掃整個戰場。

道行不足者，被吹上了天空，在空中旋轉數圈之後，筆直墜下，手腳折斷，無法動彈。

道行較強者，也緊閉雙眼，無法進行任何攻擊。

這場來自鬼鼻師鼻孔的噴嚏暴風，是危機，更是轉機，戰字門戰士因為早已習慣鬼鼻師的噴嚏，以較快的速度回神，並且陣法重組，展開反擊。

只是一個噴嚏，讓戰局逆轉。

原本以數目取勝的殘魂開始敗退，十人一組的陣法，發揮了原本的戰力，有的以武器揮砍，有的施展了技，其餘人有的防禦，有的聯繫，將殘魂不斷往後壓迫。

而這時，帆更是提氣大喊。

「變陣，組成十五人大陣！」

十五人大陣，等於整個戰字門只能組出兩陣，雖然靈活度下降，但卻是威力暴增。

兩大陣一左一右，宛如子母雙星互相盤旋，將已經呈現敗象的殘魂們，一口氣往後方逼去。

殘魂敗退速度越來越快，幾乎等於在往後逃亡了。

「快了。」帆咬著牙笑了。「這時候，首腦還不出來嗎？」

而遠處觀看這一切的琴，也不禁感到心跳加速，殘魂主力部隊已經敗退，如果她是首腦，也會選擇在這時候出擊，因為只有首腦現身，才能讓殘魂有機會重拾信心，再次反擊戰字門。

果然，就在這一秒鐘，這些奔逃的殘魂腳步停了，眼神流露出敬畏神色，看向了同一個方向。

那個方向中，一個人正緩緩的由地面升起，越升越高，宛如王者降臨般，瞪視著整個戰場。

首腦。

帆緊握著手上的足球酷巴，而酷巴也開始收斂一身道行，全神貫注。

首腦出來，沒錯，就是該酷巴登場的時候了。

首腦的模樣，就算是琴已經經歷了不少陰界大小事，也忍不住驚嘆。

他是一個穿著燕尾服的男人，手中拿著一根古木拐杖，但奇特的是他的背上，竟然扛著一只大龜殼。

而他之所以能緩緩上升，並不是他具備飛行能力，而是他的雙腳下，正踩著一隻巨大無比的烏龜。

「這是？」鬼鼻師細長的眼睛，這瞬間充滿了畏懼。

「鬼鼻師大人，您認識他？」

「天貴星。」

「啊？」

「乙等星，龜男。」鬼鼻師全身發抖著。「隸屬大型黑幫『紅樓』中的貴字部！」

「他很厲害嗎？」

「當然，縱然他在乙等星中排行最末，但他操縱百大陰獸中的大賤龜，實力肯定遠超過我們，不過，我真正擔心的卻是另外一件事。」

「什麼事？」

「龜男在陰界也算是一個叫得出名號的人物。」鬼鼻師聲音抖動著。「他竟然讓自己露臉了，這表示……」

「這表示什麼？」

「他絕對，絕對會把這裡完全滅口！」鬼鼻師語氣透著冰冷。「以他陰險的程度，他絕對不會讓他的身分外洩的！」

把這裡，完全滅口？

這秒鐘，所有人都懂了。

鬥王的復仇，就算是天貴星也未必承受得起，所以天貴星唯一能做的事情，就是滅口。

如果這裡的人死光了，誰還能告訴鬥王，天貴星來過這裡？

「給我，殺！」這時，龜男手上的手杖一揮，地面上的巨型烏龜發出一聲古怪的長嘶，然後宛如大鯨魚般，往下一鑽，厚實的土地對大賤龜而言，宛如汪洋，撲通一聲，開始在地面下游動。

龜足擺動，就這樣宛如憤怒潛艦，朝著戰字門等人急衝而來。

戰局，再次反轉。

原本已經結成十五人大陣，取得優勢的戰字門，卻因為大賤龜這隻藏於土地下的畜生而全面崩潰。

大賤龜能在土地下潛行，並用偷襲的方式，突然往上浮起，並張開牠的血盆大口。這一張開大口，頓時讓上頭的陰魂措手不及的墜入大賤龜的口中，陰魂縱有一身武藝，還來不及施展，大賤龜口一合，陰魂頓時化成烏龜餌食。

面對大賤龜這種超乎想像的戰鬥方式，讓戰字門完全措手不及，應聲崩潰。

而且，只是短短的十餘秒之間。

事實上，大賤龜共有三隻，早在當年柏剛進入陰界之時，就曾吃過大賤龜的苦頭，當時的龜男將所有的新魂鎖在體育館之內，並且放出大賤龜，任何躲過大賤龜追擊而不死的新魂，就能進入黑幫紅樓。

後來，柏在陰界認識的第一個朋友，福八，更為了柏而死在龜男手下，更讓柏發下誓言要讓這個卑鄙的龜男付出代價。

如今，龜男與大賤龜竟然在這裡現身了。

他是這場攻擊的首腦，更表示這一切侵略行動之後，不只是乙等星而已，也許，是更高等級，更可怕，更深沉的力量，正在後面蠢蠢欲動。

無論如何，龜男與大賤龜的出現，都讓整個戰局出現巨大的轉變，三隻賤龜，快速擊潰了戰字門的大陣，並讓那些原本奔逃的殘魂轉過了身，發出聲嘶力竭的大吼，然後開始再次逼近了國小大門。

「帆，酷巴，我會替你們爭取一點時間。」鬼鼻師往前站了一步，閉上眼，鼻孔再次打開了，氣流開始不斷從四面八方湧入他不斷擴張的鼻孔中。「接下來，就要看你們了。」

「嗯。」酷巴和帆同時深呼吸，這瞬息萬變的戰局之中，帆慢慢彎下腰，把酷巴放到了地上。

鬼鼻師鼻孔還在擴張，眼前戰字門十五人大陣已然崩潰，傷者不斷激增。

「酷巴，你的能力是能夠吸收踢球者的道行，轉化成猛烈的球擊，當我們發現這項能力時，就特別與你共同訓練，期望你能夠成為保護這片土地的，最後一項必殺技。」帆慢慢的調整腳邊足球酷巴的角度，「你準備好了嗎？酷巴？」

鬼鼻師鼻孔擴張到了極限，整個肺部已經吸了飽飽的空氣。

而混戰中，阿型已經衝出去了，背後跟著的是其他守字門的同伴，他們要將戰字門的夥伴搶救回來。

但此刻不是休戰時刻，阿型等人一入戰場，等於被迫與不斷進逼的殘魂們，正面衝突。守字門不善戰鬥，不一會，就有許多守字門的陰魂倒地，尚未救到夥伴，就當場喪命。

但，就算如此，仍有不斷守字門的人從國小門內跳出來，他們一跳入戰場，就開始狂奔，朝著地上的傷者奔去，而阿型是第一個，他身強力壯，在撞倒幾個殘魂後，他拉起一個戰字門的傷者，放到肩膀上，右手又提了另外一個傷者，然後開始往回跑。

殘魂發現他了，開始朝著阿型追逐而去，而且，越來越多的殘魂追了上來。

「我隸屬戰字門，更將自己的力量修煉成一擊必殺，只為了和你配合。」帆將酷巴的球形身體放好，對準眼前戰場的某處。

那一處，正是龜男所在之地。

此刻，鬼鼻師的鼻孔終於吸飽了氣，接著，噴嚏來了。

比剛才更強猛的噴嚏，化成足以席捲大地的狂風，吹向了戰場。

而戰場中，阿型仍在狂奔，身負兩個傷者的他，速度提升不起來，背後的殘魂已經追上了他，然後殘缺的身體一躍，抓上了阿型的背，阿型的腳頓了一下，速度減慢，他仍想要繼續往前跑，但第二個殘魂，卻跟著跳上了阿型的背……

鬼鼻師的風，捲向了戰場，所有的人都被迫微微停下了動作，還包括了位在戰場後端，那個操縱大賤龜的男人。

龜男。

龜男的動作停住，這一秒鐘，幾乎所有的守字門與戰字門的人，眼睛都望向了同一個地方。

校門前，帆這個男人，往前狂奔了兩步之後，一隻腳停住，當作支點，而第二隻腳則往後甩高。

當往後甩高到了極限，再藉由驚人的反作用力，朝前踢去。

踢中的東西，是一枚足球。

一枚名為酷巴，堪稱人間兇器的圓形怪物，它吸收了這男人來自全身的力量，然後轉化成了自己的，這一轉換，無疑的，讓它的速度更快，更猛，更如鬼神般驚天動地。

而它的目標，只有一個，那個因為鬼鼻師的噴嚏，而停住動作的燕尾服男人，龜男。

快。

好快。

酷巴感覺到前所未有的快，當它穿過了層層的殘魂，那些人，都在這一瞬間停止了動作。

每個人的眼中，都是訝異，都是吃驚，都是試圖阻擋但是毫無能力阻擋的呆愣。

酷巴，就已經穿過了數百人，穿過了嘶吼的人群，穿過了正在交戰的士兵，瞬間，它已然來到了龜男的面前。

這幾乎等同時間暫停的瞬間，酷巴忽然想起了那個夏天，還是陽世小學生的他，站到了十二碼罰球線之前，周圍觀眾的鼓譟聲從大聲，減弱，到完全消失。

所有人都看著酷巴，更看著酷巴腳下的球。

距離比賽結束只剩下三分鐘，如果這十二碼球踢進了，就等於獲勝了。

若沒進，比賽進入延長賽，鏖戰到此不斷創造奇蹟的酷巴所讀的小學，肯定會因為體力耗盡而被淘汰。

酷巴起腳，踢球，球騰空，在夏日陽光中化成一條鋒利直線，朝著守門員飛去。

一如此刻，酷巴自己化成了那枚足球，只是速度更快，能量更強，更加暴力，朝所有土地守護者心中的那個球門，龜男而去。

「中。」

這一刻，所有人都握緊了拳頭。

因為，酷巴真的擊中了龜男。

強大，猛烈，一擊必殺的球體，擊中了龜男。

中。

「中了！」土地守護者們爆出歡呼。

可是，當希望才剛湧現，卻在下一瞬間，被更深沉的絕望所掩蓋。

其中，最直接體驗到這真正深沉絕望的人，非酷巴莫屬。

因為他面前那張龜男的臉，不但沒有半點死前的痛苦扭曲，反而透露出詭異的冷笑。

「你可知道我為何名列乙等星？我可不只會操縱大賤龜而已喔，我的龜殼，可是所有乙等星中，最硬的啊。」龜男獰笑。「換句話說，防禦，原本就是我的強項啊！」

這剎那，所有人的拳頭都鬆開了。

絕望的鬆開了。

因為酷巴雖然擊中了龜男，卻因為龜男靈巧的轉身，讓酷巴只能擊中龜男背上的殼。

下一瞬間，酷巴那圓形的身軀，就這樣順著龜男背上圓弧形的龜殼，高速轉了幾圈後，斜斜的彈開了。

彈得又高，又遠，彈到了操場另一頭。

這秒鐘，所有人的手不只鬆開，還垂了下來。

這是放棄戰鬥的證明，而因為放棄戰鬥，馬上就有一個戰字門的人，被殘魂咬住，推倒，然後，他身上的血管，內臟，肌肉，全部被殘魂給挖了出來。

一個放棄希望的戰字門死亡，隨即又一個放棄希望的戰字門被撲倒，殘魂湧上，又是當場五馬分屍。

土地守護者們之所以能撐到現在，就是因為相信酷巴與帆，相信他們還有最後的絕招，而當這希望破滅了，他們絕望了，絕望到連保護自己的意志都失去了。

戰字門的犧牲數目在此刻暴增，不只戰字門，連負責搶救的守字門，都完全的獃住了。甚至是負責踢球的帆，與打噴嚏的鬼鼻師，都感到絕望，都失去了戰鬥意志。

除了一個人。

他是阿型。

他，衝入了戰場，發出大吼，「你他媽的土地守護者們，給我醒醒，現在認輸，還太早啊！」

現在認輸，還太早啊！

阿型語帶哭音，繼續在戰場上扛著受傷的夥伴，不斷奔跑著，他不想放棄，一點都不想放棄，這片土地曾給予他們的美好，他要繼續守護，守護到最後一刻。

「要殺敗一個軍隊，重要的是，滅了他們的氣勢。」遠處，龜男的身邊，不知何時多了一個人，這人頭髮半白，看起來可能有四五十歲了，卻穿著博士的畢業服。

這人的模樣實在眼熟，不就是曾在電影院內試圖狙殺琴的……博士星？

這人不是政府的人嗎？怎麼會在戰場上與龜男有說有笑呢？

「是啊，快了，再過十分鐘，應該就可以把這堆土地守護者全部殲滅了。」龜男笑。「到時候，我們就進到裡面徹底搜查，到時候你拿你的，我拿我的。」

「沒錯，這土地會異變，肯定有鬼。」博士蒼老的臉，露出詭異的笑容。「一定可以狠撈一筆的。」

「沒錯。」龜男說完，彷彿已經獲勝般放聲大笑，「咯咯咯咯咯。」

「也算是收穫豐富的一晚，到時候就算鬥王回來了，也只會看到一片廢棄的土地，以及滿地的屍首而已啊。」博士也笑。「哈哈哈哈，咯咯哈哈哈。」

而就在龜男與博士忘形大笑，戰場上只剩下阿型拚命奮鬥之際……

遠處，酷巴落地處，他正在哭，不斷的哭，哭的是因為他辜負了所有人的期待，他是廢物，大廢物，就像是在陽世的十二碼球一樣……

可是，當酷巴哭到滿臉淚痕，哭到不能自已時，忽然，酷巴感覺到一雙纖細的手掌，將它抱起。

「咦？」酷巴還沒意識到這一切。

它就被放在地上，擺好了角度，接著，他聽到一個女子的聲音，一個酷巴熟悉無比的女子聲音。

「酷巴，聽說，你的能力是反映踢球者的道行？」那女子的聲音，很熟，熟到讓酷巴不解，「那，下一球讓我試試看吧。」

酷巴眼睛朝上，他看見了那女子的笑容。

美麗中，帶點任性。

琴？

琴，她想要做什麼？

此刻，戰爭結束，已經是遲早的事。

因為土地守護者們都已經絕望，戰字門失去了戰鬥意志，死傷慘重，守字門只剩阿型奮力搶救，但也欲振乏力，就連遠處的鬼鼻師與帆，都感到未來一片茫然……但，也就在這時候，遠處，飛來了一個小點。

點很小，從操場的上空飛來，一開始不引人注目，直到它越來越近，越來越近，所有人都發出了咦的一聲，張開了嘴。

這不是酷巴嗎？

它為什麼又飛回來了？

而且，這次的目標，似乎仍是剛剛失手的對象，天貴星，龜男。

「欸？就說我是乙等星中擁有最高防禦的人了……」龜男也察覺了酷巴的第二次突襲，冷笑。

於是，龜男再次扭動腰部，讓背部的龜殼剛好迎上足球。

噌的一聲。

足球在龜男的龜殼上轉了數圈，又無法突破乙等星中最高防禦的龜殼，被反彈到了遠方。

見到足球奇襲再次失敗，土地守護者們又是一聲長嘆，他們心中更嘆，如果連日以繼夜不斷苦練的帆，都無法透過酷巴打穿龜殼，一個隨便的奇襲，又有何用？

「剛剛是什麼？垂死的偷襲？」一旁的博士見狀，發出嘲笑的笑聲。「龜男，怎麼樣？有稍微替你止癢嗎？」

有稍微替你止癢嗎？

但，龜男卻沒有回話，他感受到的，卻不是土地守護者的絕望，與對偷襲者的輕蔑，而是完全相反的東西。

那是，震撼。

因為這球雖然最終是從龜殼上滑走，但來自足球上，那飽滿而巨大，讓龜男瞬間血液幾乎凝結的道行，卻是真實存在的！

要不是足球踢來的角度太差，要不是踢球者可能真的完全不會踢足球，不然，這球的威力會非常可怕。

這球的後面，肯定，隱藏著一個極度危險的力量。

「博士，去找。」龜男聽到自己的聲音冰冷。

「去找？」

「去把這次的踢球者找出來。」

「啊，我剛沒仔細看方向，怎麼知道……」博士說到這裡，就噤聲了，因為他又看見了足球。

那名為酷巴的陰魂足球，竟然在遠遠彈開之後，再次回來了。

而且，博士更感覺到，這次的足球的飛行路線雖然依然像是初學者所踢，但球速卻更快，飛行的線條更俐落了。

「去找！」龜男一方面放聲低吼，一方面再次急轉他的龜殼。「快去！」

堅硬，平滑，還散佈足以釋放壓力紋路的龜殼，再次吃了這一球。

咻的一聲，球體高速迴旋數圈後，酷巴又彈開了。

但這次，可見龜男的表情已然扭曲，而他的腳步，更是首次的退了一步。

而球呢？酷巴呢？

被反彈的球，以一個緩慢的拋物線，又落回了它原本射出的操場附近

那個操場上，朦朧的月光下，隱約可見一個長髮美女，正在起跑，跑了兩步之後，猛然停住，然後趁著這股衝力，她抬起了右腳。

右腳下，正好是那彈回來的……酷巴！

而操場上，眾人聽不到的，是酷巴的抱怨，「第三次了，妳可以踢好一點嗎？每次都沒踢中球心？」

只是，雖是抱怨，卻可以感覺到，酷巴再次燃起了希望。

「別再吵啦，你是我見過，最吵的足球啦！」長髮女孩腳踢中了，踢中了回彈而來的酷巴。

這一剎那，酷巴的身體變形如一枚彎月，然後彎月痛快的劃破了空氣，化成一條銀色月光下的銳利銀絲，再次高昂飛行！

更強了。

所有的人都意識到了同一件事。

無論是球速或是球威，第二球都凌駕了第一球，而第三球，更是強過了第二球，所有人

心中都浮現了相同的疑惑，這女孩是誰？她為何能踢出比帆更厲害，更威猛，而且越來越強的球？

「博士！去抓她啊！」龜男狂吼，他用力轉了半圈，再次用他的龜殼，迎向了這一球。

「好啦。」博士看著那女孩的身影，內心閃過一絲古怪的熟悉感，然後手一抖，出現了一本藍皮的破舊論文，接著博士躍到了論文之上，踩著論文開始飛行。

同時間，酷巴撞上了龜殼。

蹬蹬蹬蹬，龜男往後連跌了五六步，才勉強阻住背後的足球，龜男喘著氣，他知道快了，如果再讓女孩踢下去，他的龜殼遲早會崩潰，再兩次，不，可能再一次就會結束了。

當球在空中劃出半圓，又回到那女孩腳下時，博士也已經追上了。

「第四次了。」酷巴回來的途中，對女孩大吼，吼叫聲，是越來越飽滿的希望。「琴，妳可以認真點嗎？」

「欸，我超認真的好嗎？」琴也大叫，月光下，那是有點調皮的美麗笑容。

「我教妳一個技巧，只要妳在腳踝多用點力，我可以讓球最後轉彎，然後避開龜男的龜殼，像偷襲般擊中他的身體。」酷巴說著。

「不要。」這剎那，酷巴已經回到了琴腳下。

「咦？」

「你不想正面對決嗎？」琴眼中，綻放著一股任性與可愛。「所謂的十二碼，不就是用最棒的技巧和守門員正面對決嗎？」

「嗯。」酷巴這秒鐘，震撼了。

正面對決，這句話，他好熟悉，彷彿在他的夢中，已經迴盪了千百回。

是誰說過，是一個女孩嗎？那女孩的名字，是不是就叫做……嫙呢？

「同意吧？正面對決，我踢囉。」琴再次起腳，然後腳如刀刃，沒有任何窒礙多餘的動作，踢中了酷巴。

酷巴這剎那，感受到了來自琴那豐沛，巨大，且潛力無窮的道行，變成了更鋒利的彎月，破空疾行。

也在這一瞬間，酷巴，又再次陷入他陽世的回憶中。

這次的回憶，不是夏天，而是那個酷巴長大成人之後，準備向嫙告白的晚上。

而且這一次，奇妙的是，這次沒有尋仇的惡棍，沒有即將降臨的惡夢，而十點，酷巴看見了遠方那慢慢走來的嬌俏身影。

「嫙。」酷巴蹲下，把球放在地上，雙手扠腰，面對著球門。「看好了。」

「嗯。」嫙停下腳步，坐在草地上，月光下，是又溫柔又享受的神情。「我等著看。」踢。

酷巴的腳用力一踢，也許是太緊張，也許是剛練習過度反而失常，這球竟然飛過了球門，沒進。

「啊。」酷巴臉紅了，練了這麼久，帶著踢進就要表白的決心，竟然沒進……

但接下來發生的事，卻讓酷巴震撼了，因為嬡起身，小跑步到球旁邊，抱起了球，放到了酷巴面前。

「再一次。」

「咦？」

「你踢進不就是為了要表白嗎？」嬡神情溫柔。「如果我就是那個你要表白的人，我就是評審，那我決定，再給你一次機會。」

「哈。」酷巴笑了。「謝謝評審。」

「別客氣，還有別忘了，正面對決。」嬡纖細的手，握成了拳頭，在酷巴的面前晃啊晃。「對你的人生，正面對決。」

「嗯，正面對決。」

酷巴笑了，這次他起腳，用盡全身的力量，吹著迎面而來，讓全身爽朗的風，用力朝著球，踢了過去。

當球飛了出去，酷巴甚至不用看球，他看的是嬡，他知道，這次他會進球。

不只是因為那句正面對決，而是因為幸運女神就在身邊。

網子顫動，球撞上了網子，那晚，酷巴在球門前擁抱了女孩，然後深深的吻了下去。

然後，記憶，瞬間被拉回了現在，這個名為陰界的此刻。

正面對決。

酷巴的身體，進去了。

這一次，不是被殼的弧度卸去了力道，不是被殼的紋路分散了壓力，更不是被殼的硬度給頂了開來……而是進去了，球體，不斷旋轉中，旋入了龜殼之中！

然後，是破碎。

龜殼碎開，龜男往前撲倒。

撲倒後，龜男發現，他的唇邊，全部都是血，因為球威太強，傷到了他的內臟，然後他抬頭，看向戰場。

戰場的風，開始逆轉了。

原本喪失鬥志的戰字門拿起了手上所有的武器，就算沒有任何陣法，依然痛擊了失魂落魄的殘魂，滿地的戰場上，都是失去戰鬥意志後的殘魂手腳。

龜男龜殼被酷巴擊碎這件事，不只給了戰字門勇氣，連守字門都在阿型的帶領下，衝入了殘魂群中，將殘魂一個一個打趴在地上。

這時，連向來在後面坐鎮的鬼鼻師，也跳了下來加入戰局，一個接著一個的嘖嘖聲，將殘魂吹得亂七八糟，掉下來時，剛好被帆最擅長的腳刀，一個一個踢到腦漿爆開。

這一切，都發生在短短的十分鐘內。

而十分鐘後呢？

十分鐘後，石之八座帶著數百名黑暗巴別塔的戰士來到這裡，這些戰士大部分是巴別塔的工作人員，而且身上道行都三十年以上。

少部分的戰士則更為難惹，因為他們就是巴別塔的選手，他們仰慕鬥王而願意替他來到這裡，其中，還有柏的熟面孔，低調但絕對不容忽視的高手，暴力小英。

這群絕強的暴力份子，只花了十分鐘，就收拾了整個戰局。

清點殘魂數目，一千四百二十六，絕對是史上最大規模的殘魂進攻事件。

另外，被懷疑不是殘魂的屍首，有兩百二十四名，他們身上夾帶著能量，而且好手好腳，更像是政府或是黑幫的人員。

這些人，多半是當龜男龜殼破碎後，因為來不及逃，被黑暗巴別塔的援軍所擊殺，其中約有一百二十餘人，是被鎚子擊碎腦門，嗯，不用猜也知道是暴力小英的傑作。

不過這些堆積如山的殘魂屍首中，獨缺了最重要的首腦，龜男。

連同他手下三隻大賤龜，也都一起消失在戰場上。

「遺憾。」暴力小英話不多，只是淡淡的說，「原本想親手用鎚子，打碎傳說中乙等星最硬的殼哩。」

石之八座與鬼鼻師兩人，站在這些屍首前，談起了這場戰役未完結的部分。

「沒找到龜男，不過也合理啦，如果他真的是紅樓的天貴星，就算龜殼被擊碎，應該也能輕易的離開。」石之八座這樣說著。

「我也是這樣想。」

「那你們的傷亡為何？」

「戰字門三十七人，死亡九人，其餘全部重傷，守字門七十餘人，死亡二十八人，其餘輕重傷不等。」鬼鼻師邊報告，忍不住邊嘆氣。

「嗯，身為土地守護者，你們這次做得很好。」石之八座堅硬的五官，也微微皺起。「對了，而你們提到，那個最後用酷巴把龜男龜殼踢破的女孩呢？」

「她叫做琴，是來這裡半年的新魂，而且……」

「而且？」

「她不見了。」

「不見？」石之八座皺眉。

「當時我們取得全面勝利時，一片混亂，有人說，看見一個踩著論文飛行的老男人，朝著那女孩的方向追了過去……」鬼鼻師說到這，表情更是擔憂。「之後就沒有看到他們兩人了。」

「嗯。」

「那踩著論文的男人，道行很高，肯定也有星格，希望琴……沒事！」鬼鼻師抬起頭，望著滿天星斗的夜空。

星斗閃爍，無法回答鬼鼻師這個問題，事實上，在同一個時間，至少有三四十人，也仰望著這星空，心中暗許著相同的願望。

那些包括了阿型，包括了酷巴，包括了許多曾和琴說話，曾經想要捉弄琴，但又忍不住喜歡她的土地守護者們。

這一晚，這驚人的四連踢，一口氣踢破了龜男的龜殼，讓戰局逆轉，更讓土地守護者們，成功撐到了黑暗巴別塔的援軍，但……

琴，去哪了呢？

她是否被追上去的博士星所殺？又或另有際遇？

只是，還有一件事也悄悄發生了，但卻沒人注意，那就是由附有最高級咒語的鐵柱子製作而成的鐵籠，空了。

流浪漢，右弼星，木狼，也在這場混戰中，消失了蹤影。

琴與木狼，他們最後到底去哪了呢？

第五章・武曲

到底，琴到哪去了呢？又發生什麼事了呢？

當時的她，在踢完粉碎龜殼的那一球之後，她轉身跑離了國小，因為她看到了博士，已經朝她而來。

她跑入了暗巷之中，以美麗而輕鬆的姿態，高速的奔跑著。

在陽世的時候，琴絕對不算是運動神經好的人，雖然身材高挑，很容易就被選去跳高或是跑步，但她總是不小心就抱回了全校最後一名，她只能感嘆，越是高，神經傳導的距離越長，所以跑得越慢。

但此刻的琴，卻跑得非常快，不只快，她感到自己全身幾乎沒有重量，原因無它，是因為琴已經隱隱掌握了「電」的奧祕。

電，是琴的技。

可以拍擊，化成對外攻擊的雷箭。

也可以回灌己身，當電能流入神經，可以加速琴的肌肉速度與神經反應，換句話說，透過電，琴讓自己變成了運動高手，甚至是……武術高手！

這是在與火星鬥王戰鬥時，琴所領略的，換句話說，是鬥王教她的。

而且，琴內心更隱隱感覺到，電，還有無限的可能。

她記得，那個理工宅男阿豚曾說過，電是一種宇宙萬物的自然法則，有陰，就有陽，而陰陽交會，就是電。

當天空積滿了雲氣滿佈，與地面形成陰陽，雷，於是落下。

人之所以能感受到物體，能驅動神經，仰仗的，也是細微電流的觸動。

還有嗎？還有。人類科技史的開始，與演進，全仗著這個字，電。

沒有電，夜晚不會光明，沒有電，飛機無法飛行，沒有電，人們將無法跨越千里通訊，沒有電，人類將喪失大多數的食物烹調方式，沒有電，將會被大自然的冷熱猛烈襲擊，沒有電……就沒有現今的人類科技史。

電，堪稱是最基礎，也最尖端的一種技。

如果，武曲是以電為技，也難怪她能名列十四主星之一。

那琴呢？她只是湊巧以電為技的魂魄？還是她，真的和武曲有關連？

想到這裡，琴不禁搖頭，她不忍再回想半年前，颱風中那場慘烈無比的殺戮，小才的雙斧和小傑的黑刀，以及白金老人的支票炸彈，就是這些，殺了琴曾經珍惜，且擁有的一切。

只是這些前塵往事，就算琴不去回顧，似乎也會自己回來找琴，就像是……背後的那個男人。

腳踩論文，低空飛行，發出陣陣殺氣，誓言要捕殺琴的政府官員……博士！

「妳逃不了的！」博士眼睛綻放怒意光芒，「當妳剛才踢球時，我就已經在妳身上，黏上了一張我論文的紙碎片，只要那張紙碎片一直黏著妳，無論天涯海角，我都能追蹤到妳！」

琴沒有答話，只是沉默而輕盈的在暗巷中奔跑著。

偶爾越過垃圾堆，偶爾踩著牆壁奔跑，更偶爾翻身越過鐵網，然後以美妙姿態落地。

博士就算腳踩論文飛行，卻始終追不上奔跑迅捷的琴。

「不准再逃了，我說不准再逃了！而且，我覺得我看過妳！」博士吼著，「妳就像是我曾經做過的博士論文數據，我只是想不起來，但我一定做出來過！」

琴仍跑著，沉默的往前跑著。

「快停下腳步，受死啦！」博士失去了耐心，腳一踩，腳底下的論文忽然打開，射出了數十張紙。

這些紙邊緣鋒利絕倫，在暗夜中映著陰冷月光，射向了琴。

琴沒有回頭。

她只是改變了跑步的姿態。

從原本的直線跑法，改變成彎曲的變化跑法，但這樣的跑法，竟然就讓琴就算沒有回頭，也能在不斷飛來的鋒利論文紙中穿梭。

十餘秒過去，當這些論文紙穿碎了暗巷的垃圾桶，貫入了牆壁，插入了鐵絲網，完全失去攻擊性之後，琴仍在往前跑著。

「躲？這麼會躲？和我的論文結論一樣，都不肯出現嗎？」博士咬牙切齒，他的心智已然扭曲，不過話說回來，任何人讀了數十年的博士都拿不到學位，任誰都會心智扭曲。「那看下一招……」

只是，當博士說到這裡，卻忽然噤聲。

因為他赫然發現，當紙張散去，眼前那個一直在奔跑的女孩背影，停步了。

「到這裡，應該就好了吧。」琴側過半張臉，那張帶著孩子氣的臉，露出罕見認真的決心。

「咦？」

「你在這裡被我擊敗，應該沒人會發現，並且來幫你吧？」琴淡淡的笑。

「我，擊敗？」博士臉上至少浮現五六條青筋，「妳可知道我是誰？我是有星格的博士星，我還是隸屬於政府的博士，就算……就算我還是讀了……讀了……」

「就算，你還是讀了好多年，一直都沒畢業的博士，不是嗎？」琴微微一笑。

「呃，妳怎麼，怎麼知道？」博士臉色轉青。

「A電影院，神鬼認證。」琴集中全身道行，她知道，雖然她道行已經今非昔比，但她的對手畢竟是有星格的高手，絕對要嚴陣以待。「小甘，與自由人，這樣你想到了嗎？」

「神鬼，認證？小甘？自由人？」博士星這瞬間，忽然舌頭一顫，「難道，難道……」

「這次，沒有了三醜老人。」琴依然沒有轉過身，但她纖細修長的背影，卻隨著她氣勢越來越強，而不斷壯大。

壯大到，幾乎要吞噬了整條暗巷。

「沒有了三釀老人，所以……」博士發現自己腳正在抖，嘎拉嘎拉的抖動著。

「我就，自己來。」

琴終於轉身，面對著博士星。

她的雙手，沒有拍擊，但卻已經盈滿了紅白色的電能。

「找……找……找死啊！」博士發出嘶吼，全身道行逼到極致，「給我全部出來，我的論文，長達三百萬字，就算想讀也不可能讀完，讀完腦袋就壞掉的論文，全部給我出來啊！」

全部給我出來啊！

暗巷內，再也看不到天空，也看不到地面，因為只有紙。

博士畢生道行化成的論文紙，一張疊著一張射出，源源不絕，化成數十條的白色長蛇，在暗巷中兇猛的蜿蜒著，撲向了牠們唯一的目標，琴。

琴沒有動。

她只是緩緩的吐了一口氣。

「這半年，我明白了一件事。」琴眼睛穩穩的看著宛如惡浪洶湧而來的紙海，「要生存下去，只能，靠我自己。」

下一秒，交鋒。

琴的電，與博士的紙，在這個杳無人跡的暗巷中，賭上雙方性命，展開了生死交鋒。

這是琴的第一步，她是不是武曲？也許如火星鬥王所說的一樣，不重要。

但她是琴。

她要開始證明的，就是，她是琴。

這個在陽世只是小編輯，夢想寫出一本小說，每天與文字共存的琴，如今，這個琴，即將踏上她專屬的陰界道路。

這條路，答案也許就在兩個字之上，那就是，「易主」。

只是，琴已經現身，但另外一個消失的男人呢？

流浪漢，木狼。

他就這樣站在不遠處暗巷的圍牆上，蹲踞著。

只見他一手拿著拐杖，臉上掛著冷笑。「妳叫做琴嗎？就讓我來好好觀察一下，妳到底是不是真正的易主之王囉。不過，在那之前，妳得通過很多考驗，最難的一個……當然就是我的啦，哈哈哈。」

事實上，在琴決定踏上屬於自己道路，與博士一戰之時。

那塊土地上，角落裡，一件不為人知的事情正在發生。

三個人，正在某間教室的頂樓，說著話。

「政府與黑幫的聯軍，竟然被土地守護者擊敗，真是丟臉。」其中一個人，穿著背心，身材宛如男性模特兒，帥氣中帶著粗獷的霸氣，最引人注意的，是他的雙手所握的，雙斧。

「隱藏身分吧。」回答的，無論外型與衣著都與第一個男子完全相同，宛如雙胞胎，唯一的不同，是第二名男子手上握的，是柄粗大的黑刀。

「是這樣講沒錯啦。」雙斧男子哼的一聲，「怕被發現，所以找了一堆殘魂，再把政府的軍隊和黑幫的人馬混在其中，這樣的部隊，還沒開戰戰力就會被打好幾個折扣，真是笨，要做就做絕，幹嘛還怕人家發現，天貴星真是蠢蛋。」

「不只如此，輸的主因，也許是那枚足球。」黑刀男子的話顯然較少，但字字珠璣。

「對啊，剛那枚足球，那威力，你們會不會覺得……」雙斧男子沉默了數秒，才開口。

「似曾相識？」

「是的。」黑刀男轉頭，看向始終沉默的第三人。

第三人是名女子，身材纖細高挑，一頭燙捲過的長髮，五官竟然和琴有幾分神似，只是神情陰沉，這女子少了琴的任性與天真，更多了幾分成熟與豔麗。

「是你們說過，那個冒充武曲的女生？」女子開口，就連聲線也與琴有幾分相似。

「是啊，把我們騙得好慘，幸好後來澄清了，」雙斧男說。「也讓我們終於找到了真正的武曲。」

找到了，真正的武曲？

真正的武曲，現身了嗎？

「哼。」那女子雙手負在背後，冷冷的笑了。「接下來最重要的事，除了重建我們十字幫的勢力之外，還有必須找到那個冒牌貨……」

「沒錯，」雙斧男諂媚的笑了。「因為武曲最重要的記憶，還在她身上。」

「嗯，你說的，是那個記憶風鈴吧……」黑髮女子眼睛瞇起，「嘿嘿，說實話，開啟風鈴，拿到記憶，才是你們這對地空地劫雙星，真正的目的吧？」

地空地劫雙星？

那不就是在颱風中叛殺琴，小耗，大耗，天使星的兩大高手，小才與小傑？

「嘿，別這樣說嘛。」小才和小傑互望了一眼，小才陪笑，「我們還是很愛武曲姐姐的。」

「放心，我和先前那個笨女孩不一樣，你們愛不愛我，一點都不重要，重要的是，我們的目的是一樣的。」那黑髮女子，露出淡淡笑容，明明就是與琴相似的五官，但這一笑，卻充滿了深沉與迷人的豔麗。「我也要拿到當年的回憶，因為『那東西』肯定就在回憶裡。」

「沒錯。」

「先拿回記憶風鈴，以及，完成聖黃金炒飯。」黑髮女子笑。「當年的『我』，設下黃金炒飯這個關卡，還真不是普通的……任性啊！」

當年的我？這黑髮女子究竟是誰？為什麼把武曲稱為……當年的我？

「武曲姐姐超級任性，是大家都知道的啊，只是，那我們現在要幹嘛呢？」小才開口。「提案一，我們去殺一殺土地守護者，問出記憶風鈴的下落？我小才的雙斧，有一點渴了，想喝血了。」

「不急。」向來沉穩的小傑說。「這裡是鬥王的地，明目張膽，危險。」

「你就是這麼婆婆媽媽，唉。」小才聳肩。「我看你就乖乖承認自己是弟弟吧。」

「哼。」

「放心，就算我們不對土地守護者動手。」這時，黑髮女看著夜空的月，輕輕的說。「琴遲早也會顯露行蹤的。」

「為什麼？」

「因為這是她的天命。」黑髮女淡淡的笑。「就算想要沉靜，也沉靜不了的天命。」

「什麼意思？」小才皺眉。

「不懂的人，就是不懂。」黑髮女輕輕一縱，從頂樓宛如夜鷹展翅，緩緩落下。「但我，霜，就是知道。」

霜？是這女人的名字嗎？

這剎那，小傑和小才互望了一眼，這女人雖然也有著武曲大姐的特質，但，怎麼好像總是令人有種奇怪的……不寒而慄啊。

暗巷中，琴與博士的對決，僅僅十九招，博士就已經倒地，而琴的手掌，帶著危險且炙熱的電能，已經距離博士的臉，僅僅一公分。

「認輸了吧？」

「輸了。」博士咬著牙，滿臉都是恐懼汗水。「我，我認輸了。」

「認輸不可恥，畢不了業也不可恥，不用一定要當博士。」琴收掌，語氣溫和。「走吧。」

「妳不殺我？」

「我這半年的領悟，是學會正面迎向自己的命運，但不是殺人。」琴起身，回頭，長髮隨之飄逸。「走吧。」

「可是，我可能會把妳的行蹤和政府說……」

「如果是，這也是我必須面對的命運。」琴繼續走著。「我希望能堅持自己的道路。」

「嗯。」博士看著琴，低下頭，低語。「原來如此……」

但，就在博士低頭之際，他的掌心，一柄紙製的小刀，已然成形。

琴繼續往前走著，而博士手心已經打開，對準了琴。

只要他的道行一發動，這柄集合了博士最後，也是最強道行的一擊，即將化成一柄暗殺之刃，貫入琴的背部。

「有時候，要念完博士，還是得用點小手段的，像是數據或是圖表……就要靠『小畫家』這軟體來畫！」博士冷笑，手往前一推，手上的紙刃已然射出。

琴沒有回頭。

紙刃朝著她的背疾射而去，眼看，就要射入了她的背。

琴，依然沒有回頭。

直到，一根牙籤忽然射出，穿入紙刃，並將紙刃方向撞歪，直撞入地面。

「啊。」博士張大嘴，接著，他的瞳孔中，瞬間佈滿了恐懼。

因為在他的瞳孔中，映出了另外一根牙籤，牙籤的速度極快，而且體積急速放大，放大的原因，是因為牙籤已經要插入博士的瞳孔之中。

「啊啊啊啊！」博士慘嚎，完全無法抵抗即將降臨的死神。

但，就在此刻，一隻纖細女手突然出現，握住了這根牙籤。

只是小小牙籤內竟然夾帶巨大道行，女子雖然已經握住牙籤，但手卻仍被猛力往前拉，直到女子低喝一聲，手上電光爆發，連被拉了三步，才勉強停住了牙籤的往前飛勢。

而停住時，牙籤距離博士眼前，卻只剩下僅僅一公分，只要再零點一秒，就會穿入眼球的，一公分。

博士嘴巴大張，一滴冰冷的汗從太陽穴滑落，然後雙眼往上翻白，就這樣暈了過去。

「臭木狼，你幹嘛亂殺人？」這時，女子開口了，不用多說，她當然是琴。

只見遠處的圍牆上，跳下一個穿著破爛斗篷的身影，他，正是木狼。「我喜歡在牆上射射牙籤，怎麼樣，不行嗎？」

「不行，因為我不喜歡殺人！」

「不喜歡殺人？小姑娘啊，我不知道妳是不是就是讓土地異變的主因，更不知道妳是不是易主之王，但是呢？妳這麼天真，在陰界可是會死得很快的。」木狼冷冷的說。

「要你管。」

「算了。」木狼聳肩，又慢慢的退回了黑暗。「妳口口聲聲說要走自己的道路，那妳接下來要去哪呢？」

「要你管。」琴大步向前，但她的心中的確有想去，且想找的人。

「哼，妳這丫頭，倒是挺臭屁的嘛？」木狼嘴裡這樣說，眼中倒是閃過一絲激賞的神情，快步跟了上去。

而那個卑鄙偷襲的博士呢？琴與木狼都不再管他，任憑他翻著白眼，躺在暗巷中，口吐白沫的昏迷著。

「你為什麼要跟著我？」琴往前走著，走沒幾步，又停下腳步，回頭說著。

「我說過，我是右弼星。」黑暗中，木狼高大的身影，這樣回答著。「而妳，也許是我要找的人。」

「哈，我不是武曲，我連主星都不是，又如何能成為易主之王？」

「妳是不是武曲，對我而言並不重要，我說過，我只想知道，土地異變的原因是什麼？」

「不是武曲並不重要……」琴聽到這句話，忍不住喃喃自語的唸了一次。

這句話是不是在哪裡聽過？

當小天犧牲自己擋住小才與小傑時，是不是也說過類似的話？

「妳未必是易主之王，但直覺告訴我，妳與土地異變有關，而土地之所以異變，只有易主之王才有這能耐，所以我決定跟著妳，有錯嗎？」木狼的臉雖然依然有著乞丐的污穢，但卻難掩英氣。

「哼。」

「別哼，這就是現實。」

「說。」

「那好，既然你要跟著我，那你要答應，幫我一個忙。」琴轉過身子，目視著木狼。

「我要加入黑幫。」琴回頭，看著木狼。「你有認識的黑幫嗎？」

「妳，要加入黑幫？」木狼眉頭微皺。

「是的，」琴定定的看著木狼，此刻的她，沒有半年前那種輕率與柔弱，多了一種來自內心的堅定。「因為我有想做的事，所以我要加入黑幫，規模越大越好。」

「要讓妳加入黑幫倒也不是不行，」木狼說，「但妳得給我理由。」

「想聽實話？」

「當然。」

「我想找人。」琴一字一字慢慢的說著。

「找誰？」

「三個人。」琴說，「這是過了沉靜的半年後，重新踏上旅途的原因。」

「哪三個？」

「第一個，是小耗星，是他救了我的命，更將我藏身於租界內，犧牲自己去引開敵人。」琴說著，那是這半年藏在她心底，想起來都會發痛的回憶。「當然，還有其他的人，如天廚星冷山饌，以及其他失散在各地的夥伴。」

「喔，妳認識小耗星和天廚星啊，果然非等閒之輩。」木狼嘴角上揚，「另外兩個是誰？」

「我要找武曲。」

「武曲？二十餘年前消失的那個十字幫的武曲？」木狼詫異。

「對，縱然我不是武曲，但我想知道她的生平，她的悲傷，以及她的一切。」琴歪著頭，語氣放低，溫柔且懷念。「我雖然不認識她，也沒見過她，但卻忍不住心疼她，如果她有未竟之願，我也想替她完成。」

「嗯……」木狼沉吟了半晌，似乎在思索著武曲的一切，才開口。「那第三人呢？」

「我不打算說。」琴搖頭。

「咦？」

「……」琴沒有繼續回答的原因，是因為她要找的人，連她也不確定為何要這樣做，那個人，自然就是怒風高麗菜中，讓琴心神震盪的男人，柏。

這個柏，在陽世中透過小靜曾聽聞過，但，為何？為何在陰界遇到他時，琴會湧現如此深，如此深，如此深的懷念。

彷彿在更早更早以前，就曾與這男人相遇，就曾留下一段深刻，但卻……忍不住讓琴悲傷的回憶？

所以她想找柏，而柏的行蹤也許比前兩者更難，所以她一定要藉助黑幫的力量。

畢竟，陰界可是由政府和黑幫兩大勢力組成的世界。

「我很感謝妳的誠實，但，我忍不住想問妳一個問題，小女孩。」木狼英氣十足的臉，看著琴。「妳剛剛等於告訴了我，妳與小耗，天廚星，與武曲可能的淵源，妳不怕我拿這些訊息害妳？」

「怕。」

「那妳還說？」木狼嘴角揚起，「難道我看起來像是好人？」

「你看起來一點都不像好人，但我知道你是什麼人，你是右弼星，你的目標只有輔佐易主之王，你的目標明確，這樣的人，反而可靠。」琴看著木狼，琴那雙美麗的眼睛，直直的透入了木狼英氣十足的鳳眼中。「若有天，你為了你右弼星的天命而害了我，至少我知道自己為何被害，不是嗎？」

木狼只感覺到自己的雙眼，被這小女孩的眼睛，直直的透了進去。

這剎那，木狼竟然產生自己被看穿的感覺。

這對木狼來說，是從未發生過的事情，打從陽世他被一個小黑幫老大所救開始，他替那個老大打下半壁江山，統治超過萬名弟兄，後來又遇到柏，後來更發生了那件事……一直到他進入陰界，發現自己是三大甲級星中的右弼星，並練成一身驚人的道行為止，他從來沒有像此刻這樣的感覺。

在這女孩堅定的雙眼中，自己，竟然被看穿了？

對，木狼根本不屑出賣琴，因為木狼有自己的目標，琴是誰？對木狼來說，根本不重要。

不過，有趣的是，這女孩究竟是誰呢？

她，一直說自己不是武曲，如果她是？又或者雖然不是，卻是另外一個主星呢？

忽然，木狼笑了起來。

「哈哈哈哈……」木狼仰頭大笑，笑聲中帶著往四面八方衝去的霸氣道行。

面對這樣的霸氣道行，琴長髮被吹得往後飛揚，但她雙腳仍穩穩踩在地上，論道行，她現在可是直逼鬥王的七成，她絕對抵受得了木狼如此的霸氣逼迫。

「說了這麼多，」琴面帶微笑，看著木狼。「你究竟要不要幫我介紹黑幫？」

「幫。」木狼笑聲止歇，取而代之的，是雙眼綻放凜冽光芒。「我一定替妳介紹，而且引薦人就是我自己，因為我就是該幫的三大堂主之一。」

「喔？」

「我，乃是刀堂堂主。」木狼一字一句，鏗鏘有力。「隸屬……道幫！」

道幫。

琴聽到如此，忍不住倒吸了一口氣，她早就猜到木狼肯定背後有黑幫，但沒想到竟然是

……

論規模，論實力，論歷史，還在十字幫之上的「魔道之幫」，道幫！

道幫，成立於七百餘年前，創始者，是當年的破軍星，「海拔」。

在歷代的破軍星中，兩大絕招「真空」與「黑丸」，真空代表人物為一念，而黑丸的代表人物，就是海拔。

海拔，最知名的戰績是，對海面打出畢生精力所聚的黑丸，這黑丸到了海上，竟然捲起層層海浪，形成了一座巨大颱風，而這颱風將敵方的海上艦隊，全部一口氣殲滅。

如此強悍，如此暴力，如此震古鑠今，事實上他除了海上颱風之外，有一項功績也是後世無人能及，那就是他也是「破軍之矛」的創造者。

當他敗給了入陰界僅三十年的地藏之後，他遁入山林，苦思數年後，決心打造出第一支神兵，他順著風勢，悟出了破軍最適合的武器，「矛」。

而為了尋找最適合打造風之矛的材料，海拔上山下海，足跡遍及整個大地，終於，他在數萬公尺高空上，找到了一塊石頭。

一塊飄浮在大氣層中，長達可能數萬年的石頭。

這石頭究竟是何種材質？已經超過了人類的認知，只知道它極輕，材質似鐵，重量卻輕如羽毛。

海拔將此石帶回了山中，又花了十餘年，將此石煉化，化成一柄以風為名的驚人神兵。此神兵，更被海拔命名為「破軍之矛」。

此矛更被後世喻為最強的攻擊神兵，百年後，被天機星記下，名列十大神兵之一。

而海拔那十餘年，為了煉化此矛，召集了世界各地擅長鑄造的高手，開發了許多遠超過當時認知的鑄造技術，這些人與這些技術，在破軍之矛鍛造後，過了數年，竟然自然演化成了一個幫派，也就是道幫的前身。

不過成立道幫者，卻不是海拔，而是另一個主星巨門星「滴火」，事實上，滴火當時正是追隨海拔的眾多鑄造高手之一。

不過，海拔並沒有親眼目睹道幫的誕生，更沒有機會拿破軍之矛去挑戰太陽星地藏，因為他已經先一步中伏身亡了。

究竟是誰殺了創造了破軍之矛，幾乎逼近天下第一的海拔？

據說，是當時另外一個戰鬥天才，手持另一個神兵「七殺刃」的主星。

七殺星，「無斷居」。

無斷居，傳言中，更是十隻猴子暗殺團的創始者。

不過，這些歷史都已經幾乎佚失，除了當太陽星地藏與天同星孟婆碰了頭，飲了幾杯茶後，才會被偶然的提起。

那個暴力而狂妄的年代，那個新人輩出，十四主星不斷輪替的瘋狂年代，正是地藏與孟婆剛當踏入陰界的年代。

「你會不會覺得，現在和當年有點像？」孟婆喝了一口茶，淡然一笑。「地藏。」

「嗯。」

「是吧？」孟婆看著這位和自己認識了八百年的老友。「當年的海拔，當年的無斷居，以及後來的雷妤，一念……現在的感覺，好像當年喔。」

「因為易主。」菩薩慢慢的回應。「許久未見的易主時刻，就要逼近了啊。」

很像，現在和當年那個瘋狂的年代，真的很像啊。

時空，拉回現在。

當木狼答應了琴，要介紹她入道幫，琴提出了她的一個小小的要求。「在進入道幫之前，我有件小小的事情想處理。」

「喔？」

「就我所知，一入幫派，就必須遵守該幫的教規，已經不能任意走動了吧？」

「嗯，也不至於，但至少剛入幫時，行動會受到限制。」木狼點頭。「那入幫之前，妳有什麼未完成的事嗎？」

「我想回去土地守護者那裡一趟。」

「喔？」

「我想和他們說謝謝。」琴瞇起眼，甜甜的笑了。「這半年多，事實上，是我進入陰界以來，最快樂的一段日子啊。」

這一晚，土地噴發了。

三次，精采的三次地果噴發，白金色的地果映著月光化成令人永生難忘的七彩顏色，將夜空點綴成一場極致豪華的饗宴。

所有人都醉了。

鬼鼻師，麥斯，帆，守字門的全部夥伴，戰字門的全部人員，所有的夜市遊客與攤販，當然，也包括了阿型與酷巴，全部七零八落的躺在操場上，所有人都醉了。

為什麼都醉了？也許是他們才打了一場史上最險惡的硬仗，於是他們帶著慶功的心情，大吃大喝這次噴發的地果。

又也許是土地這次噴發的地果，其濃度是有史以來最高，最甜，彷彿要跟什麼告別似的，將數百年的精華，都在此刻全都噴發了出來。

土地守護者們沒有太擔心防禦的問題，因為火星鬥王的人還在這裡，以石之八座為首，上百名來自黑暗巴別塔的守衛，尚未離開這裡。

以巴別塔戰士的實力，沒有任何的殘魂可以潛入這裡，除非……是遠超過殘魂等級的高手。

而這樣的高手，剛好就一個，她雖然輕易的突破了黑暗巴別塔戰士的防禦，但她卻不帶任何一絲敵意。

她緩緩的來到了操場上，她纖細瘦長的影子，恰好映在酒醉昏迷的阿型身上。

然後影子縮小，表示這女子身影正慢慢蹲下，她帶著溫柔的笑，看著阿型閉著眼，呼呼大睡的模樣，更聽到阿型嘴裡喃喃的唸著。

「琴，妳去哪裡了？妳那一球踢得好棒！我們都在等妳回來，妳知道嗎……」阿型在睡夢中，仍牽掛著琴。「雖然……我和酷巴都早就知道……妳不屬於這裡，和我們相比，妳的翅膀比我們大上好幾倍……終有一天……妳會飛離這裡……」

女子看著阿型，忍不住歪了歪頭，露出憐惜的笑容。「傻瓜……」

「可是……我一直到最後，都沒能對妳說，其實……其實……我很喜歡妳，不是一點點的喜歡而已，而是很多很多的喜歡……我是一個因為在陽世欺負其他小孩而化成模型的魂魄，所以我自卑……但我知道，妳的眼神之中……我並不奇怪……因為妳很特別……所以……在第一次見到妳的教室中……我從妳看我的眼神，我就知道……自己一定會喜歡上妳。」

在夢中，阿型終於將埋藏在心底的那個祕密，毫無顧忌的表白出來。

女子聽著聽著，忍不住伸出了手，輕輕撫摸著阿型的臉。

「真是傻瓜。」

女子手心的塑膠觸感，完全掩飾不住這男孩靈魂深處的熱情，女子只覺得手心好溫暖。

「我知道妳一定不會有事……妳要好好保重……」阿型夢話說到這，眼角瑩瑩的光芒顫動，他哭了嗎？

而這時，女子身體往前，在阿型臉上輕輕的一吻。

「阿型，我真的很喜歡這半年，超喜歡。」女子吻完，抬起頭，在阿型耳畔輕輕的說著。

「但是啊，我有必須要完成的事，要找的人，等完成這些事，我再來找你們，我們再來開開心心的吃地果，我已經想出好幾道專門煮地果的湯喔。」

「……」阿型沒有醒，只是嘴巴含含糊糊的說了一堆話。

「掰。」女子眼神注視著阿型，慢慢的起身。「有天，我會再回來，我會再……」

只是，當女子起身到一半，她的動作陡然一停，然後抬頭，看向數公尺遠處。

那裡，躺著另外一個老友。

這老友身體呈球形，被喻為土地守護者們最後的王牌，更在殘魂之戰擊碎了天貴星龜男的龜甲。

讓女子感到詫異的，卻不是那些事，而是如今……這老友的眼睛，睜開了。

老友雙眼睜大，正定定的看著女子，然後他笑了。

「妳果然很厲害，黑暗巴別塔的戰士，都沒發現妳？」那球狀的老友笑。「琴。」

琴，這高挑女子果然是琴，她看著球形的老友，也笑了。「酷巴，你沒醉？」

「事實上，我醉了。」酷巴轉了轉身子，「但也許是陽世的死法，讓我比別人多了份警覺，所以很容易就醒了。」

「嗯。」

「放心，我不會叫醒其他人的。」酷巴說，「對阿型這個癡情男來說，繼續做夢，也許比較好。」

「嗯，謝謝。」琴笑了，眼睛瞇瞇的笑了。

「那，再見了。」酷巴慢慢的說著，「早知道妳的翅膀這麼大，應該要去更高更遠的地方飛行，只是，在外面，可別丟了我們土地守護者的臉。」

「一定，不會讓大家丟臉的。」琴笑著點頭，然後退了兩步，對著所有醉倒在地上的土地守護者們，深深的一鞠躬。

這鞠躬，鞠得好低，彷彿要將這半年來，這群單純而可愛的人們，所贈與琴的美好回憶，都在這鞠躬內，全部都感謝出來。

全部都深深的收藏到琴的心裡。

「謝謝。」琴閉上眼。「謝謝這半年，大家的照顧，這是我進入陰界以來，最珍貴的半年。」

然後，琴轉身，一個俐落的跳躍，電能灌入她的雙腿，讓她小腿肌肉瞬間爆發，她輕盈的身子宛如夜月下的羚羊，躍上了教室的高樓，然後再躍，躍過了黑暗巴別塔的戰士們，躍入了黑暗之中。

而操場上，只剩下酷巴繼續睜著眼睛，喃喃的自語著。

「要和妳說謝謝的，其實是我們吧。」酷巴溫柔的笑著。「那一球，真的好棒，超棒的。」

「而且，真正要感謝妳的，是那一球，真的讓我回到了那年夏天。」酷巴閉上了眼，此刻，他彷彿回到了陽世，他雙手扠腰，腳踩著球，站在球門前。「更謝謝妳，讓我能完成那趟始終沒有完成的驚奇旅程。」

那趟，名不見經傳的小隊，卻殺入總決賽的驚奇旅程。

那個雖然數十年沒踢球，為了表白而苦練足球的男孩，與他心愛女孩擁抱的畫面。

謝謝。

酷巴深深的吸了一口氣。

真正要謝謝妳的，是我們才對啊，琴。

事實上，對這個晚上有著奇異感覺的人，尚不只琴，酷巴，或是阿型，還有一個人。

此人身在陽世，已經是兩個小孩的媽，她在黑暗中突然醒來，然後慢慢走到了客廳，替自己倒了杯水，坐在客廳，看著窗外的月光，慢慢的喝著。

然後女人忽然笑了。

那是充滿回憶，美好的笑容。

「剛剛的夢好美。」女人輕輕的自言自語著。「又夢到過去的那個男孩，這次，男孩沒有被黑道逮到，他踢進了那球，而我答應了他的表白，認真且開心的談了一場戀愛。」

月光下，女人的臉彷彿年輕了二十餘歲，變回那妙齡美麗的女孩。

「真的是好棒的夢，」女孩微笑著。「真的是，好棒的夢啊。」

琴繼續往前奔著。

月光下，她透過電能提升了自己的體術，讓她宛如一隻優雅而輕盈的羚羊，在月空下盡情狂奔著。

而她的目標，是月光下正在等待她的男人。

這男人會替琴帶來什麼樣的命運，是一帆風順的好運？還是更慘烈災難的厄運？琴並不知道。但琴唯一可以確信的是，這會是一個新的開始。

道幫。

以鑄造武器為業，三大黑幫之一，被人喻為已經入魔的幫派。

「走啦。」月光下，那滿臉污濁，但卻難掩英氣的男人，對琴這樣說著。「我們要出發了。」

「嗯。」琴雙腳微微一頓，轉向，再度跨開腳步，跟上了木狼。

關於琴，新的傳說，即將再次開始。

第六章・破軍

「在進入道幫之前，我覺得，我有義務要幫妳惡補一下。」木狼這樣說著，

「嗯。」

此時，木狼和琴正坐在一台計程車上，車子正在城市的街道中前進，越開越往熱鬧且繁華的商業區前進。

「道幫歷史悠久，只略短於僧幫。」木狼說，「道幫以鑄造兵器起家，因應陰界戰爭殺戮不斷，武器需求量永不停止，於是道幫便從中獲取高額利潤，屹立數百年不倒。」

「嗯。」琴點頭。「那僧幫呢？」

「僧幫則以開發咒語為主，咒語像是一種添加物，可以讓陰魂們生活便利，道幫則專注武器製造，事實上，道幫與僧幫最大的不同，除了販賣的東西不同，最主要的是總部的位置？」

「總部的位置？」

「是的，僧幫總部據說是一間老廟，深藏於山林之間，只在特殊時刻現蹤，不少人想要挑戰僧幫幫主地藏的無敵傳說，卻連總部都找不到。」木狼說。「不過道幫卻完全不同。」

「嗯。」

「道幫的總部，共有一百零一層，高聳入雲，豪華壯麗，位在城市商業最繁榮區域。」

木狼說。「這，就是僧幫與道幫的差別。」

「一個深藏在山中的老廟，一個位居城市核心的萬丈高樓？」琴笑，「好大的反差，好高調的道幫，為什麼道幫如此張揚？」

「很簡單。」木狼說，「因為道幫，非常有錢。」

「啊？」

「有錢可以買市區，為什麼要去郊區擠？有錢可以蓋大樓，為什麼要讓自己隱身巷弄？」木狼冷笑。「這就是道幫的生存哲學。」

「喔。」琴眼睛眨了兩下，道幫，傳說中的魔道之幫，果然有其稀奇古怪之處。

「說著說著，道幫到了。」木狼手一揮，司機停車。

琴順著車窗外往外看去，頓時吞了一下口水，因為這棟建築物，果然如木狼所言，極度高聳，極度華麗，一百零一層尖塔建築，絕對是這座城市的財力的證明。

原來，這就是道幫的基地？

就在琴詫異之際，卻聽到計程車司機推開了木狼付的錢。

「不用不用，我們開計程車的，都知道任何開到道幫總部前的車子，都不能收錢，您的錢，我，我，我不敢收。」司機苦笑。

「為什麼？」

「如果接到道幫的敵人就算了，若接到的是道幫的人，或是道幫的客人，結果還收錢，被人發現後，運氣好身上多幾個傷口回家，運氣不好……不是斷手就是斷腳，甚至沒辦法回家的都有。」司機用雙手抱住頭。「拜託，別，別跟我收錢。」

「嗯。」木狼皺起了眉頭，手一揮，在千元鈔票上，寫上了自己的名字。「收。」

「收？」

「我乃木狼，道幫三大堂堂主，其他兩堂愛搭霸王車，我們刀堂的可不准這樣。」木狼霸氣十足的說，「將來若有問題，拿出這張寫有老子名字的鈔票，包你沒事。」

「謝，謝木狼大哥。」司機雙手小心的捧著那千元大鈔，神情卑微。

但卑微的神情中，卻帶了一絲細微的開心。

不只是因為這趟車程沒白跑，更重要的是，一張簽有道幫堂主名字的鈔票，將來遇到事情，亮出這張鈔票，至少可以保住一命。

畢竟，這可是道幫，這可是刀堂堂主哩。

司機收下了鈔票，當木狼與琴走下了車，忽然，琴笑了。

「偷笑？」木狼斜眼看琴一眼。

「人家都說道幫以鑄造殺人武器為業，乃是魔道之幫，也難怪計程車司機不敢收費，不過你不太一樣。」琴笑。「你像是比較早期那種黑道，講信重義，照顧百姓。」

「我承認，道幫中，的確有些問題。」木狼冷哼。「不過，人有自己堅持的道路，我是沒在管這些事的。」

「嘻。」

「別再偷笑了。」木狼微微皺眉，雖然他露出不耐煩的表情，但眼神中，卻似乎不討厭琴這樣的調皮。「小女孩，我告訴妳一件事，進入幫派，可不是一件簡單的事，尤其是像道幫這樣的大幫派。」

「嗯。」

「道幫，總部與外部加起來，超過二十萬幫眾。」木狼比著眼前的建築物，「總部內共分三堂，劍堂，刀堂，以及毒堂，三堂各自鑄造與研發不同兵器。」

「嗯。」

「堂主下分級嚴格，但大致上分為三大部門，設計部門，製造部門，包裝運送部門，每個部門都有專業人士以及對外的戰鬥部隊，基層幫眾上有小組長，小組長上有經理，經理上才是堂主……」

「基層幫眾，小組長，經理，堂主……」琴聽到這，不禁喃喃自語，「和陽世的公司好像，你們學陽世的嗎？」

「屁，完全相反！這套公司制度，事實上就是道幫創造的，後來透過陰魂的轉世投胎，才被陽世的人學起來的。」

「不過，這樣說起來，木狼你挺大的欸，道幫三大堂堂主之一……」

「大與不大，對我而言，毫不重要，進入道幫，只是為了實現我的抱負，權力越大，越能接近抱負，我只能這樣說。」

「嗯。」琴歪著頭，想了一下，隨即忍不住笑了。「原來，你和我有點像，都只是為了實現自己想做的事，而進入了道幫。」

「道幫中，二十萬幫眾，誰又不是如此？只是有人抱負大，有人抱負小，抱負大者希望能與政府爭鋒，抱負小者只求生活溫飽，每個人都是如此。」木狼淡然一笑，「但我要提醒妳的是，道幫採取的是競爭主義。」

「競爭主義？」

「沒錯，道幫的主要收入來源是鑄造武器，換言之，誰能鑄出最厲害的武器，誰就擁有最強的武力，三個堂彼此之間是競爭關係，我們各自開發武器，各自對外接收訂單，有時候甚至會互相搶單。」木狼說，「這就是競爭主義，在陽世許多公司都是這樣，最有名的，大概就是什麼鴻，什麼海公司吧！」

「嗯。」琴聽得連連點頭。陽世中，的確充斥著這樣的競爭導向的公司，部門與部門間的競爭，會讓適者生存，強化公司的競爭力。

但也讓同事間存在著一種緊張的競爭關係，誰能生存下來，誰就是強者！

「不只是堂與堂之間是競爭關係，經理和經理之間也是，小組長和小組長之間也是，最後連基層人員彼此都必須競爭。」木狼說，「但，事實上一項精密的武器要成功，又必須仰賴緊密的團隊合作才能完成，所以可以這樣說，所有人都在競爭，但也必須合作。」

「又是競爭，又是合作，這樣微妙的平衡狀態嗎？」琴喃喃自語著。「這就是道幫屹立數百年，依然壯大的原因？」

「沒錯。」木狼抬起頭，看著眼前這棟華麗高大的建築物，上頭豪氣萬丈的寫著道幫兩字。「這就是道幫屹立百年不墜的原因，卻也是道幫被人喻為魔道之幫的真正原因。」

琴默默的點了點頭，道幫，因為競爭，所以強大。

卻也因為競爭，培養許多手段狠辣，為了往上爬殺人不眨眼的人物，這些人物，成就了道幫「魔道之幫」的惡名。

這就是道幫。

琴閉上眼，要進入如此巨大而歷史久遠的幫派，她，真的能透過道幫，取得她想要的東西嗎？找到她想要找的人嗎？

小耗與冷山饌，武曲的聖黃金炒飯，以及，那個讓琴想要一探究竟，為何如此牽動自己的男生，柏。

「接下來，妳就自己進去吧。」木狼比著眼前高聳華麗的建築。

「自己？」

「沒錯，道幫為了確保每個新人的能力都在一定的水準以上，有特別為新人準備一條通道。」

「通……通道？」

「這叫做試煉之路。」木狼的嘴型慢慢的往外咧開，露出一個充滿挑釁，又充滿霸氣的笑容，這笑容讓原本英氣十足的臉，變得宛如野獸般充滿野性。「記住，這是一個競爭主義的幫派。妳要生存下去，只能自己想辦法！」

妳要生存下去，只能自己想辦法！

因為，這裡是道幫，魔道之幫。

琴帶著木狼親手寫的一封信，走進了道幫之內，道幫的一樓大廳，寬敞巨大，而且全部都鋪上純白色的大理石地板，讓人見識到道幫的規模與氣勢。

不過，在這片寬闊的白色大廳中，卻座落著四個巨大的玻璃箱。

玻璃箱高度約莫三層樓高，內部用了幾盞聚光燈，將光源焦距對準了玻璃箱內的物體，更呈現出物體的不凡與珍貴。

居中的玻璃箱，體積最大，裡面是一支看起來相當古舊的矛。

矛鋒下綁著紅絲線，直挺挺插在玻璃箱內，矛下，還有一個大理石碑，碑上刻著一行字。

矛下，大理石的石碑上，刻著一行字，「破軍之矛，鑄者海拔，十大兵器之一。」

「破軍之矛……十大神兵……」琴唸著這幾個字，她隱約聽到了胸口的記憶風鈴，正輕輕的噹了一聲。「不過，這應該只是模型，真正破軍之矛應該不會擺在這裡當作裝飾吧？」

而在破軍之矛旁，第二個玻璃箱，體積略微小了些，但仔細看去，玻璃箱內的東西似乎更小。

琴瞇起眼一看，裡面竟然有一只風鈴，而且，這類風鈴琴不只見過，甚至曾帶在身上。

「記憶風鈴！」琴低呼，眼前這只風鈴與琴懷中的風鈴仍略有不同，看起來更古老，更簡單，也更質樸。

但再仔細看去，卻發現這只風鈴的曲線與紋路，卻是琴所見過最完美也最流暢的，光是這風鈴完美無缺的曲線，就足以揚威陽世與陰界的工藝界。

記憶風鈴下的石碑寫著這麼一行字，「記憶風鈴，鑄者天缺，十大兵器之一。」

「這應該是第一只被創造出來的記憶風鈴吧？原來，這專門記錄魂魄記憶的風鈴，也是十大兵器之一。」琴看著風鈴，歪頭想著，「透過兵器來儲存魂魄記憶，果然是創舉，難怪能名列十大神兵之一，鑄者是天缺？這是現行幫主的傑作嗎？」

另外，除了破軍之矛，記憶風鈴之外，座落在後方，還有第三個超大的玻璃箱。

這箱子內，擺的東西是一只古銅色的鎚子。

鎚身很大，光看到這鎚子，琴就感覺到令人屏息的氣勢，腦海中更自動浮現了一個畫面。

眼前有一座巨大的火爐，熊熊火光前，某人正一手用鐵鉗夾著尚未成形的劍，另一手舉起鎚子，然後朝著那柄未成形的劍，用力一鎚。

這一鎚下去，火光迸裂，眩目神離，然後舉鎚者露齒一笑，「好刀。」

琴看到舉鎚者旁，一個面容清秀的男子，正立在門邊，笑容謙和。

「不，是好鎚。」這男子笑著說。

「過獎。」

「巨門之鎚，十大神兵，名不虛傳。」那男子微笑，「果然不愧是滴火。」

「我敢肯定，這把刀，也會成為十大神兵之一。」壯碩的滴火這樣說著，「畢竟，你找到了不得了的材料啊，無斷居。」

「是啊，我一見這材料，就知道與自己有緣啊。」

「只是有些擔心，此劍魔氣太強……」滴火看著劍，「也許不該鑄成刀，殺氣太強，也許該鑄成別的兵器……」

「放心，我拿此刀一定會好好使用，世道亂，我會用此刀行俠仗義，路見不平，方纔拔刃。」清秀男子笑了，那是有點羞澀，但很令人放心的笑容。「滴火兄弟，這你就別擔心了。」

「嗯。」

滴火？無斷居？

一瞬間，琴意識回到了現在，往巨門之鎚下方的石碑一看，果然。

「巨門之鎚，鑄者滴火，十大兵器之一。」

「巨門之鎚……」琴低語，「這是道幫的鎮幫之寶嗎？不知道第四個箱子中擺了什麼？」

第四個玻璃箱，事實上與前三個玻璃箱有著非常大的不同，那就是……箱子裡面是空的。

琴先是一愣，然後往石碑看去，上頭寫的字，竟與剛才琴恍惚的片段有著關連。

「七殺刃，滴火與無斷居合鑄，十大兵器之一。」

「七殺刃……」琴低語，但接著她更發現，這行字下面，又被寫了一行字，而且下面那行字，不只字跡潦草，每筆每劃更深入石中，彷彿帶著濃烈的酒意與悔恨而寫。

「畢生至悔，鑄成此刀，若無此刀，吾老友不會入魔，而吾人最敬重的師父，更不會因為此刀而死，至悔，至悔，至悔……」

琴看著這行字，內心隱隱感覺到，一定曾經有段壯麗而悲傷的歷史，隱藏在這些兵器之後。

老友入魔，說的是誰？滴火師父，又是誰？七殺刃又是一項什麼兵器？竟帶著如此濃烈的魔氣，讓使用者入魔？而入魔者，是不是那名清秀男子？

只是，看到那清秀男子帶著羞怯的笑容，琴莫名感到熟悉，在陽世之時，那好像經常出現在琴的眼前。

是誰，有著和這清秀男子相似的笑容？

琴想不起來，只是歪了歪頭，朝著第四個大玻璃箱低語，「滴火後悔自己鑄下七殺刃，所以道幫才把七殺刃的模型從玻璃箱移開嗎？」

琴環視周圍，除了這四大玻璃箱之外，仍有不少體積較小的玻璃箱，或放或掛，座落在道幫總部的大廳中。

這些兵器原本就是極美的工藝品，並透過精心的擺放排列，將整個大理石大廳，裝飾得氣派且充滿一種道幫獨有的氣勢。

這裡可是兵器之幫，道幫，不只是讓每個參觀者眼睛一亮，更直接的折服了參觀者。

而就在琴感受著這道幫大廳獨有的風格時，忽然，一個人朝她走來，此人全身綁著繃帶，外型酷似埃及木乃伊。

「妳就是新來的那個吧？」

「嗯。」

「木狼堂主叫我來找妳。」木乃伊男人眼中綻放著詭異的光芒。「然後妳得走一走……試煉之路！」

「試煉之路？」

「沒錯，」木乃伊男人笑了，笑得另琴感到渾身不安。「這是一條每個新人都必須走，而且不小心就會喪命的……入幫之路啊！」

此刻，琴被這個木乃伊男人帶離大廳，從大廳旁的門邊進入，坦白說，這小門也是大理石鑄造，要不是木乃伊男帶路，琴還沒發現這裡有一道門。

進門之後，木乃伊帶琴進了電梯，木乃伊男並用掛在自己胸口的磁卡，刷了一下電梯的感應器，並按了十一。

琴看到當木乃伊的磁卡刷過時，從一到三十的數字都已經亮了起來，但四十一到一百零一樓，以及往下的地下一到四樓的按鈕，卻仍是暗的。

仍是暗的，表示木乃伊的磁卡權限，只到四十層而已嗎？如果是木狼應該可以刷得更高吧？

「四十層以上是小主管級才可以上去，七十層以上是經理以上，九十層上則是堂主方能進入，一百零一層呢，聽說，那是幫主天缺的寶座，懂嗎？」木乃伊男彷彿看穿了琴的心思，這樣回答道。

「喔。」琴點頭，「那我們即將要去的試煉之門，在哪一層呢？」

「就在這了。」這時，電梯停了，停在第四層，然後木乃伊擺出了一個邀請姿勢，請琴往外走。「走出了電梯，前面這條黑暗的長廊，就是所謂的試煉之路。」

「嗯。」琴看著電梯門後，那條黑色無光的路，直覺告訴她，這片黑暗中，有什麼東西正隱藏著，正飢腸轆轆的等待著，每個無助徬徨的道幫新人。

「還有，在妳走出電梯之前，有件事要和妳說……」木乃伊男說。

「什麼事？」

「我的名字是木乃伊29。」木乃伊男說，「在進入陰界道幫以前，我最得意的事情，是待過一班通往地獄的列車，列車上超多名人。」

「等等，你幹嘛告訴我這些？幹嘛告訴我你的名字？」

「當然要說，因為我有可能是妳今生看到的……最後一個人啊！」

「哼，鬼扯。」琴哼的一聲，腳往前踏去，當她整個身體踏出了電梯，背後的電梯門也緩緩的關上了。

當電梯門完全閉合，通道上，更陷入完全的黑暗。

然後，琴感覺到了，電感的能力，正與琴的心跳同拍，發出強烈的訊息。

有陰獸。

那是兇猛且危險的A級陰獸，就藏在，這條修煉之路上。

木乃伊男坐著電梯，繼續往上，直到三十六樓才停下。

走出電梯，木乃伊男穿過幾個房間，來到一間會議室，會議室內，木狼正坐在大沙發椅上，霸氣十足的凝視著窗外。

三十六樓的風景，雖然沒有百層樓以上的氣勢萬千，但已經是附近樓層的最高，也可以俯視這一大片城市的千門萬戶。

而且，木狼換下了破舊的乞丐裝，換上了俐落合身的黑色西裝，配上他原本就深邃帥氣的臉龐，此刻的他，像是一尊希臘雕像中才會出現的人物，何等完美，何等迷人。

「琴，」木狼說。「她走進去了嗎？」

「是，木狼大人，她進去了。」木乃伊男語氣恭敬。「而且，都照您的意思辦了。」

「嗯。」

「我把試煉之路中的陰獸等級，都提高了。」木乃伊男露出笑容。「而且，那些陰獸又餓了好幾天，攻擊起來一定特別兇猛！」

「嗯。」

「只是老大，你確定這樣沒事，我看那女孩，不過是一個新魂……」

「放心，這女孩不會有事的。」

「欸？」

「如果她活不下去，只能證明一件事。」木狼眼睛瞇起，眼中帶著自信。「我，看走眼了。」

「老大，您真可怕。」

「可怕？你忘記我們道幫的宗旨了嗎？」

「沒忘。」木乃伊男再笑。「殺不死我們的，都會讓我們更強。」

「下一句呢？」

「如果我們不夠強。」木乃伊男越笑越是開心。「就活該被殺死。」

「……活該被殺死。」木狼看著窗外這一大片，在腳底下的風景。「歡迎來到魔道之幫啊，琴。」

琴的眼前，一隻琴從未見過的陰獸，正宛如小山般矗立在她眼前。

牠是一隻穿山甲，卻有著大象的體型，身上覆蓋著深海大魚的銀色鱗片。

牠見到琴，吐出了長長的舌信，接著發出一聲尖細且高頻的吼聲，此吼聲不似獅吼般震懾魂魄，但卻就像是指甲刮過黑板般，令琴感到渾身不舒服。

接著，在尖細尖叫聲中，巨型穿山甲邁開看似笨重，實則迅捷的步伐，朝著琴直撞而來。

琴臉上沒有太多驚慌，只是展開雙手，電能盤桓，銀亮光芒照亮黑暗的通道。

「這隻陰獸看起來很餓了，所以會主動攻擊人。」琴的臉，被手上微紅的電光，照得微微發亮。「所以，要在不傷牠性命的情況下，擊敗牠。」

嘎。

穿山甲伴隨著高音頻的叫聲，朝著琴越來越近，越來越近……

琴則瞇起眼，不斷的從穿山甲奔來的氣勢，調升自己的電能。

然後當巨大穿山甲來到了琴的面前，琴身體一低，右手的電光，甩了出去。

電光的高度並不高，只有約莫腳踝高度，飛向了穿山甲正在狂奔的四隻大腳……

「中。」琴低語。

中，果然中，電光纏住了穿山甲狂奔的四足，四足一跛，連帶巨體的重心也跟著失去平衡，往地上一翻，砰的一聲跌在地上。

這一摔，穿山甲宛如大象般的重量，反而成為牠的致命傷，因為牠一時半刻無法爬起，而在穿山甲還在掙扎想要站起時，牠忽然感覺到，眼睛之處，有東西已然貼近。

那東西，是一隻手，纖細的女子之手，離穿山甲的眼前，只有不到一公分的距離。

眼睛，是任何生物的要害，穿山甲頓時不敢妄動。

「放心，我不會讓你受傷的，只要稍稍的，睡一下就好。」這隻手的主人，不用說，當然就是琴，她微笑著。

說完，琴的手微微移開了位置，按向了穿山甲的腦袋，而一陣微紅電光過去，穿山甲眼睛閉上，頓時暈了過去。

「好啦，解決啦。」琴從穿山甲的身體跳下，撥了撥身上的灰塵，繼續往前走，只是，她沒走幾步，琴的腳步卻停住了。

因為琴發現了，她已經碰到了第二隻陰獸。

不，嚴格說來，她不是碰到，而是已經在第二隻陰獸「裡面」了。第二隻陰獸，並不是像穿山甲那樣的巨獸，而是一隻一隻，細細小小的光點，而琴不知不覺，已經走在這群光點之中了。

而且，光芒越來越多，越來越密。

轉眼間，成千上萬的光點，就這樣將整條通道都已包圍。

這次，琴再次微笑了。

「這群像是螢火蟲的陰獸，等級不低啊。」琴雙手再次綻放微紅雷電。「道幫到底是一個怎麼樣的幫派呢？連一條新人通道，都可以搞得這麼……刺激？」

而在三十六樓的位置。

「木乃伊，你放了什麼陰獸？」木狼問。

「體型最大，且餓了三天的礦工穿山甲！」木乃伊語氣得意。「有這隻陰獸，這新人肯定慘兮兮啦。」

「嗯，礦工穿山甲，這是道幫鑄造武器的四大陰獸之一，許多深埋在地底下的礦脈，就靠著這隻陰獸採集。」木狼點頭。「你只放一隻陰獸嗎？」

「不只，我還放了……咦？」木乃伊臉色驟變，不過他驟變的臉色藏在層層的臭布下，所以很難被發現。「老大，慘了，我好像放錯了。」

「放錯？」

「我剛聽到木狼老大你指示，要放些危險的陰獸，就，就不小心把這個族群放下去了。」

「族群？」木狼微微皺眉。「你是說，電泳蟲？」

「是啊，老大，也是道幫四陰獸之一，是在鑄造武器過程中，將特殊材料透過電泳的方式，鍍在武器表面的……電泳蟲？」木乃伊男抓著頭，「我馬上把門打開，進去把那女孩救出來。」

「不用。」忽然，木狼舉起了手。

「咦？」

「不用。」木狼把臉再次轉向玻璃，玻璃上，映出了木狼英俊的五官，以及帶著惡作劇的神情。「我說不用。」

「啊。」

「這女孩如果真的是能夠『改變』的人。」木狼笑，「那她，絕對不會敗在區區電泳蟲的手下。」

「老大，我發現……」木乃伊忽然露出古怪的表情。「老大……你真的很喜歡這新人哩？」

「沒有喜歡這檔事。」木狼閉著眼睛，「只有想知道她適不適合這件事。」

只是，木狼沒有察覺的是，他嘴角那輕輕揚起的弧度，似乎才是真心的回答了木乃伊的問題。

電泳蟲。

A級陰獸，主要是會浮游在各種高低溫，高壓電，以及各種惡劣環境中的陰獸。

當年主要存活於地表下三千公尺處以及高空中一萬公尺處，後來被捕了下來，並且成功在平地的實驗室順利培育出來。

為什麼特別培育這樣的陰獸呢？因為，道幫發現，任何武器的鑄造過程中，若有電泳蟲在一旁飛舞，武器本身的強度，抗道行的能力，都會大幅提升。

原因，是因為電泳蟲當受到了道行的刺激，會釋放一種名為電漿的物質。

電漿像是一種摻雜物，會在鑄造過程中，摻入武器的表層，進而提高武器的各項特質。

就是因為電泳蟲的發現，讓道幫的武器製造事業，一口氣甩掉其他多數的黑幫，領先群雄，更為後來成為三大黑幫之一，打下重要的基礎。

不過有趣的是，發現電泳蟲的人，卻不是道幫之人，而是另外一個幫的幫主，十字幫之主，雷妤。

而且她不只發現電泳蟲，更帶回了另外三大陰獸，礦工穿山甲，巨人的眼淚，以及百大陰獸之一的「火狐」以及火狐的子孫們，這些陰獸後來被道幫視為鑄造的珍寶，合稱為道幫四大陰獸。

而身為十字幫幫主的雷妤，為何願意替道幫做這些事？

據說，與當時另一個高手有關，那個高手，名為一念，也就是歷代破軍星中，擁有最強真空能力的強者。

雷妤與一念，共同找尋了這四大陰獸，贈與了道幫，然後道幫則回贈了另一項物品，那就是鑄造技術。

而雷妤和一念就藉著這鑄造技術，打造了一項兵器，這兵器也流傳至今，更名列十大神兵之一。

它早已出現，但卻仍未發揮它十分之一的實力。

它，叫做雷弦。

它的創生者，正是當年的十字幫之主，被喻為歷代武曲中的最強，雷妤。

離開這些罕有人知的前塵往事，時空拉回現在，如今，在這黑暗的新人通道中，琴一個人被上千隻電泳蟲給包圍著。

「哎啊。」琴站在這群電泳蟲的中央，「這些，如果莫言在，一定會一直碎碎唸，說是這是多珍貴的陰獸吧……只是，感覺有點危險哩！」

也就在這時，琴忽然感到周圍有些不對勁，為什麼，通道變亮了？不，不是通道變亮了，而是電泳蟲的亮度提升了。

從原本螢火蟲的亮度，變成了小型一粒一粒燈泡的亮度，接著亮度還在提升，變成了刺眼的白色亮點。

「不對。」琴見狀，急忙集中全身電能，微紅電蛇從琴的雙掌開始，快速盤繞琴的全身，但白蛇尚未盤繞完畢……所有的電泳蟲的亮度，卻已經到了極限。

然後，這些發光體，亮度陡然收斂，然後轉化成了一條直線。

直線，就是雷射。

上千條細長，充滿破壞力，能貫穿各種堅硬金屬的雷射，在這小小的空間中，宛若百張交錯縱橫的蜘蛛網。

兩公尺的圓圈內，只有琴一個人，卻有超過千餘條雷射密佈其中，她知道，無處可躲，百分之百，萬分之萬的無處可躲！

她能做的事情，只剩一件，就是吸口氣，將電之微紅電能灌滿全身，並期望雷電能將這些瘋狂的雷射，全部擋住。

而她成功了嗎？

她，真的會莫名其妙死在這道幫的新人通道上嗎？

當雷射散盡，新人的試煉通道，再度由刺眼的光芒回復到原本的黑暗。

琴是生是死的答案，已然揭曉。

「是生是死，就看能不能過電泳蟲了吧？」木狼睜開眼，「算算時間，也差不多該碰到了。」

「是啊，也差不多了。」木乃伊說。

「通常試煉通道內，會放置四到五種陰獸，不過既然已經出現了等級如此高的A級電泳蟲，其他陰獸應該也不太重要了吧？」木狼說，「對了，其他陰獸，你放了什麼？」

「我查一下，」木乃伊拿起了一個平板電腦，陰界也有追上時代潮流，或者說，陰界才是潮流的創造者，陽世只是沿襲陰界慣有的技術與習慣。「嗯嗯，螢幕是這樣顯示的……我放了可以將武器表面拋光到美美的『拋光貂』，還有運送武器很方便的『急運山豬』……不過……咦……」

木乃伊邊看平板電腦，神情卻越發古怪。

「怎麼？」

「透過新人通道的監視器，這平板電腦也可以同步監控陰獸的生命狀況，但，」木乃伊支支吾吾。「但，但……」

「生命跡象？怎麼了？」木狼皺眉，英氣十足的臉，對木乃伊的遲疑感到疑惑。

「我發現，他們好像，全部，都……」木乃伊說，「死了。」

「死了？被那女孩殺了？」

「不，不像……這小女孩雖然通過了礦工穿山甲，但卻手下留情，她不是一個會殺陰獸的人，而且，時間點也不對，這些陰獸似乎在女孩抵達之前，就全部死光了。」木乃伊邊說，邊猛力吞著口水。「有一點，有一點令人擔心……」

「木乃伊，你到底要說什麼？」

「我擔心的是，前陣子，道幫的四大鎮幫陰獸中，排行第一，專門提供熔煉高級兵器火焰的……火狐之祖，好像，好像……」

「不見了？」木狼的眉頭越皺越深，宛如眉心的兩道深溝。

「是啊，大家都說，第一隻火狐，那隻活了超過一千歲的火狐，一定是逃出了道幫，逃到了山中，」木乃伊說。「但，也有人說，這隻火狐列入百大陰獸中排行第七十二，就算還藏在道幫的某個分部中，也不太容易被察覺，而且……」

「而且？」

「我要說的是，」木乃伊握住平板電腦的雙手，不斷顫抖。「老大，急運山豬，與抛光貂，死法都一樣，牠們都是被……高溫燒死的啊！」

「高溫燒死……」木狼起身，朝著電梯方向奔去，他的道行極高，輕輕一躍，就是數十公尺的距離，轉眼就到了電梯前。

「木狼堂主……」趁著等電梯的時間，木乃伊在後面氣喘吁吁的追了上。

「第一隻火狐！」電梯門開，木狼急步走入。「如果琴真的碰到第一隻火狐，那就真的危險了，真的危險了啊。」

電泳蟲雷射散盡，原本琴所站的位置，沒有留下一個千瘡百孔的屍體，只有一片空白。

一片令人心安的空白，只是，琴去哪了呢？

她纖細高挑的背影，正蹲在地上，出現在電泳蟲十餘公尺之外。

她慢慢起身，然後拍了拍身上的衣服，微笑。「果然，是地域型的陰獸，只要敵人一離開領地，就不會再攻擊了。」

沒錯，電泳蟲們彷彿感覺到了琴的離開，也不再追擊，身體炙熱的光芒，也慢慢的黯去，回復了優游的螢火蟲亮度。

只是，琴到底如何從這群電泳蟲中逃脫的呢？

「電速。」琴微笑，「從風堡中領悟出來的電速，好像經過土地守護者這半年之後，似乎又變得更成熟了。」

「只是哪天應該要好好整理這些電的絕招。」琴繼續往前走，「說到電，最懂的應該就是阿豚吧，可惜，現在已經沒辦法和他聯繫了，嗯。」

琴繼續往前走，現在的她，自信心越來越足夠了。

而她的自信心，是從無數險惡的戰鬥中歷練過來的，但真正信心的萌芽，反而是那場與火星鬥王的決鬥。

面對隨時可能致命的攻擊，不但沒有感到害怕與逃避，反而因為體驗到了生死一瞬與自我的突破，這就是戰鬥的樂趣嗎？我也可以嗎？琴從這一刻開始，開始感受到了所謂的信心。

不過，就在琴自信指數不斷往上增加之際，她卻忽然停住。

會停住，是因為發現了地上的陰獸屍體。

一隻和小卡車體型相仿的山豬，正躺在地上，全身散發濃烈的肉類香氣，顯然……不久前才被烤熟而已。

「為什麼陰獸會在我抵達前，死在這裡？」琴眉頭皺起。

而當她繼續往前走，又是幾隻躺在地上，被高熱燙死的陰獸，這是貂，牠們身體的表面像是玻璃一樣光滑，映著如水光的色澤。

「這陰獸生前，一定很美吧？」琴歪著頭嘆息，但琴知道，無論牠們美麗與否，如今牠們都已經失去了身為生物最重要的一樣東西……那就是生命！

「先是山豬，然後是貂。」琴檢查完了貂的死因，慢慢從地上站起，「這些陰獸如果要用來測驗我，就不該先死在這裡，畢竟我考的是道幫新人，不是獸醫師，或是驗屍官，所以……這不合理。」

這不合理，但，究竟什麼是合理的呢？

琴慢慢的呼吸著，她感受自己身體，正受到前方某個生物巨大的壓迫。

前方的黑暗中，肯定正藏著一隻極度危險的生物。

就是這生物，以火焰高溫的方式，宰殺了山豬與美麗的貂。

那隻危險的生物，到底是什麼？

琴慢慢的抬起頭，朝天花板看去，她發現了，在這片黑暗渾濁的光線下，多了一雙眼睛。

細長，深紅，陰沉中透露著濃烈殺氣的眼睛，正深深的凝視著琴。

「二十五樓，二十四樓，二十三樓……」

另一頭，當電梯不斷的往下，身處其中的木狼，內心隱隱浮現了一個疑問。

如果世界上真有命運這件事，琴這女孩也太倒楣了吧？先別說她之前的際遇。光是她走新人通道這件事，碰到「礦工穿山甲」就算了，還碰到升級通道才會出現的「電泳蟲」，而碰到電泳蟲還算是一種磨練，若是遇到最近才逃走的第一隻火狐……

那肯定不是歷練，而是一場生死存活戰了。

只是，琴是什麼角色？她憑什麼會遭遇這些奇怪的事？

又或者說，其中還有什麼不合理之處嗎？木狼奔跑著，內心那股隱隱的不安的輪廓，正逐漸清晰起來。

琴剛到道幫，就有人盯上她了？

唯一的可能，那就是……那個人將火狐放出，並藏身於這個分部之內，就是為了等待琴這女孩？

表示道幫之中，有人甚至比木狼，更早就注意到了琴的行蹤！

想到這，電梯一頓，然後門緩緩的往兩邊打開，映入了木狼眼簾的，是新人通道獨有的深邃無光。

「好傢伙，有權力偷放火狐，表示這人在道幫中，地位也不低啊。」木狼的道行，正在提升，面對火狐之祖，就連木狼也不敢輕忽。

「如果你也看中了這個小姑娘，那很好。」木狼邁開步伐，大步朝著新人通道走去。「那我們就來玩玩吧，看誰玩得比較狠吧！」

很熱。

真的很熱。

當這雙眼睛從天花板緩緩的滑下，並露出牠全部的真面目時，琴已經感覺到，全身上下已然快要燒起。

這雙眼睛的真面目，是一隻巨大的狐狸，牠彷彿沒有實體，全部都是火焰，當牠雙腳輕盈的踩上了地板，全身火焰如水浪般流動，那種危險與美麗極致的融合，讓琴看得幾乎忘記了呼吸。

「不……不太合理吧？」琴雙拳緊握，這些日子以來上山下海，身邊又有一個碎嘴但熱愛陰獸的莫言，讓琴對陰獸等級的判斷有些基礎。

這些基礎，正明確且嚴正的告訴琴一件事。

眼前的陰獸，超強。

雖然沒有到高麗菜中那隻暴力大狗的等級，但，至少和白鬍貓相若，是所謂的……百大陰獸嗎？

「為什麼，道幫的……新人通道會放一隻百大陰獸？」琴在不斷提升的高溫下，不自覺的提升全身的電能，但她隱隱感覺到內心升起渴望挑戰的刺激感。「這，這幫派有這麼不正常嗎？」

這隻火狐並沒有對琴展開攻擊，抑或說，牠根本無須展開正式的攻擊，因為只因牠的存在而已，溫度就會不斷的上升。

空氣已經快要燃燒的那種溫度。

牠在等待，等待琴如同前幾隻陰獸一樣，肉質開始轉變，由生肉變成了可食的熟肉，最後倒下，化成一團焦炭。

但，她是琴，她畢竟是琴。

當溫度越來越高，高到牆壁都微微出現融化現象時，琴的心，反而平靜下來。

電，正在她的體內流動著。

陰極，陽極，電能如涓涓細流，在琴的體內流動著，這份流動，形成一團電氣盔甲，包圍住了琴，竟然也阻隔了外頭不斷洶湧而來的熱浪高溫。

見到此景，吃驚的反而是火狐，牠之所以被雷好馴養，就是因為牠能製造高溫，只要牠存在的地方，溫度會像是直線飆高的戰鬥機，不斷往無盡的天空直衝……因為這份高溫，能讓許多百煉不化的頑鐵，終於軟化，最後被塑造成各種鑄造者的心中所想的形狀。

但，火狐確定自己已經將溫度拉高到三百餘度，那不只是水沸騰，連鉛錫都會融化的溫度，為何……這女孩卻只是長髮微微飄揚，身體卻毫髮無傷的站著。

於是，火狐開始移動了，牠踏著輕盈的步伐，宛如一縷火焰般輕盈，宛如一股烈風般暴戾，開始繞著琴轉動起來。

溫度，也快速的從三百度往上拔高，四百度，五百度，逐漸往火狐的極限溫度一千度逼近。

而琴依然閉著眼，但她可以感覺到她體內的電流速度越來越快了，必須快，才有足夠的能量抵禦狂暴襲來的熱浪。

但琴明白，她的極限快到了。

火狐，這隻不該出現在這裡的陰獸，就要把琴燒成了焦炭。

「不能再等了，再等下去，就肯定沒命了。」此刻，琴慢慢睜開了眼，手上的弓型刺青開始發出電光，不能坐以待斃，她要反擊了。

只要擊敗這隻火狐，五百度的高溫環境，一定能順勢而解。

但琴的主動攻擊，將會讓她冒上一個極大的險，就是當雷弦射出，她的防禦一定會因而減弱，如果沒有辦法一擊殺敗火狐，接下來的熱浪肯定會將琴徹底淹沒。

賭注。

琴拉了弓，此刻的她，與剛到陰界時那個什麼都不懂，什麼都害怕的小編輯不同，現在的她，決定要勇敢面對。

因為，她想要自己決定，自己的命運。

「出箭啦！」琴拉滿了弓，然後手一鬆，這條微紅的雷電之箭，透過琴手上的雷弦，暴射而出。

箭很快，如電，如雷，如一隻翱翔的雷鳥，俯衝向火狐，而火狐眼睛睜大，從眼神中，察覺到牠的訝異。

訝異於，這個看似柔弱的人類陰魂，為何能展現如此驚人的能量。

但，牠畢竟是火狐，畢竟是百大陰獸之一，牠張開口，露出上下兩排的火焰利齒，連嘶吼都像是火焰燃燒的聲音。

然後箭到了。

就在火狐張大的嘴巴前，約莫十公分處，硬生生停住。

會停住，是因為火狐嘴裡吐出了一股一股透明卻泛紅的熱浪，熱浪不斷襲擊琴的這一箭，箭勢雖強，卻遲遲無法突破火狐的這一吼。

「去啊。」琴再次拉弓，這一拉弓，讓琴的防禦再次下降，她的衣服已經燒了起來，全身浸透在火焰之中。

但，火焰中的琴，還是將第二箭，給射了出來。

第二箭追上了第一箭，兩箭相撞，原本紅色的雷電，瞬間轉為黃色，能量更是暴衝了五倍以上。

黃色的雷電之箭，頓時突破了火狐的熱浪之吼，直接貫入火狐的嘴中。

「贏了嗎？」琴用力吸了一口氣，但下一秒，她卻笑了。

無奈的笑了。

「不對，沒中。」這一瞬間，琴察覺到了，眼前的戰局那關鍵的不對勁，這雙箭合一，由紅轉黃的驚人雷箭，沒有射中火狐。

因為，火狐在被箭貫入口中的瞬間，竟然消散了。

火，原本就是無形無體的物質，火狐在第二個地方成形，而那個地方，就是琴的背後。

雙箭合一沒有逮到火狐，捲著火焰繼續往前，直到撞上了牆壁，迸發驚人電光，旋即化成十餘道較細的電光，往外擴散，頓時將這個通道完全照亮。

這擊沒有得手，全身已經帶火的琴，如今更是陷入絕對的險境。

溫度從五百度到了六百度時，琴的意識已經幾乎喪失，她只能緩緩的往後倒下，倒在新人通道上。

火焰仍侵蝕著她，琴的電能防禦就要全面潰敗，琴感覺到自己皮膚上的細毛開始捲曲，乾裂，她的眼睛，因為熱氣而模糊一片。

「要死了嗎？」琴微笑的微微嘆氣，往後倒下。「難得一次認真面對對手，就失敗了，果然還是太菜了啊。」

而就在琴躺在地上，眼睛已經熱到幾乎無法睜開時，她卻在眼中，看見了一個模糊的身影。

這不是火狐，而是一隻墨黑色的小狐狸，正趴在自己的面前，那圓溜溜眼睛離琴的臉，好近好近。

琴訝異，因為這小狐狸的眼中，充滿了超越動物的智慧與情感。

而那份情感，似乎有著疑惑，有著懷念。

「這是……」被熱浪衝擊的琴，意識正在快速的遠離，但她在最後失去意識之前，所感受到的，是溫度下降時的涼爽，以及木狼急奔而來的身影。

還有木狼的吼聲，「右弼星之，木系攻擊，樹幹。」

一根宛如千年神木的樹幹，在木狼道行下，隱然成形，然後直擊向這隻小黑狐。

小黑狐縱身上躍，躍動間，身體再次燃起火焰，然後形成一條美麗的流動的火流，又回到了原本美麗而危險的火狐形態。

看到了巨木，看到了火狐，琴到這裡，再也支撐不住，眼睛一閉，頓時暈了過去。

不過，值得慶幸的是，這場道幫的新人測試，雖然受測者最後昏迷，但考慮到考試過程發生許多意外，大大提高了測驗的難度，所以，道幫正式發出了一張認證。

新魂，琴，通過測驗。

正式加入道幫，成為道幫的一份子。

第七章・武曲

這晚，琴又做夢了。

這晚的夢，不太像是回憶，因為在琴的記憶中，這片段從未出現過，不是回憶，反而比較像是此時此刻的現在。

主角，不是有著好歌喉但內心害羞的小靜，也不是神祕牽動著琴內心的柏，而是一個與琴走得很近，但卻始終維持著朋友關係的老友，阿豚。

阿豚，念的是全國前幾大志願的理工科系，有著淵博的理工知識，熱愛電動，堪稱是標準的宅男。

在琴的這個夢裡，阿豚正坐在房間裡，電腦螢幕正閃爍著電動的畫面，但讓琴訝異的卻是，正在打電動的，竟然不是阿豚本人。

而是一個短髮，笑容好甜美的女孩，而阿豚只是坐在旁邊，一邊說話，一邊比手畫腳。

「嘿。」琴看到這一幕，她突然想笑，開心的想大笑。

因為她不用猜，也可以猜出這女孩的身分，還有誰肯陪阿豚在美好的假日不出去玩，而躲在房間內打電動？

當然，是所謂的女朋友囉。

「哎唷，好難打喔。」女孩歪著頭，把搖桿遞給了阿豚，「這裡你打啦。」

「幹嘛不打，這裡是王欸，最好玩的地方欸。」阿豚接過搖桿，熟練的遙控螢幕上的主角，加上武術與法術的輔助，開始與遊戲中的王，展開為期數分鐘的消耗戰。「妳不能只喜歡打小怪物啊。」

「只打小怪物，比較有成就感啊。」女孩嘻嘻笑著，當她眼角餘光碰到阿豚的側臉時，女孩的笑容，又更甜了一些。

看到這畫面，琴臉上的笑容也一起更大了。

這女孩看起來不錯欸，阿豚這小子果然夠狗屎運，交到了這麼棒的女朋友啊。

然後，就在這個被戀愛幸福緊緊包圍的瞬間，女孩忽然轉頭，問了阿豚。

「欸，上次有聽到你說，要把你寫好的小說設定，燒給那個叫做琴的好朋友，你做了嗎？」

「還沒，」阿豚眼睛定在螢幕上，而螢幕上的王，頭頂上所掛的那條，用來標示生命量的血條，還有二分之一的長度。

「琴，好像是你的好朋友喔。」

「是啊。」

「你們有沒有在一起過？」

王的血，還有三分之一，但這時，主角卻突然被王的反擊重創，主角的生命量，瞬減八成，剩下短短的兩成。

「……」

「幹嘛不說話？」

「我暗戀過她。」阿豚的手指依然不停，螢幕上，主角找了一個空檔，把身上所有的魔法補血瓶子全部吞進肚子裡面，勉強補回五成的血。

「啊？暗戀過？」

「是啊，不過時間也不太長，因為我明白了一些道理。」

「什麼道理？」

「她心中有人。」

「喔。」

王的血又減了，主角在阿豚的操縱下，展開了一連串華麗且精采的連續絕招攻擊，把王一口氣轟到了牆邊，王的血條，掉到剩下五分之一。

勝負，逼近尾聲。

「我本來很想知道那個人是誰？」阿豚說。「但後來我發現，那個人可能還沒出現，至少當時還沒出現。」

「你，你在說什麼啊？」女孩呆了兩秒，噗嗤一聲笑了出來。「這好不像你說的話。」

「我沒亂說啊。」阿豚眼神注視著螢幕，「琴啊，她心中有一個人，她在等那個人，但奇妙的是，那個人卻沒出現，大概像是宿命之類的東西吧，如果那個人出現了，琴一定會知道，然後他們就會在一起了。」

「喔，那你會遺憾，自己不是那個人嗎？」

「一點也不會。」

「咦？」

「我對琴的暗戀，就像是外星科技迷看見了外星飛碟一樣，當你追到了，其實你未必想要上船，嗯，這樣比喻好像怪怪的。」

「是很怪啊。」女孩笑，「有更接近地球人的解釋嗎？」

「哈，簡單來說，她是一個令人著迷的存在，因為她的想法，她的思路，她的聰明，她的豪氣，對我來說，神祕且充滿了吸引力，但當你越是靠近，就會明白，有些人，這輩子當朋友是最恰當的。」

越是靠近，就會明白，有些人，這輩子當朋友是最恰當的。

「就像是外星科技迷看見了外星飛碟一樣嗎？」女孩聽到這，忍不住大笑，「琴如果還在世上，聽到你這樣說，搞不會賞你兩拳。」

「我已經準備好道歉禮物了。」阿豚說到這，也笑了，「我幫琴想好了一個小說主角的能力設定，她在天之靈，一定會超級感謝我。」

「屁啦。」女孩依然大笑著。「往自己臉上貼金。」

而畫面此刻，也終於停止了激烈的戰鬥，因為阿豚操縱的主角在最後一個完美的側身迴旋大刀斬輔上大絕招魔法全放，之後，終於將王的頭，從脖子上剁了下來。

王的頭飛了。

主角取得了勝利，取得了通往下一個關卡的門票。

「呵呵，真的啊，這主角的能力，是一種電的能力。」阿豚說，「我整理了一些電的特性，如果燒給了琴，琴在天上想要寫一個以電為能力的主角，會超好用的。」

「電？你又怎麼知道，哈哈，你不要把你的理工怪癖好，隨便投射到琴身上啦。」

「我預感，她會喜歡。」阿豚將搖桿放在地上，伸了一個懶腰。「因為她托夢給我。」

「托夢？」

阿豚轉了頭，看向了門邊，那裡，竟然就是此時此刻，琴所在的位置。

只是阿豚的眼神並沒有聚焦，所以琴無法肯定阿豚是否真的看到了她，還是……

「我知道，她會喜歡。」阿豚慢慢的說著，「關於電的技能與主角的招數。」

「好吧，你都這樣說了，那我也要說，如果琴真的地下有知，」女孩拍了阿豚背部一下，「應該會開心。」

「開心？」

「會開心啊，因為她一定會開心，終於有個女孩可以忍耐阿豚你的怪咖性格啊，呵呵。」

女孩笑起來，有種會讓周圍空氣放鬆的舒適感。「好啦，我們說好要去接我弟，幫他慶祝考上研究所，他從中部上來，現在也差不多了。」

「好。」阿豚起身，這次，他已經不像幾年前那樣，拿的是安全帽。

而是汽車鑰匙。

畢竟，阿豚也畢業，工作也一些年了。

目送阿豚與女孩的背影，推開門，離開了宿舍，琴依然佇立著。

「好聰明的女孩。」琴臉上漾著笑容，「真的很替阿豚高興喔，他終於找到一個……可以接受他怪咖性格，又能懂他善良的女孩，很棒喔，阿豚。」

夢，已經接近了尾聲。

當琴醒來，她發現自己正躺在道幫安排的宿舍裡，而她的懷中，則多了一疊用Ａ４紙加上釘書機完成的「筆記」。

筆記，顯然真的是阿豚「燒」給琴的。

「原來，陰魂真的有辦法收到，『燒』過來的東西？」琴自言自語，「這是合理的嗎？還是 Div 因為想不出新的梗亂搞出來的？唉。」

筆記上，滿滿的都是阿豚的藍色原子筆字跡。

平常慣用電腦的阿豚，要用筆寫出這一整本的筆記，一定很辛苦吧。琴想到這，一股暖暖的感動，在胸口蔓延。

看著筆記本，琴忍不住抱在胸口，閉上眼，微笑了。

好開心喔。

就算在陰界，就算死了，卻依然被老朋友記住的感覺，讓琴覺得好溫暖，好開心喔。

除了阿豚，小靜，小風，老朋友們，你們還好嗎？

琴清醒後，一紙命令來了，她被派發到了隸屬於刀堂下的「包裝運送部門」，於是，她在木乃伊男的帶領下，再度上了電梯，來到了三樓。

包裝運送部門身處低樓層，主要是便利出貨，各式各樣的武器在此地包裝，整理，然後透過專業送貨人員，送到客人手上。

「好好幹啊。」在電梯口的時候，木乃伊男露出詭異的笑容，拍了拍琴的肩膀。「畢竟，妳是逃過火狐之祖利齒的人，我很期待妳啊。」

「那……那隻火狐呢？」琴掛念的，是當火狐褪去那華麗的火流之衣，露出小黑狐的模樣，還有小黑狐看著琴的眼神，為何如此懷念，又帶著些許期待。

「當然是被木狼堂主帶上九十層啦，雖然現在道幫內已經繁衍出超過三十隻火狐，就算沒了火狐之祖，也不會影響道幫運作，」木乃伊男說，「不過火狐之祖畢竟是所有火狐共同的王，還是需要妥善安置牠的。」

「嗯，牠回去啦。」琴眼神朝下，看著地板，她有種預感，這不會是她最後一次遇到火狐，未來在道幫的日子裡，肯定還有機會解開那小黑狐眼神之謎的。

當電梯關上，木乃伊男離開，琴看著眼前的包裝部門，忽然，她湧現了一種熟悉的感覺。

這裡，有些亂，有些雜，人來人往，和琴在陽世時，任職的陽世出版社有些相像。

出版社內，每個角落永遠堆滿了書，一疊一疊，乍看之下凌亂的擺設，卻有著每個編輯獨有的排列風格，事實上，也只有那個編輯才能找到自己放置的書，因為別人永遠搞不懂另一個人的放書邏輯。

而包裝課，也頗有這樣的風格。

各式各樣的武器，必須使用各種不同的包材，不同的包裝手法，這裡的人，講究的是經驗，如何妥善包裝這些奇形怪狀，充滿危險性的武器，交給運送課，而不至於因為包裝不良而弄壞了武器，或是不小心誤殺了……運送的人。

這裡的人充滿經驗，所以多半是上了年紀，甚至百歲以上的阿媽，而且不知道是不是因為包裝武器需要力氣的關係，這裡的每個阿媽看起來都身形巨大，孔武有力。

而且，她們臉好臭，看到琴，不但一點笑容也沒有，取而代之，是更臭的臉。

「各位好，我是琴。」琴被這些百歲阿媽氣勢所震懾，講話也小聲了起來。「我是新人。」

「琴？就是妳啊。」這時，阿媽之中，有一個身形最巨大，皺紋最多，同時也是臉最臭的阿媽朝著琴走了過來。「他娘的，我說給我一個至少十年經驗的人，怎麼又送一個菜鳥來啦。」

「嗯。」琴聳了一下肩膀。

「上次那個才幹兩個月就落跑了，現在怎麼稱呼這些年輕人，香蕉族？草莓族？蛋糕族？」阿媽碎碎唸著，一邊轉身。「欸，菜鳥，跟我來。」

這一轉身，琴注意到了這巨人阿媽的左手，是空的。

她少了一隻手嗎？

「好。」琴快步追上，此刻的她，雖然知道自己的道行可能高於現場的任何一個人。

但她一直都不是一個會用武力強壓別人的人，而且更重要的是，她知道，要在道幫生存下去，要靠的絕對不是道行而已，而是人。

而用武力強壓他人，要他人聽自己的命令，絕對不是聰明的做法。

「菜鳥，我的名字叫做大炕嬤，我是這個包裝部門的老大。」大炕嬤邊快步的走著，邊回頭對琴說。

「大炕嬤，妳好。」

「就是這裡了。」大炕嬤停步，停在一座由某物體堆疊的小山前。「菜鳥，妳從最簡單的東西開始包起。」

「嗯，這物體……好多啊！」琴的眼睛從山底往上看，一直看，看到了天花板，好多啊，至少有一千個吧？

「這叫做樂樂球，名字很好聽對吧，其實根本是個屁！記住，咱們道幫賣的都很危險。」大炕嬤用大手撈起一個樂樂球，樂樂球的體積約莫一個橄欖球大小，但在這大媽的手心上，卻連她的手心都蓋不滿。

「都是危險武器，嗯。」

「樂樂球的包裝重點是，」樂樂球山的旁邊，放著一疊咖啡色的牛皮紙，大炕嬤順手抽了一張，「不可以太過用力，因為樂樂球對力量很敏感。」

只見大炕嬤動作超快，手指與手腕轉了幾圈，一個樂樂球就被這牛皮紙給完整包覆。

「如果太用力，會怎樣？」琴一邊讚嘆大炕嬤的動作流利，一邊問。

「妳想試試？」大炕嬤冷冷的笑了。

了。

「我……」琴還沒來得及回答，忽然，大炕嬤的右手一用力，這剎那，樂樂球忽然炸開

這一炸，裡面隱藏的數十枚長針，狂射而出，朝著琴疾飛而來。

「啊！」這些飛針來得又快又急，又是如此的突如其來，逼得琴將全身的電能提升，就要直接出手將飛針震飛，然後接著要抓住大炕嬤的手，用電能制伏她。

但，大炕嬤僅存的右手卻快了一步，用力一抓，將朝著琴疾射而來的長針，凌空抓住，全部握在手心。

「懂了嗎？」大炕嬤手上抓著針，眼中綻放嚴肅的殺氣。「如果妳太用力，樂樂球就會爆炸，裡面的武器就會以超高速射出來。」

「懂……懂了。」

「樂樂球是暗殺型的武器，小黑幫打架時，最喜歡拿樂樂球亂丟，裡面可以放的東西可不只是長針，還有毒水、火焰、冰球、風刃，妳在包裝的時候最好小心點。」大炕嬤冷冷的說，「別誤殺了自己以後，還害死了一旁的同事。」

「嗯嗯嗯。」琴猛點頭，突然間，她又覺得，這裡和陽世的出版社真的不同。

出版社就算有著堆積如山的書，但書至少不會突然炸開，然後射出一堆鬼東西，雖然如果真有這樣的樂樂球，琴真的很想丟到總編輯或是老闆的桌上……

讓他們品嚐一下「樂樂」的滋味！

「好，開始工作吧。」大炕嬤比著琴眼前那座樂樂球高山，「先把這些包完吧。」

「這些？把這些包完？好多……」琴吞了吞口水，看到頂到天花板的樂樂球，這裡大概有一千個吧？

「包完就對了。」大炕嬤說完，轉身就要走，忽然，她像是想起什麼似的，回頭說道：「對了，我忘了說，這裡的老大是我，如果找不到我，可以找我妹，她叫做小炕嬤。」

「嗯，小炕嬤嗎？」琴抬頭，她發現在這群大媽中，有一個人體型也比其他人大了一號。而這人也剛好抬頭，注視著琴的方向。

這人外型和大炕嬤有幾分相似，只是體型略小了些，她，肯定就是小炕嬤了吧？

「快做吧，」大炕嬤移動著她宛如巨人的身軀，大步朝著其他人走去，並不時發出她的大嗓門咆哮，「妳豬頭啊！八爪刀這東西可以這樣包嗎？妳是嫌自己手指太多是不是？還有，蛇熔酸是這樣包嗎？妳想下輩子臉上都長花嗎？還有妳，我不是說過，只要遇到活的兵器，都要穿戴防護甲嗎？」

琴看著大炕嬤巨大的背影，再回頭望望那如山的樂樂球，不禁微微吸了一口氣。看樣子，在道幫的日子，還要熬一下下呢。

§

完成第一個包裝，大概花去了琴一小時的時間，主要是不熟練，還有怕誤觸樂樂球而引爆。

就算琴的道行，也許並不怕樂樂球內隱藏的各種危險物體，但她的自尊心告訴她，不想在第一次包裝就誤觸警報，進而讓這個大炕嬤瞧不起。

所以，琴將長髮俐落的綁成了馬尾，纖細高挑的她坐上了小板凳，兩手捧起一顆樂樂球，開始仔仔細細的包裝起來。

不過，就在琴包裝第二顆樂樂球時，一個人影卻慢慢的晃了過來，這是一個年紀約莫四十餘歲的男子，禿頭，面目猥瑣，露出諂媚的笑。

「嘿，妳好，妳在包樂樂球啊？」禿頭男到了琴的旁邊，坐在另一張板凳上。

「嗯。」

「之前沒看過妳啊，是新人嗎？」禿頭男邊說，邊把臉朝著琴湊近。

「嗯。」隨著禿頭男的臉越靠越近，琴眉頭皺了皺，感到些許不舒服。

「第一次包樂樂球？樂樂球算是我們道幫中，利潤低，但很長銷的產品喔。」禿頭男邊說邊靠近，他的鼻子已然靠近了琴的長髮。「包起來要特別小心嘿，妳知道上一個新人，就是不小心弄爆了一顆樂樂球，結果裡面跑出了什麼，妳知道嗎？」

「哼。」琴不想理他，只是用鼻子哼的一聲。

「出現了一隻……」禿頭男忽然放大音量，雙手大張，做出嚇人的動作。「全身腐爛的超大老鼠陰獸。」

「嗯。」琴看了這禿頭男一眼，眼神冷淡，又繼續包她的樂樂球。

「嘿，妳竟然沒有被我嚇到！」禿頭男聲音拉高，「妳知道，妳知道，上次，那個新人，她，後來，後來被大老鼠咬掉了頭！」

「喔，是嗎？」琴完全不理禿頭男，只是繼續慢慢的包著。

「那……那妳知道，更上一個新人嗎？她不小心弄掉了樂樂球，樂樂球掉在地上，什麼東西跑出來？」禿頭男見到琴這麼冷靜，決定繼續加碼！

「喔。」

「一串活的，血淋淋的腸子，又臭又髒，又噁心又恐怖，那是那些小黑幫用來討債用的，有時候噁心比暴力更有用！」禿頭男語氣尖銳。「怎麼樣？嚇到了吧，那新人可是嚇到哭了，沒兩天就申請部門轉移，又一陣子，就聽說在某次黑幫械鬥中，掛了，嘿嘿，還真的變成了一團腸子了呢。」

「喔。」琴完全不為所動。

什麼大老鼠陰獸？有比十二陰獸之一的微生鼠可怕嗎？有比白鬍貓兇暴嗎？有比嘯風犬震驚天地嗎？

還有，什麼活的腸子？琴可是從米粉怪中死裡逃生，更和人體模型做過朋友，腸子，不過就是人體器官之一嘛。

想到這裡，琴不禁微微笑了。

如果在來陰界之前，她肯定會被嚇到吧，這些日子以來遇過莫言，橫財，小耗，大耗……的確讓自己改變很多呢，至少，膽子是變大了不少啊。

而一旁的禿頭男，則仔細的觀察著琴的表情。

原本，透過這樣的方式驚嚇新人，然後誘使新人不小心引爆樂樂球，是這個禿頭男最大的樂趣之一，沒想到，這個長髮妹，人長得正就算了，連膽子也大得亂七八糟，而且膽子大也就算了……剛剛嘴角浮現的淡淡笑意，又是怎麼回事！

「笑？妳笑啥？不准妳笑！笑我嗎？」禿頭男終於抓狂了，這是哪來的新人，太自以為是了吧！「妳可知道我是誰？我是有靠山的！敢惹我，去死啦！」

說完，禿頭男的手高舉，就要朝琴的臉，甩下去。

這一剎那，琴沒有閃躲，她想到的是，她該怎麼反擊。

當然用不著雷弦出馬，更不必用到天雷，只需要用一點基礎的體術，應該就能夠將這禿頭男，當場打飛到數百公尺外了吧。

但琴也擔心，這樣會不會驚動了道幫高層，如此一來，對琴的道幫之路，到底是好是壞？

不過，琴的煩惱，並沒有成真。

因為，這禿頭男的手，被另外一隻手給抓住了。

站在琴旁邊的，是另一個大媽型的道幫幫眾，這位大媽雖然沒有大炕嬸這麼巨大，但也有其七成左右的體積。

琴認得這大媽，這就是大炕嬸的妹妹，包裝部門的第二把交椅，小炕嬸。

小炕嬸大手握住禿頭男的手腕，眼神綻放凌厲殺氣。

「嘿，俊美男。」大媽語氣凌厲，「你騷擾新人我不和你計較，但你動了手，可就太不把我們放在眼裡了吧？」

琴看著這禿頭男，忍不住想笑，原來這個人叫做俊美男，姓名學真是一個奇妙的學問，就是「當你缺什麼，就要命名什麼」，這禿頭男叫做俊美男，還真是恰如其分，不多也不少。

「小炕嬤。」俊美男咬著牙。「所以，妳要插手？」

「當然插手。」小炕嬤眼睛睜大如銅鈴，狠瞪著俊美男，「怎樣？你有意見？」

俊美男與小炕嬤兩人互瞪，瞪了十餘秒，終於，俊美男氣勢一弱，腳一軟，連退了幾步。

「小炕嬤，妳死定了，不要以為大炕嬤是妳的姐姐，就以為我不敢動妳！」俊美男用手指比著小炕嬤，眼神陰沉。「我一定會搞死妳，搞死妳和大炕嬤。」

「滾蛋，還不滾蛋。」小炕嬤舉起了手上一大捆沉重牛皮包裝紙，雖說是牛皮紙，但朝人一砸，可是會讓人筋骨斷裂的。

俊美男正要說什麼，但現場所有的大媽也都同時站起來了，手上的工具、刀子、鎚子，甚至是整個桌子，也被舉了起來。

「妳，妳們……」俊美男氣勢衰弱到和他的禿頭一樣，一根毛都沒有，他只能不斷的退，不斷的退，退到了門邊……

「我們什麼？」小炕嬤冷冷回問。

「你們……有天會知死！」俊美男氣勢蕩然無存，邊跑邊跌，狼狽的逃走了。

當禿頭的俊美男離開，琴歪著頭，看向了小炕嬤，開口了。「謝謝。」

「不用謝。」小炕嬤對琴的態度，依然冷淡。「我只是看不慣這臭傢伙，老是騷擾我們包裝課的新人。」

「嗯，還是謝謝。」琴笑了一下。

「我說過，妳不用謝，因為我也瞧不起你們這些新魂，你們加入道幫，每個人都是貪戀道幫威勢和錢財，進來之後被送到包裝部門，才發現不如預期，就整天想離開，」小炕嬤看著琴。「但我必須說，包裝，沒有那麼簡單，這裡沒做好，去哪裡都不可能做好，懂嗎？」

「嗯。」

「所以，別和我說謝謝。」小炕嬤冷冷的轉身，「等妳撐過這一個月再說吧，香蕉草莓族。」

琴看著小炕嬤離開的背影，她眼神掃向其他的大媽，每個人神情都與小炕嬤有些相似，那是融合了輕蔑，無奈，與鄙視的神情。

忽然間，琴懂了，為什麼偌大的包裝課，卻只有上了年紀的大媽，幾乎沒有年輕人。

因為不斷重複包裝是一種辛苦，幾乎沒有任何機會可以嶄露頭角的工作，的確，如果是一個有著野心，或者是沒有耐心的年輕人，肯定熬不了多久的。

琴想到這裡，忽然想起了木狼。

在新人通道時，琴被百大陰獸火狐攻擊後陷入昏迷，後來是木狼把琴送到這部門的，木狼到底在想什麼？是希望將琴丟到這個部門了此殘生？還是另有目的？

琴不懂，事實上，她也不打算追究。

她現在專注的目標只有一個，就是手上的這枚樂樂球。

還有一千多枚，她要如何能包得更好，包得更快，這才是她此時此刻的重點，她，可是一點都不想讓大炕嬤和小炕嬤瞧不起的。

那天一直到晚上，整整十個小時的時間，琴總共包了八枚，距離全部完成，還有超過一千枚。

當琴拖著疲倦的身軀，回到道幫安排的宿舍時，她的室友，已經睡了。

而琴盥洗完，並換上乾淨的衣服後，琴躺到了床上，雖然她已經是陰魂，仍維持著陽世的清潔習慣。事實上陰魂是能量體，並無味道，自然不會累積臭味，因此有些鬼就從此不洗澡了。

不過，多數的鬼，卻寧可每天洗澡，換上乾淨衣物，維持著陽世人類的習慣。

為什麼呢？

因為舒服。

就算是陰魂，在經歷了一天的戰鬥與工作後，洗上一個暖呼呼的熱水澡，也是非常舒服的。

所以琴洗完了澡，暫時卸下身體的疲勞，她開始整理這幾天發生的事。

第一個，當然是木狼，這人是道幫重臣之一，不過對琴而言，木狼太過神祕，而且與琴保持著一定的距離，也許是一個可以為了共同目標奮鬥的夥伴，但卻不是朋友。

木狼將琴放到了包裝部門之後，就此失去聯繫，似乎想和琴保持距離，只是琴並不在意，反正，她也如願進入了道幫。

第二個呢？則是那隻小黑狐，牠最後露出真身之後，凝視著琴，眼中流露出的那期待又懷念的情緒，又是什麼意思？

這隻小黑狐一定有牠的故事，而這故事似乎又與琴有些關係，難道火狐認識武曲？或者是，更早以前的某個人？

然後，琴又想到了小耗等那些朋友，不知道他們現在在幹嘛？是否安好？等到琴能夠在道幫立足了，她一定會在第一時間趕快找到這些老友。

不過要取得道幫資源，就需要更高明的道行……

更高明的道行？想到這裡，琴起身，跳下了床，拿出了那本由A4紙釘成，上面畫滿藍色原子筆塗鴉的阿豚大作。

「阿豚說他做了夢，夢見我需要這樣的設定來寫小說，於是燒了這本書給我。」琴拿起這A4紙，忍不住想笑，「這個笨蛋，這理由怎麼聽都很笨，其實……」

其實，真的原因，琴懂。

真正的原因，是阿豚在懷念著自己吧？

就算琴已經離開了陽世這麼久，阿豚仍會記掛著琴當時寫小說的願望，然後在工作忙碌與經營愛情的小小時間縫隙中，用盡他的全力，畫下這本「電學主角設定」，接著燒給了琴。

這是對琴的想念，更是阿豚這人對友情的執著，琴好喜歡這樣的阿豚，就算當不成情人，也會是一輩子的朋友。

只是阿豚不知道的是，琴拿這本Ａ４，不是要寫小說，而是要給自己看的，對琴而言，這本設定集，就像是武俠小說的絕世武功祕笈。

「不管來源有多奇怪，或是Div腦袋是出了什麼問題……但是，讀，就對了。」琴打開了第一頁，裡面開始介紹何謂電。

電，最早被人類利用，其實並不是來自天空，而是來自一種水中生物，叫做電鰻。

電鰻，在埃及被稱為「尼羅河中的雷使者」，古羅馬醫生更提過，觸摸電鰻可治病，之後更有人開始透過摩擦琥珀，而產生了靜電。

電這個字，從古老的埃及開始，已經緩慢而深沉的影響起人類的歷史。

而電開始大放異彩，有一個人功不可沒，一個在狂風暴雨中，穿著雨衣，試圖放風箏將天空雷電引導下來的瘋子。

這個瘋子乍看之下行為異常，其實卻是近代最聰明的人之一，他透過風箏將雷電引下，證明了那能瞬間照亮整個夜空的驚人力量，就是電。

那個瘋子，就是富蘭克林。

從此之後，電的研究開始不斷被拓展，電所隱藏驚人的力量更被不斷挖掘出來，有人用電驅動機器，有人用電點亮電燈，有人用電創造了磁力，搬運各式各樣的金屬物體……

電，如此威力絕倫，如此便利巧妙，但，它究竟是什麼？

說穿了，就是正與負而已。

有正必有負，有負必有正，正負相吸時，會回到穩定的狀態，一旦回到穩定狀態，那多餘的能量該如何是好？於是化成各色閃光，流竄回天地間，電，於是形成。

越是強大眾多的正負電荷會合，產生的電能越是驚人，自然之電，就是雷。

利用正負電荷結合釋放能量的特性，人類開始無限延展電的可能性，如今這份可能性，再次透過阿豚的整理與想像，被記錄在這份Ａ４紙之上。

「基本上，如果電能要被寫成一種武功，我第一個想到的，是電箭。」Ａ４紙上，阿豚這樣寫著，然後在這句話的下面，還畫了一個人，人的手掌往前，手心放出一支電箭。

「呵呵，這個小人，畫得還真醜。」琴忍不住想笑。雖然醜，確實感受到阿豚的暖暖的用心，感動著琴。

忽然，琴咦了一聲，因為她看到了在小人的手掌前面，電箭畫了好幾種。

第一種，畫了紅色，旁邊標註了能量低。

第二種，畫了黃色，標註了能量略高。

第三種，畫了藍色，標註了能量極高。

琴看著這圖，感覺到心跳微微加速，原來雷電也有能量強弱區分，而且最簡單的區分法就是顏色？

想到這裡，奇妙的事情發生了，琴忽然感到胸口微微一麻，電流彷彿感受到Ａ４紙的內容，電流兵分二路，從胸口流向左右雙臂，然後順著手臂往下，越是流動，電流的強度越高。

最後，當電流集中到了掌心，琴低頭一看，發現自己的雙掌，白光中，正透著隱隱的紅光。

「紅色閃電？」琴低語，「原來雷電還有等級的區分，而我現在等級是最低的紅色？」

當琴感嘆於自己電能太低時，卻見到阿豚還寫了另一句話。

「自然界的雷電顏色除了紅色，黃色，與藍色之外，還有一種雷電目前科學家仍無法完全解開，那是黑電。」

「閃電有黑色的？」琴訝異。

「黑電是自然界最神祕的存在之一，只有少數飛行員曾在高空中看過，而且每個人回憶起來，都是餘悸猶存，因為那是一團無法理解的黑電，會在瞬間吞噬掉空中所有的飛機。」阿豚這樣寫的。「那些逃出生天的飛行員，都不約而同的將那黑色閃電，命名為……魔鬼。」

「魔鬼？」

「不過事實上我也沒搞懂黑色閃電的原理，等我搞懂以後，再燒給妳吧。」阿豚這樣寫著。

「等你搞懂，再燒給我？怪怪的，但可以感覺到你的誠意啦，哈哈，阿豚。」琴笑著自言自語後，右手繼續翻頁。

而下一頁所講述的東西，與電箭相比，卻是完全不同的東西。

下一頁，同樣是一個小人，但這次的圖，卻是以小人為中心，周圍是一圈圈水波紋，往外擴散。

然後，在小人的下方，又可看見阿豚的原子筆跡，寫著「電感」。

看著電感這兩字，看著往外擴散的水波紋，琴忽然感覺到身體肌膚，毛細孔都緩緩打開，開始吸收周圍的電波，感受周圍的溫度，甚至捕捉到了周圍的景色與聲音。

不只如此，當琴將這份感覺擴散，琴甚至能感受到室友睡眠時的呼吸節奏，夢中的情緒，更誇張的是，就連這位室友身體哪個部位曾受過傷，琴都能感覺得到。

「這就是？」琴喃喃自語，「電感？」

沒錯，阿豚在Ａ４紙上，就寫著兩個字：電感。

Ａ４紙上更寫著這段話：電感的強弱，基本上就是感應的距離，與感應的清晰度兩者的結合。

人類世界中最強的電感應用，就是雷達，透過電波的應用，能捕捉百公里外天空的一隻鳥，一塊隕石。

「所以，我電感感應的距離，代表著我道行的程度嗎？」琴把眼睛閉上，再次集中注意力，試圖透過電波，感受周圍的一切。

這一秒，電能從粗暴的電箭模式，切換成細膩的電波狀態，均勻而沉靜的電，此刻不再具有攻擊性，反而化成一圈又一圈均勻且溫和的電波，往外散去。

然後，當電波擴散，琴比剛才更能清楚「感受」到了整個房間的樣子。

兩張床，兩張書桌，剛剛盥洗完仍微溼的毛巾，以及室友的存在。

這樣的感受能力，繼續往外，卻在房門外開始減弱，門外的風景，對琴來說已經是模糊一片。

「以距離來說，大概五到八公尺。」琴睜開眼，吐出了一口氣。「好像很短……阿豚說，厲害的電感等於雷達，有百公里以上的距離？」

琴想到這裡，忍不住吞了一下口水，「這麼遠的距離感應下去，沿途這麼多哩哩扣扣的人事物，不會很累嗎？」

不過，事實上，在阿豚的記錄中，電感還有另外一種功能，被記載在下一頁上。

下一頁的Ａ４紙上，又畫了另一張圖，同樣的電波形狀，但這次畫的卻是一個小人正在說話。

「這又是什麼？被阿豚歸類在電感能力系統裡面……」琴瞇起眼，認真的瞧著上面的字。「廣播電波？」

「啊，廣播也是一種電波？也是電？」琴表情驚奇，「電的功能，人類還真是發揮到極致啊。」

想到這裡，琴再次感覺到，身體正在呼應著眼前的Ａ４紙，這次換成奇異的麻痹感，則湧向了咽喉聲帶處。

琴張開了口，想順著這口氣，將嘴中的電能給喊出來。

但，她卻在最後一刻，猛然打住。

「不行，不行，現在這麼晚了，還有室友在睡覺。」琴急忙收斂心神，「我這一喊，不小心弄到整個道幫總部都聽到，就太沒公德心了。」

好不容易克制住大吼，將聲音化成電波的慾望，琴又翻到了下一頁。

而下一頁，則是繼電箭與電感之後，第三種截然不同的強大技能。

那名字，就叫做「電偶」。

這次，小人身上被畫了一條又一條的線條，乍看之下，這些線條就像是古老中醫學中的，經絡與穴位。

這次，琴又感覺到體內的電能產生了異樣，彷彿順著這些線條在體內流動。

「體內電波流動……」琴低語，「這次，就真的有像……武俠小說了啊。」

這一瞬間，琴感覺到電再次在她身體流動了，只是這次的電沒有像電箭般強大，也沒有像電波般往外擴散，反而像是一條條細膩且溫暖的細流，在身體各處流動，非但沒有不適感，取而代之的，是一種宛如沐浴在冬陽下的舒泰體驗。

到這裡，琴就懂了，這一招，就是最近她才開始慢慢領略的，將電能灌注在肌肉內，藉此提升速度與力量的電能利用法。

只是一被阿豚畫在Ａ４紙上，琴忽然就更明瞭了整個電能的運作方式，不僅如此，琴的技顯然對阿豚所畫那醜不拉嘰的小人頗有反應。

琴隱隱感覺到，這並非偶然，而是某種類似宿命的東西，宿命刺激阿豚的理工腦袋，並透過他長年對電動的經驗，完成了這疊畫著電能設定的Ａ４紙。

「那阿豚怎麼替這招命名呢？」琴興趣盎然，「電偶？偶……指的是人偶嗎？」

透過電，來控制身體，將人體視為一種人偶嗎？

真是太有趣的命名了……

「阿豚的腦袋，怎麼在這個命名上，開了竅呢？」琴笑著自言自語。「按照阿豚的邏輯，每種技能都有升級版本，不知道電偶有沒有？」

Ａ４的下一頁，電偶的升級版，卻讓琴咋舌了。

因為阿豚顯然很用心的，畫了很多小人，密密麻麻的小人之外，還有許多其他機器，天上飛的，地上跑的，水裡游的，阿豚畫了滿滿一張紙。

雖然這些圖，還都是小學生程度的畫風，但琴卻在這一瞬間，完全領略了阿豚的意思。

「電偶，不只能控制自己，也可以控制別人嗎？甚至可以控制一整個軍隊？一大片飛機群還有滿地的坦克車？會不會太誇張了啊，阿豚真是男生，腦袋裝的還是戰爭啊。」琴笑著，然後她發現，電偶的部分，還有下一頁。

這一頁，沒有上一頁那滿滿的小人與滿滿的機器，只有一個小人，但小人旁邊則畫了好幾本書，書上寫著四個字「武功祕笈」，旁邊並附上阿豚的愛心註解。

「電偶，簡而言之，是提升自己或他人的身體機能，如果主角剛好遇到了絕世武功，練起來一定能大大的縮減時間，這設定很酷吧？」
透過電偶的能力，能提升自己修煉武功的能力？琴讚嘆於阿豚的創意。
接著，琴又繼續往下翻，下一頁所畫的，是「電速」。

「電速，簡單來說，是將自己化成電，電的移動速度直逼於光，那是一種接近瞬間移動的力量。」阿豚這樣寫著，「電的速度很快，但限制就是電的傳輸需要金屬傳導，如果單純是空氣的傳導，距離可能無法太長。」
「金屬的傳導……」琴認真的讀著。「如果是單純的空氣，距離可能無法太長？原來是這樣！」
看完這段話，琴就懂了，為什麼她在風堡中，她在面對電泳蟲時，總是在最危急的時候展現了瞬間移動的能力，但又只能移動數公尺，或是更短的距離。
這一切，都是電的特性。
而阿豚給了答案，答案就叫做「電速」。
而克服的方法很簡單，就是導體。
「不過，我很難想像自己變成電欸。」琴歪著頭。「這真要有很大的想像力才行，或者危急時候，才會被我所用吧？」

電速的註解不長，僅只一頁，而轉眼之間，這本Ａ４紙只剩下最後一頁了。

最後一頁，到底是什麼呢？

紙只剩下一頁。

除了電箭、電感與電速之外，還有最後一招嗎？

琴翻到最後一頁，卻忍不住笑了。

因為這一頁，阿豚畫了一個鬼臉，這筆觸雖然粗糙，但從方框眼鏡，鼓起來的胖臉頰，以及下巴一點一點的鬍碴來看，不用懷疑，這張鬼臉的主角，就是阿豚自己。

「沒事幹嘛畫一張自畫像，嚇人啊。」琴咯咯的笑著，其實，她好喜歡這份來自老友的溫暖。

但仔細看，這張自畫像中，阿豚在嘴邊寫了幾行字。

「上面幾頁都是我覺得很厲害的招數，但我覺得最強的招數，絕對不是來自人體，而是大自然。」阿豚這樣寫著，「每個主角都要有大絕招，如果是我，我會覺得雷電的大絕招，應該存在於大自然裡面，從天而降的雷電。」

大自然，琴深深吸了一口氣，她越來越確信，阿豚必定受到了某種宿命的影響，才畫下這本Ａ４祕笈。

大自然的雷電，從天而降的雷電，不就是當年武曲留下的絕招嗎？不就是琴在電影院中逆轉博士的招數嗎？

天雷，沒錯，就是這個名字。

據說，武曲的天雷一擊可以毀滅十幾棟大樓，其威力之強，的確非電箭，電感，電偶，或是電速能比擬的。

Ａ４紙上，阿豚繼續寫著。「表面上是天空落下的雷電，事實上，電就是正負電壓的變化，這樣的電壓，可不只在天上，大氣層外也有，也就是宇宙間也有。」

「宇……宇宙？」琴失笑。

「不過我想妳寫的不是外星科幻小說，」阿豚繼續寫著，「應該不會用到宇宙的雷電，主角的最後絕招，就定義為天雷，而黑色的電，也許就是天雷的最終版本吧！」

主角最後的絕招，就定義為天雷吧。

「天雷？真的這麼巧啊，之前武曲，也是這樣命名自己的絕招的哩！」看到這裡，琴闔上了Ａ４紙，然後忍不住，就笑了。

而這份來自朋友溫暖的笑意，琴就這樣帶入了夢鄉，直到第二天醒來為止。

那一晚，是琴這半年來，睡得最甜美的一次。

第八章・破軍

第二天，琴繼續包裝著樂樂球，做這種繁複但規律的動作有一個好處，就是只需要勞動手腳，而腦袋卻是空閒的。

於是，一邊包著樂樂球，琴開始想像Ａ４紙中的四種招數派系，電箭，電感，電偶，以及電速，還有就算想，也仍捉摸不住規則的，天雷。

忽然間，琴發現了一件有趣的事，電感，可以偵測樂樂球的內部。

裡面無論是塞了滿滿的鋼針，或是正在蠕動的蟲，甚至是被壓得實實的劣質火藥，琴的電感，就像是一台Ｘ光機，輕易的透視了樂樂球的外殼，捕捉到了內部的畫面。

自從能透過電感捕捉內部畫面以後，琴就發現，樂樂球沒有那麼可怕了。

因為她能輕易的避開危險的地方，避開樂樂球外殼最薄弱之處，將樂樂球紮紮實實的包裝起來，並快速減少那堆積如山的樂樂球。

琴越做越快，越做越輕鬆，就這樣，又過了一天。

到了晚上，琴又繼續思考阿豚給她的Ａ４紙，然後在阿豚那善意的友情中，琴帶著微笑入眠。

第三天，琴又繼續包裝樂樂球，這次她用了一點電偶的能力，讓自己的肌肉可以更靈活的轉動樂樂球，並舒緩做著相同動作產生的肌肉痠痛。

而就在這天晚上，琴開始與她室友說上了話，娟姐，四十出頭歲，在這群包裝大媽之中，算是年輕的。

娟姐表示，琴能撐到第三天，著實跌破了不少大媽的眼鏡，大家已經開始討論，這個新人能不能撐過五天，或者，能不能撐過樂樂球山的一半？

第四天，琴包裝速度持續穩定加快，她簡直拿包裝樂樂球這件事，來練習身體的電能運用。

主要是電感與電偶，當然，練習不到電箭這招，畢竟電箭一出，就是要戰鬥了。

同時也練不到電速這招，又不是要逃命。

第五天，琴繼續削減那座樂樂球之山的高度，俊美男則從第一天開始後，就再也沒出現了，許多打賭琴會在第五天哭著逃走的大媽，也都安靜了下來。

這些大媽開始以欣賞的目光，看著琴手腳俐落的將樂樂球，一顆顆的捆包完畢，然後眼前這座樂樂山的高度，則越來越低，越來越低……

接著，到了最重要的第六天。

當琴包完了手中這枚樂樂球，用力吐了一口長氣。

接著她起身，開始邁步往前，穿過一個又一個正在包裝武器的大媽，直到走廊的底端，那裡有著包裝部門的兩大王者，大炕嬤和小炕嬤。

琴可以感覺到，當她往前走之時，一雙雙的眼光正追隨著她，那是大媽們的目光，她們放下了手上的工作，帶著些許的敬意，目送著琴。

直到，琴終於走到了大炕嬤與小炕嬤的面前。

然後琴把手往前伸直，手上的樂樂球，就在大炕嬤的面前。

「這是？」高大壯碩宛如巨人的大炕嬤，往下睥睨著琴。

「這是最後一枚。」琴語調平穩。「我完成了，那座山的樂樂球。」

「喔。」大炕嬤眼睛瞄了一眼樂樂山的方向，原本那座高聳直達天花板，至少千餘顆的樂樂球，已然消失。

取而代之的，是放在一旁，被整整齊齊排好，一排排的牛皮紙球。

「一千四百五十二枚。」琴仰起頭，直視著大炕嬤的雙眼。「全部完成。」

「幾天？」大炕嬤冷冷的看了琴一眼。

「六天。」

「嗯，六天啊，六天就完成一千四百五十二枚樂樂球啊，」大炕嬤似乎因為震驚而微微吸了一口氣，「不算快，但還可以接受，接下來……妳就負責包……黑色飛矛吧！」

一聽到黑色飛矛四個字，現場同時傳來細碎的低語聲，因為黑色飛矛價值不菲，高價值通常代表高危險性，那是通常具備三年以上資歷的大媽，才有資格包裝的武器。

大炕嬤讓到部裡只有六天的琴來包裝黑色飛矛，簡直就是天大的肯定。

「沒問題，但，大炕嬤，有件事我要說。」琴仰著頭，雙眼神色堅定，看著這位包裝組的主管。

「什麼事？」

「妳弄錯了一件事，我們也許年輕，但絕對不是草莓族，我們有自己的世界，自己的邏輯，還有，請妳記住我的名字。」琴看著大炕嬤，「我叫做，琴。」

請妳記住，我不是草莓族，我有名字，我叫做，琴！

「……」大炕嬤看著琴，兩人四目穩穩的相對，長達十餘秒鐘。

此刻，現場所有的大媽都放下了包裝紙，注視著琴與大炕嬤，她們比誰都清楚大炕嬤的個性。

剽悍，兇猛，道行高卓，不然沒辦法在充滿競爭力的道幫中，帶領整個包裝部門前進。

而這個只來六天，卻以幾乎奇蹟的方式完成了千餘枚樂樂球的女孩，竟然在此時此刻，直接挑戰這部門老大。

忽然，琴感覺到肩膀一陣溫暖與紮實的重量，轉頭，發現自己被一個人摟住了肩膀，而這個人，正是大炕嬤的妹妹，小炕嬤。

「老姐，這女孩，和我們當年挺像的呢。」小炕嬤笑。「我喜歡她。」

「是欸，我是這樣想。」大炕嬤嚴肅的面容，也在此刻，笑容舒展開來。「好久沒遇到這麼嗆的女孩了，她，也許可以給目前這些黑幫，注入一些力量喔。」

「琴，妳叫做琴，是吧？」小炕嬤看著琴。

「是。」琴點頭，她發現她挺喜歡這對老姐妹的，大炕嬤與小炕嬤，琴有種感覺，這對老姐妹年輕之時，肯定經歷過不少轟轟烈烈的戰役。

「很好，從現在開始，包裝部門正式歡迎妳。」小炕嬤伸出了手，和琴的手相握。「琴。」

而這天的午餐，也是第一次，琴不再是一個人坐，而是和大媽們坐在一起，其中還包括了她的室友，娟姐。

琴知道，這條坎坷的道幫之路，越來越有趣了。

一定會越來越有趣的。

從完成樂樂球後的兩個月內，琴陸陸續續包裝了十三種武器。

黑色飛矛，好腳滑鞋，限死專送，炸裂地溝油，夜店面具，撿屍小模，網路招喚獸，山寨版當我們同在一起，冒牌黑蕊花，陰咒手環，斷頭刃，人魚歌聲貝殼，以及無錠槍。

黑色飛矛，販賣給的對象正是官二代與黑二代，所謂的官二代就是爸爸在政府當高官所養育的兒女，而黑二代則將政府高官這名詞換為黑幫高層。

這些官二代和黑二代通常沒有什麼顯赫的實戰經歷，但又繼承了父母的資源，為了能夠給他們一些東西來耀武揚威，只好花錢來買別人買不起的武器，那就是黑色飛矛。

黑色飛矛被開發的原理取材自西遊記的金箍棒，平常可以縮小藏到身體某處，然後遇到危險時，接受指令放大，然後化身成可以將敵人一擊貫穿的黑色飛矛。

琴包裝黑色飛矛時，不小心將它放大了幾次，還差點將琴的手臂射斷，幸好琴有電速，讓她有驚無險的避開黑色飛矛的穿手之禍。

另外還有，夜店面具，這算是「意志迷惑類」的武器，對小型黑幫來說，夜生活是非常重要的一部分，但有些黑幫高手縱然道行不低，但就是外表不夠帥，臉上太多刀疤或是五官上爬滿了刺青，在夜店，這樣的尊容實在難把到妹。

於是道幫還佛心來著的開發了「夜店面具」，會讓人的五官瞬間帥氣五百倍，配上夜店獨有的昏黃燈光，讓夜店妹紛紛投懷送抱。

不過，別忘了一件事，男生可以戴上「夜店面具」，女生也有自己的產品，叫做「撿屍小模」，其美化自己的程度，更堪稱驚世駭俗，鬼哭神號，天哭地慟，常常有夜店男帶了女生出場之後，在飯店內，女生脫下「撿屍小模」，夜店男當場斃命。

斃命原因，是被活生生嚇死，表情就如同七夜怪談死者，雙眼突出，嘴巴大張，全身僵硬，四肢扭曲。

不過，這十三種武器中，最讓琴感到印象深刻的，卻是一個算是普遍的武器，那就是政府警察專用的，無錠槍。

它的主要功能是吸納使用者的道行，並轉化成威力百倍的子彈，一旦被追捕者射中，若道行不夠，肯定立時斃命。

在進入貓街鼠穴之前，琴曾與警察交過幾次手，所以這不是她第一次碰到無錠槍，當時的琴，只覺得這是一把普通的警用手槍，但真的開始包裝起來，琴才赫然發現，無錠槍可是一點都不簡單。

尤其是，無錠槍的材質。

這是能夠吸取使用者道行的超級特殊材質，當這材質吸納了道行，再透過機械設計將道行轉化成子彈。

道行越強，子彈越強，殺傷力越強。

透過無錠槍，就算你的技沒有什麼殺傷力，也可以將道行轉化成子彈，變成極度危險的奪命符，政府就是這一個武器，大大降低了警察的殺人門檻，更大大提升了警察們對人民與黑幫的控制力。

「小炕嬷，妳知道……無錠槍，這是誰發明的嗎？」琴抬頭，她內心隱隱有種感覺，創造無錠槍的人，才是政府內部隱藏在最深處的力量。

就是這個人，讓政府的力量大規模提升，而且，他如果能設計出無錠槍這樣的武器，那表示他一定還握有更多可怕的技術。

「怎麼這樣問？」坐在一旁的小炕嬷轉頭。「怎麼了嗎？」

「沒事，只覺得，這個人好厲害。」琴說。「只要有了無錠槍，無論你的技有沒有殺傷力，都可以變成殺人武器，原來透過材質和設計，可以讓武器擁有這樣驚人的變化，甚至能撼動整個時代。」

「嗯，材質？設計？……」小炕嬷忽然笑了，「小女孩，妳此刻的語氣，不太像我們包裝部門的啊。」

「啊？」

「倒是有點像是整個道幫中，最核心的一群人物，設計部門。」小炕嬷說到這，微微一頓，「也是，像妳這麼聰明的人，也許不該待在這裡……」

「小炕嬷，我沒有別的意思……」琴急忙解釋，「我覺得包裝部門很好……」

「呵呵，我沒有怪妳的意思喔，言歸正傳，我先回答妳的第一個問題，無錠槍是誰設計的……」小炕嬷沉吟了一會，「因為我和大炕嬷曾經參與過，三十年前那場黑幫與政府的混戰，無錠槍就是在那時候被人設計出來的，而設計者……應該就是現今陰獸綱目的作者，天機星吳用。」

「天機星吳用？吳用？」琴將這名字輕輕唸了兩次，「他也是十四主星？」

「沒錯，更是六王魂之一，但他行事極度低調，危險等級也只有八，並非戰鬥型的角色。」

「嗯嗯。」琴看著手上的無錠槍，嘴角泛起苦笑，不是戰鬥型的人物，但卻能設計出左右戰局的武器，這樣的人，是不是比戰鬥型的人物，更加可怕呢？

「包裝無錠槍並不容易，妳察覺到了嗎？」這時，小炕嬷看著琴手上的無錠槍，開口道。

「會嗎？」琴握住無錠槍的同時，忽然察覺到了異樣。

那就是，無錠槍正在吸取她的道行。

同時間，槍口竟然慢慢浮現一團霧狀的子彈。

「這是，這是怎麼回事？」琴驚訝，「無錠槍是會吸取人的道行化成子彈，但，怎麼會在這裡就開始……」

「先發射。」小炕嬷握住了琴的手，然後用力一扣扳機，子彈從槍口噴出，擊中地板，噴出激烈火花。

火花威力不強，也許是因為無錠槍本身的容量有限，又或者是小炕嬤已經先替琴扣下扳機了。

「這是？」

「要包裝無錠槍的關鍵只有一個，就是妳必須……斷絕自己的道行！」小炕嬤看著琴。「斷絕道行，妳會嗎？」

「當然，不會。」琴用力搖頭。

「嘿，早猜到妳不會，斷絕道行是包裝部門一個最重要的技能。」小炕嬤手握著無錠槍，奇妙的是，無錠槍此刻很安靜，完全沒有吸取小炕嬤道行的跡象。「很多武器都對道行相當敏感，無錠槍只是會吸取道行，更多的武器，會自動偵測到道行，然後展開猛烈的反擊。」

「哇。」

「如果遇到那類武器，非得斷絕自己的道行才行。」小炕嬤說到這。

「那要怎麼斷絕自己的道行？」

「想像力，自己在水中。」

「水？」

「簡單來說，就是這樣，就像妳在陽世時，掉入水中，第一時間會閉住呼吸，對吧？只要妳想像自己掉入水裡，屏住呼吸，道行就會在這一瞬間切斷了。」

「可是，如果不呼吸，不是會死嗎？」琴呆呆的問。

但她這一呆問，立刻換來小炕嬤，有點用力但又不太用力的一掌，拍在琴的後腦上。

「妳是鬼欸，笨蛋，鬼會窒息嗎？」小炕嬤說，「這只是想像，一種想像，等妳習慣之後，就不用刻意去想閉氣這件事了。」

「喔好。」琴其實不是很懂，但又不想被打第二次頭，於是她只好輕描淡寫的回答。

然後，琴雙手握住無錠槍，然後閉上了眼，她開始想像，自己正站在炎炎夏日的游泳池畔，周圍是小孩們的笑聲與嘩啦啦的水聲。

接著，琴往前踩了一步。

她的身體懸空，然後急墜，墜入了水中。

順著腳底衝擊而上的是，水獨有的冰涼感與浸透感，然後琴基於本能的，閉住了氣。

等待水的衝擊過去，等待身體習慣來自四面八方包圍而來的水，享受這炎夏游泳，這美麗的體驗。

然後，琴聽到了一旁小炕嬤的低嘆，那是一種摻雜了很複雜情感的低嘆。

嘆息著，這世界上，還是有這樣的天才，而自己，怎麼偏偏不是這樣的天才。

「琴，妳成功了。」

「真的嗎？」琴睜開眼，果然，這次無錠槍的金屬材質不再吸收琴的道行了，更沒有那枚蓄勢待發的子彈了。

「當年我師父教我們斷絕道行的時候，大炕嬤學了三個月，我則是一個月，我們日夜苦練，只為了將閉氣的感覺與身體記憶融合，」小炕嬤微微的笑著。「妳竟然只花了……三十秒？」

「呃。」琴看著小炕嬤，忽然有種想伸手擁抱這位勇敢老人的衝動。

「小女孩，」反而是小炕嬤伸出了手，用力抓住琴的雙手，「妳不是一般人，對吧？妳自己也知道吧？」

「嗯……」

「繼續走下去。」小炕嬤的雙眼映照著光芒，「現在的世道，被政府一手把持，人們飽受獨裁之苦，無辜的人，隨時都可能被政府逮捕，然後以莫須有的罪名殺害，如果妳是那把點亮黑暗的火把，請妳繼續走下去。」

「小炕嬤……」

「三十年前，我和大炕嬤合稱『最美豔的巨大姐妹花』，加入了道幫，聯合僧幫與十字幫，與政府展開一場又一場戰鬥時，我也曾經見過像妳這樣資質驚人的女孩。」

「誰？」

「十字幫之首，武曲，那時的她，站在戰場的前線，身形高瘦，長髮飄揚，臉上綴著與無數高手激戰後，所濺上的豔紅色血珠，明明才經過慘烈無比的戰役，她的笑容卻依然如此純真，如此無邪。」小炕嬤閉著眼，「同為女人，但她的確真是我見過最美的女孩。」

「嗯。」琴感到懷中的記憶風鈴被觸動了。

武曲的記憶啊，妳也在懷念當時的自己嗎？

只可惜，我不是武曲，那只是誤會一場，這場誤會甚至害死了大耗和天使星。

「哎啊，人老了就是這樣，突然陷入回憶了。」小炕嬤說到這，微微抹了一下眼角，剛剛回憶的片段，竟然讓如此強硬的她有些感傷。「對了妳知道嗎？事實上，道行不可能完全斷絕，只能看妳能讓道行下降到什麼比例，如果遇到危險等級很高的武器，妳仍須留意。」

「懂。」琴想了一下，問道，「小炕嬤，那妳有遇過類似的武器嗎？最恐怖的是哪一個？」

「最恐怖的嗎？」小炕嬤閉上眼，緩緩的吐出了一口氣，「那不止單一個，那是一串武器。」

「一串武器？」

「是，那一串武器共有八種，用鎖鏈綁著，主要是刀、大刀、長刀、武士刀、扁鑽、短刀，還附上了狼牙棒和鋸齒刀……」小炕嬤閉上眼，「那次，真是我包裝經驗裡面，最，最恐怖的一次。」

最恐怖的一次？琴歪著頭，以她對小炕嬤的認識，竟能讓小炕嬤吐出「恐怖」兩字，那一次的經驗，到底有多令人膽戰心驚呢？

「那一串武器有個名字，叫做『洗命』。」小炕嬤的故事，就從洗命兩個字開始。

那一串武器有個名字，叫做『洗命』。

這是政府內，警察機關首長「天刑」的武器。

天刑被喻為乙等星中最強四人之一，肩掛三星，武藝超絕，手段殘暴，危險等級高達四。數年前，他帶領著數十名隨身的警察人員，帶著武器的設計圖到了道幫之中，並且要求道幫將其製造成實際的武器。

道幫的設計部門一見到這份設計圖，表情驚恐，因為他們明白，這是一件極度危險的武器，這武器不只成品後兇狠，恐怕連製作過程都異常兇險。

但，天刑可是政府警察部門的高官，他那灰色僵硬，宛如科學怪人的臉，露出猙獰的冷笑。

「道幫很有錢，對吧？基地遍佈城市，對吧？幫眾二十萬，對吧？」天刑一字一字的說著，光是那冰冷的腔調，就讓人不寒而慄。「剛好，我警察系統比你們多些，超過百萬，我們就來認真查一查，哪些是道幫的不法所得？哪些道幫曾經欺負過老百姓？啊，還有，別忘了查……哪些道幫幫眾亂丟垃圾！」

天刑這番話，說得道幫這些高層一個一個沉默不語。

最後，為了避免衝突，由道幫幫主巨門星，天缺，下令道幫接下這武器製造的任務，並將這武器交給了當時劍堂之主，也就是天缺的長子，一手打造。

天缺育有二子，長子名為「天策」，天權星，甲等星，危險等級五。

次子名為「小馬」，天馬星，甲等星，危險等級不明，只知道他與哥哥不同，對名利頗為淡泊，多年前突然離開道幫之後，從此失去音訊，有人說他去深山中居住鍛鍊他最強的腿功，有人則說天馬去了陽世，更有人說，天馬已死……而兇手正是自己的兄長天策。

而長子「天策」呢？他不只是一名戰鬥慾望強烈的野心家，更被人喻為僅次於天缺的鑄造天才。

這個天刑的可怕武器，彷彿激起了天策內心對設計的渴望，以及可怕的殺意，天策竟然親自出手，去抓了八條「鎖鏈蛇」陰獸。

鎖鏈蛇，A級陰獸，不只兇狠惡毒，更對人類的道行極度敏感，如果有人的道行不小心觸動了牠，牠會展開至死不休的瘋狂攻擊。

鎖鏈蛇平常就喜愛盤據在經常發生車禍的大型十字路口，夜晚出沒，以陰魂為食，每年都有超過五百名陰魂因為鎖鏈蛇而喪命。

如今兇惡的A級陰獸，天策竟然親手抓了八隻回來。

不只如此，天策親自出手，抽出鎖鏈蛇的脊椎，用脊椎當成鎖鏈，將天刑這柄武器，串成了一柄稀世古怪的極致兇兵。

事實上，鎖鏈蛇就算死了，其脊椎仍保持著生前對道行的高度敏感，兇惡與靈活，讓天刑這武器，變得更加可怕。

天策將這武器命名為「洗命」。

人命者，不過一團泥垢，一洗就掉。

「洗命」二字，透露著天策對人命的蔑視，與對自己鑄造技藝的狂傲。

不只如此，這武器不只鑄造時危險，連運送時都讓人膽戰心驚。

運送前，必須妥善包裝，在其他包裝部門不斷推諉之下，這個洗命被送到了大炕嬤與小炕嬤所在的部門。

一開始，就死了兩個人。

大炕嬤推派了當時最有經驗的兩個包裝老手，穿上最高等級的防護衣，擺出最高規格來面對這支洗命，但其中一個人才打算接近「洗命」，就被四根鎖鏈的武器，從四個不同的角度，貫穿了身體。

另外一個道行較高，轉身想跑，但才跑了兩步，鎖鏈的刀子已然追上，刷的一聲，在大媽們哀號痛哭的呼喊聲中，那人的頭顱往上拔高，直撞上天花板才掉落，原地上，只留下正在噴血的脖子與身體。

「這武器也太恐怖了，叫使用者自己來拿就好了，為何還要包裝！」大炕嬤對著上級怒吼，雙手用力拍擊桌子，此時，大炕嬤的左手仍健在。

「對方是政府，是警察系統首長天刑，」上級語氣充滿無奈，「事實上，洗命在鑄造過程中已經殺了超過三十人，天刑是故意的，妳懂嗎？政府就是要我們黑幫好看啊！」

「誰叫設計者把這武器弄得這麼可怕，叫天策自己——」

「別說了。」上級忽然伸手，用力握住大炕嬤的手，手心泛著冰冷的汗水。「大炕嬤妳在道幫幾年了？妳知道天策這人心機極深，有仇必報，而且四處都有眼線，我可不想過了今晚，就少了妳和妳妹妹，兩個包裝部門的大將。」

「哼。」大炕嬤抽回了手，她沒有再說，她知道上級是一片好意，但如今洗命被擺在包裝部門，如此危險，又該如何收尾？

「包是非包不可，身為主管，我只能問……妳們需要什麼協助？」

「我要一個小房間，對外隔絕，然後請你想辦法，將洗命引進去。」大炕嬤閉上眼數秒，才睜開眼，如此說道。

「喔？」上級眉頭皺起，「妳的意思是？」

「我要自己進去。」大炕嬤深深了吸了一口氣。

「妳要……」

「身為包裝部門的老大，」大炕嬤雙眼帶著視死如歸的光芒，「就讓這些部屬們，看看我這老薑，究竟有多辣吧。」

數小時後，一切就緒。

洗命被引入了房間內，然後房間外架上層層防護，那厚重的大門，只為了等待某個人拉開門，走入房間內，與洗命這奪命兇物，進行一場生與死的親密接觸。

大炕嬤站在門前，吸了一口氣，手握住了門把，然後，她像是想到什麼似的，回頭。

這一回頭，正好迎上人群之前，妹妹小炕嬤的目光。

「姐。」小炕嬤看著大炕嬤，語氣也帶著同樣的決心。「我進去吧，關於阻斷道行這件事，其實我已經比妳更……」

「這件事，我已經決定了，身為一個部門的領導者，這是我應該負的責任。」大炕嬤對小炕嬤微微一笑。「所以，如果我有事，剩下的部分……就交給妳了。」

「姐。」小炕嬤身軀一抖，她懂大炕嬤要說的話了。

她的姐姐，如今，是要託孤了。

要將整個包裝部門，託付給小炕嬤了。

「不要。」小炕嬤嘴唇顫抖。

「……」大炕嬤搖了搖頭，然後用力拉開門，往前走了一步，接著，快速的關上了門。

下一剎那，圍著小房間的數百名大媽們，都屏息靜默了。

小房間內，很安靜。

關上門後，大炕嬤緩慢且小心的移動著，她必須將自己的道行，徹底的切斷，避免引來這瘋狂殺人兇器「洗命」的追殺。

但，事實上，要完全的切斷道行，是不可能的。

道行，會隨著每次呼吸節奏的改變，每次邁步時腳步肌肉的收縮，每次眼神的游移，甚至是情緒微小的起伏，產生細微的改變。

差別只在，越是厲害的高手，道行產生的變動越少，低到一般人的千萬分之一，甚至讓人無法感覺到他的存在。

而這位曾經走過政府與黑幫混戰時代的強者，大炕嬤，她正在小房間內，將自身的氣息與道行，抑制到極致，然後一步步朝洗命靠近。

「一分鐘了……」這時，一個大媽喃喃自語，「大炕嬸，還好嗎？」

這問題，沒有人能回答她，因為小房間內，到底發生了什麼事，無人可知。

「兩分鐘了……」時間，轉眼又推進了一分鐘，小房間內，依然安靜而沉默。

這時，與大炕嬸情誼最深的小炕嬸，雙手互握，用力擰住。

小炕嬸與大炕嬸當姐妹超過百年，姐妹連心，所以她就算不在房間內，也可以感覺到，小房間內，大炕嬸正用盡畢生的道行技巧，來到了洗命之旁。

第一個挑中的，應該是八項武器中的長爪。

然後大炕嬸緩緩的將雙手張開，徹底封閉指尖的道行之後，以指尖輕握住鎖鏈，非常小心翼翼的……用牛皮紙捆住了這第一條鎖鏈。

鎖鏈顫動一下，似乎察覺到了什麼，但卻又無法明顯感受到道行，所以它並沒有第一時間發動攻擊，轉眼，就被有著數十年包裝經驗的大炕嬸，給用牛皮紙捆包起來。

一被捆包住，鎖鏈頓時失去了攻擊性。

「第一條了，呼，還七條……」大炕嬸連氣都不敢喘，就怕洩漏道行，安靜的移向了第二條。

此刻，時間剛好過了一分鐘，準備進入第二分鐘……

「第二分鐘，」小炕嬸閉上眼，「要快一點，姐姐，我知道妳閉住道行的極限，只有七分鐘啊。」

緊接著，是第二條鎖鏈，被大炕嬸似緩實快的捆入了紙袋中，時間兩分鐘整。

然後是第三條鎖鏈，這是長刀，大炕嬤又在一分鐘內收拾了。

第四條鎖鏈，短刀，再一分鐘。

第五條，第六條……大炕嬤再次用了兩分鐘，收拾了兩條鎖鏈。

六條鎖鏈，用了六分鐘，只是，還有兩條鎖鏈，但大炕嬤的極限已經剩下一分鐘了！

最後兩條鎖鏈，一是長劍，一是短鑽刀，宛如一對致命毒蛇，盤桓於地，同時間大炕嬤感到自己的道行閉氣，已經到了極限。

七分鐘，這是她多年來封閉道行的極限了，她能否收拾這最後兩條鎖鏈？

大炕嬤一咬牙，左手右手各抓一條鎖鏈，然後同時展開了包裝。

一分鐘，剩下的最後六十秒，大炕嬤賭的是，她能不能同時包裝兩條鎖鏈？

結果，在一分鐘後，正式揭曉。

在距離七分鐘剩下十秒時，小炕嬤的手已經握住了小房間門上的手把。

「十，九……六，五……三，二，一……」小炕嬤屏住呼吸的聆聽著，內心更不斷祈禱，小房間內如果能保持安靜，那就表示洗命的暴力殺戮沒有開始，更表示大炕嬤已經成功包裝了這頭兵器界的兇獸。

七分鐘過了，小房間內安靜。

小炕嬤笑了，含著眼淚的笑了，

「姐，妳成功包裝這頭兵器兇獸了？」

但，七分鐘過了十秒，房間卻依然安靜。

「七分鐘是姐姐的極限，已經過十秒了？姐姐怎麼還不出來？難道，她的包裝還沒完成？」

七分鐘，又過了二十秒。

「所以，姐姐已經突破極限了，但，還沒包完？」小炕嬤吸了一口氣，她雙手緊握門把，然後，她下了一個決定。

一個過了很多年，小炕嬤依然慶幸的決定。

她往前衝，然後奮力拉開了這道門。

門內，大炕嬤剛好倒下，而她身上的道行阻絕，也就在這七分二十秒時，完全崩潰，而躺在地上的最後一條尚未包裝完的鎖鏈，也因為感應到了道行，宛如被激怒的眼鏡蛇，從地上猛力竄出，捲住大炕嬤的手腕。

先是，捲。

然後，擰。

最後，斷。

大炕嬤的左手手腕，就這樣被這鎖鏈硬生生，捲斷。

而一旁的小炕嬤則是發出大吼，一手拉住大炕嬤，往門外摔去，另一隻手則用力拍門，啪的一聲，當已經耗盡道行昏迷的大炕嬤摔出了房間，門，也同時關閉。

小房間內，再度回到一個人與一件武器的狀態，只是人已換，大炕嬤重傷退場，換上了大炕嬤這些年來最信任的姐妹，小炕嬤。

而洗命雖然已經剩下一條鎖鏈，但這最後一條鎖鏈，卻在發動攻擊時，順便扯爛其他七條鎖鏈的包裝，讓一切又回到了原點。

鎖鏈，還有八條，完完整整，回到最初的八條。

「姐，接下來。」小炕嬤眼神專注。「看我的吧。」

此刻，小炕嬤在房間的角落裡，慢慢的閉上眼，想像自己從水面緩緩往下，滑入了水中。道行，開始關閉。

洗命動作變慢了，因為它又感覺不到道行了。

小炕嬤繼續沉入水中。

而洗命動作停了。

「十分鐘。」小炕嬤慢慢的走近了這頭剛剛奪去自己姐姐左腕的兇獸，然後面露謹慎但自信的笑容。「早在多年前，我就知道自己比姐姐厲害，我的閉氣時間，是十分鐘！臭洗命，我就不信，十分鐘，還收拾不了你！」

這一天，包裝部門確實發生了許多事。

先是死了兩名包裝部的老手，然後失去大炕嬸的左腕之後，洗命終於被成功的包成了一個沒有傷害性的盒子，送出了道幫，抵達了政府天刑手上。

「挺會包的嘛。」天刑拆開包裝時，露出獰笑，「洗命身上，只染了一點點血，嗯，這表示這道幫中還有人才，要殲滅道幫，還得多等一下哩。」

也就是在今天，小炕嬸在包裝部門唯我獨強的傳說，開始流傳。

只是，在過了數年後的這天，當琴終於慢慢習慣包裝部門的一切，並從小炕嬸身上學習到各式各樣使用道行的技巧時……

一場更大更慘烈的災難，已然降臨。

始作俑者，是俊美男，而這次災難的名字卻有點熟悉，又是那兩個字。

洗命。

而且，這一次還是擁有十三條鎖鏈的洗命。

第九章・武曲

這條洗命，當然又是天刑送來的。

而且天刑是這樣說的，過了這幾年後，因為他的道行不斷累積提升，八條鎖鏈已經不敷使用，於是，他再次畫了一張簡單的設計圖，要道幫幫他設計出來。

同樣的，道幫上層又因為承受不住來自政府的壓力，將洗命交給了天策，而這次天策更是不改其瘋狂，洗命的鎖鏈數，從八條激增到十三條，兇器的等級，再次進化。

其實，所有道幫中有見識的人都知道，這又是一次政府想要給黑幫的下馬威，當年八根鎖鏈的洗命，就已經奪去超過三十條人命了，如今，再來一個十三條的，道幫將損失的，可能不只是數倍的幫眾性命。

但，道幫能拒絕嗎？

面對五十萬名警察終日不斷的盤查，干擾，甚至安上莫須有名義的刑殺。

這絕對不是任何一個黑幫可以承受的，所以道幫非接不可，偏偏他們的幫主之子天策，不知道是不是腦袋不正常，還是另有目的，竟將這洗命設計得越來越危險。

十三條鎖鏈的洗命光是製造過程，就已經犧牲了將近八十條人命，如今，又來到了最後一個關卡，也就是當年的災難。

包裝。

就是包裝。

「如果沒有包好，就會讓天刑有更多藉口，來找我們道幫麻煩。」如今，八十八層的會議室中，數十個道幫高層的會議，討論到了這件事。「只是製造過程就算了，一旦洗命到了包裝部門，等於整個兇器已經完成，這時候是最危險的！會耗損的人命的數目，肯定是最多的！」

但，道幫三個堂，刀堂，劍堂，以及毒堂，手下有各自的包裝部門，誰該接下這包裝任務呢？

每人都知道這任務吃力不討好，搞不好這洗命會殺光自己整個包裝部門，所以沒人吭聲。

這時候，混蛋俊美男則發揮了他該死的效應，他的靠山，正是劍堂內的高層，名為劍鞘子，他趁機提了一句話，提醒了眾人。

「當年刀堂的大炕嬤很厲害，他們有經驗，不如……就交給他們吧？」劍鞘子冷笑。「這份功勞，我們就讓給刀堂啦。」

「讓給刀堂……」這剎那，刀堂堂主木狼抬起頭，注視著這個劍堂高層。

只是注視著，這個高層忽然有種下腹部要失控，尿與排泄物，就要從膀胱，大腸和肛門一口氣噴發而出的衝動。

「很好。」注視了數秒，木狼終於移開了目光，笑了。「劍堂的鞘兄，說得真是太好了，我都忘記我們有經驗了，這包裝，我們刀堂接了。」

「嗯，」劍堂堂主，正是洗命設計者，天策。

天策外型雖然約莫三十出頭，卻有著一頭雪白的頭髮，而且不只髮白，眉毛也白，連眼珠，都是淺淺的灰色，但這些異於常人的顏色，卻完全無損於他的俊俏，一種帶著陰冷恐怖的俊俏。

天策陰沉詭異，他什麼都沒說，似乎對誰包裝這洗命毫不在意，又似乎對誰因為洗命而死，更是毫不在意。

毒堂呢？毒堂堂主不在，是由他們的副堂主代理，副堂主名為「病符」，同樣是有星格的人物。

只是，病符畢竟不是堂主，在天策與木狼面前，等同沒有發言權力，他只是笑了兩聲。

「我想我們毒堂堂主，應該也會認同……」

「毒堂的鈴嗎？」天策眼睛微微睜開，看來鈴是少數會讓天策特別有反應的人。「她最近為何都沒出現？」

「這我也不知道，但，」病符沉吟，「有聽鈴堂主說，有個對她非常重要的人，此刻重傷命危，她必須救他。」

「對她而言，非常重要的人……」此刻，天策白眉挑起，顯然對這說法頗為不悅。

這情緒，是吃醋嗎？以天策這樣陰沉之人，卻對毒堂堂主的行為頗為介意。

「是，聽堂主說，因為之前那場巨大颱風，那個人深受重傷，所以，她不管如何，都要將那人救起……」病符的聲音越說越低，因為他感受到天策冷冷的殺氣，也越來越強……

「毒堂堂主有自己的自由。」木狼冷冷的說，「天策老弟，你也未免管太多了吧？」

「哼。」天策起身，從椅子上站起，然後朝著會議室外走去。「那就請刀堂好好包裝這十三條鎖鏈鑄成的洗命吧！我有自信，這條洗命比起數年前的八條鎖鏈，可是更傑出的作品呢！」

更傑出的作品？聽到這句話，就算是城府深沉的木狼，也忍不住咬牙切齒，同時，他的眼神移向了這會議室中，象徵最高權力的椅子。

那張椅子是空的。

這張專屬於幫主，天缺的椅子，又空了。

算一算時間，距離上次看到幫主坐在這椅子上，也是三年前的事情了。

鑄造天才，十四主星中的巨門星「天缺」，究竟發生了什麼事呢？

木狼搖頭，也跟著起身，走向自己的部門，他現在掛心的只有一件事，那就是那十三條洗命的包裝作業，又會耗損他刀堂下，多少人命？

「洗命又來了，而且這次是十三條？聽說是那個臭俊美男的靠山劍鞘子，在會議上建議的？」

當包裝部門聽到這消息的時候，所有人都譁然。

包裝部門中，多是資歷都夠深的大媽，對數年前第一次洗命送來時，殘忍奪去夥伴性命的畫面，依然歷歷在目。

如今，洗命竟然又來了，而且鎖鏈數，還激增為十三條！

「我來。」小炕嬤這次沒有多說什麼，默默的起身，走向了大炕嬤。「姐，這次，木狼堂主應該已經準備好小房間了吧？」

「是。」大炕嬤咬著牙。「可是……，這些年來，妳現在斷絕道行的時間是多久？還是十分鐘嗎？」

「我進步了。」小炕嬤看著自己的雙手，慢慢的吐出了一口氣。

「那幾分鐘？」

「十二分鐘。」

「那……還差了一分鐘？」

「姐，當年，妳只能斷絕七分鐘的道行，但，妳不也大無畏的進去了？」

「可是，結果我少了一隻手。」大炕嬤激動的說。

「但，姐，我問妳。」小炕嬤溫柔的笑了。「除了我，還有人有機會可以包裝這洗命嗎？」

「嗯……」大炕嬤閉上眼，她不想回答這問題，除了小炕嬤，誰還具備包裝的能力？又有足夠的道行？

道幫中高手也有許多，但包裝也是一項技能，這些高手從未包裝過，就算能關閉道行，也未必懂得如何包裝。

所以，能開門進入小房間中，與洗命對決的，的確只剩下一個人，就是她最親愛的妹妹，小炕嬤了！

「這樣，答案不就很簡單了嗎？」小炕嬤微微一笑，那是大無畏的笑容。

「妹……」

「在進去之前，我只有一個小小的要求。」小炕嬤臉上依然掛著溫柔的笑。「好好照顧那個叫做琴的女孩。」

「嗯？妳這麼喜歡她？」

「喜歡她是一回事。」小炕嬤一字一句，慢慢的說著，「但我有預感，她就是我們黑幫們等待許久許久的……」

「許久的……」

「改變的力量！」

黑幫們等待許久許久的……改變的力量！

三個晚上之後，洗命來了。

小房間內，洗命再次被引入，房間外大媽們或坐或跪，祈禱著即將進入小房間內的小炕嬤，能平安歸來。

小炕嬤安安靜靜，慢慢的拉開了門。

門內，十三條粗大如蟒蛇的鎖鏈，分別連接著十三種致命的兇器，正盤桓於地。

它們彷彿感受到了小炕嬤的道行，而微微揚起了兵器，宛如毒蛇昂首。

小炕嬤閉上眼，然後又睜開。

「十二分鐘。」小炕嬤霸氣十足的笑中，隱含著必死的決心。「我這次一定會像上次一樣，當場解決你！」

而琴呢？

她也在房間外，雙手緊握，替小炕嬤祈禱著。

琴好喜歡小炕嬤，不只是因為小炕嬤將自己的一身技藝傾囊相授，更不只是因為小炕嬤願意犧牲自己保護整個部門，而是因為，小炕嬤對琴而言，真的是又像姐姐，又像媽媽的人物。

小炕嬤對琴的照顧，是琴來到陰界以來，首次感受到的。

在陰界中，琴感受過大耗小耗的崇拜，天使星小天無私的犧牲，莫言外冷內熱的保護，還有小才與小傑表面奉承，但卻將琴當作工具的背叛……

小炕嬤，對琴而言是特別的。

所以，琴雙手十指緊緊交握，用盡全力祈禱著。

一定要成功，一定要成功啊，拜託，小炕嬤。

而就在小房間外，所有大媽都屏氣凝神，擔憂著小炕嬤安危時，遠方的暗處，卻有兩個人懷著截然不同的情緒，冷笑著凝視這一切。

他，就是造成今日局面的關鍵人物之一，俊美男。

而他身旁，則是會議上煽風點火的男人，劍鞘子。

「劍鞘子哥，當時你提起小炕嬤他們包裝過洗命，簡直就是絕招啊。」俊美男語氣諂媚。

「哼，當然，」事實上，劍鞘子雖然回想起木狼的眼神，仍會忍不住打上寒顫，但他可不會在他的小跟班前漏氣。「我們劍堂就是要好好挫一挫刀堂的銳氣，讓刀堂知道，咱們劍堂天策，才是接任天缺幫主職位的第一人選。」

「沒錯，而且毒堂堂主，那個超級美女，」俊男笑。「等到天策老大當上了幫主，順便當個幫主夫人正好。」

「那是一定的啊，哈哈，如果咱們劍堂天策登上了幫主之位，」劍鞘子伸手拍了拍俊美男的肩膀，「到時候，絕對少不了你的好處啊。」

「咯咯咯咯，謝謝劍鞘子大哥。」

「不客氣。」

而，就在這兩個卑鄙小人躲在一旁，帶著惡意討論這一切之時，那小房間的時間，已經緩緩的逼近了十二分鐘。

這表示，小炕嬤的道行極限，就要到了。

十二分鐘零五秒，琴抬頭。

時間，已經超過小炕嬤的極限了。

十二分鐘零十秒。

大炕嬤神情也扭曲著，她想到了數年前她的遭遇。

十二分鐘零十五秒。

大炕嬤感到不安，十二分鐘沒有解決這洗命，小炕嬤已經進入超越極限的生死瞬間了，於是她打算起身，就算拚了命，也要開門救出小炕嬤，但，一個影子卻比大炕嬤快了一步。

這個人影，比大炕嬤更快，更猛，速度更迅捷數百倍。

行如風，快如電，瞬間到了小房間門口，然後那個人影，拉開了門，又關上。

時間，快到大炕嬤的眼睛都來不及眨一下，甚至懷疑，剛剛是否真有人跑入房間內。

有嗎？

大炕嬤隨即轉頭，她看到了那個原本有人的位置，空了。

妳，果然進去了嗎？

琴。

小炕嬤最欣賞的，那個可能改變陰界的女孩！

琴拉開了門，她看見了她最不想見到的一幕，那就是洗命的十三條鎖鏈，都已經掙脫了牛皮紙包裝，張牙舞爪，朝著全身染血的小炕嬤，一起攻了過去。

「雷箭。」

到了這時候，琴不再保留實力了，她腳往前一踩，紅色的電光，順著她手上的雷弦，射出。

擊中。

十三條鎖鏈彷彿感應到了危險，互相盤繞，形成一堵武器之牆，硬是擋住了激射而來的雷箭，爆裂的火花中，洗命改變了它的攻擊目標，轉向站在門邊，抬頭挺胸，俏然而立的美麗女孩，琴。

「擋住了啊？看樣子，要各個擊破了。」琴淡淡的笑了，笑容中，沒有絲毫慌亂，反而帶著一股絕對的自信。

這自信，是這些日子以來，在陰界不斷遇到新的人，新的事，新的挫敗，通過新的考驗，所累積下來的一種傲氣。

當年，琴曾在莫言身上看過，曾在小傑與小才身上看過，更在火星鬥王身上看過，如今，她身上終於散發出了相同的傲氣。

「嘎！」洗命發出無聲的咆哮，只有十三條鎖鏈高速竄動時，產生的金屬摩擦聲，卻是恐怖死神的聲音，朝著琴猛撲而來。

琴用眼角餘光瞄了一下小炕嬤，小炕嬤雖然全身是血，但似乎未傷及生命，讓琴稍微鬆了一口氣，隨即，她打起精神，迎向了猛撲而來的洗命。

「據說，你是用能夠高度感應道行的材料所鑄成，天刑的武器。」琴閉上眼，這剎那，她想起了小炕嬤對她說過的，關閉道行，就如同陽世滑入水中。

氣，在這剎那，關閉了起來。

也就在這一關閉，瞬間洗命的攻擊頓時亂了。

它畢竟不是人，沒有眼睛耳朵嘴巴，它有的，只有來自陰獸鎖鏈蛇對道行的殺氣，如今，道行消失了。

而且，真正讓洗命錯亂的，是這第二個目標應用道行的方式。

第一個目標，面對洗命時，動作輕盈緩慢，深怕過大的動作會洩漏道行，但，為什麼？這第二個目標卻完全不是這麼回事，她的道行雖然已經切斷了，但卻能依然維持高速的運動。

她，就算關閉道行，也可以展開戰鬥嗎？

「第一條。」等到洗命稍微感應到琴的道行，琴的右手，已經帥氣的抓住了第一條鎖鏈，

「我收了。」

紅色電能閃爍，第一條鎖鏈隨之倒地，掉落在地，發出低沉的撞擊聲。

攻擊第一條鎖鏈讓琴露出了蹤影，最近的三條鎖鏈急忙迴旋自救，要追擊這可怕的敵手。

但下一瞬間，道行又消失了。

三條鎖鏈才撲空，旋即就發現自己被某隻纖纖小手抓住。

然後是輕盈的笑聲。

「第二根，第三根，第四根……」

砰，砰，砰，三道電光火花過去，又是三根鎖鏈落地。

剩下九根鎖鏈，洗命開始改變戰鬥模式，藉由急速舞動，化成一團兇猛的武器球，找不到敵人沒關係，只要敵人敢踏入這團武器球體，肯定會被洗命砍成肉末。

但，琴卻依然只是帶著輕鬆的神情。

因為，在阿豚的Ａ４紙上，事實上還有一招，那招叫做電感。

透過空氣中電波的改變，就算不睜開眼睛，也能感應周圍的一草一木，感應周圍的風吹草動，洗命這團武器之球，對琴的電感而言，真的是小兒科而已。

如今，琴就這樣，帶著電感的能力，毫不畏懼的，踏入了這團洗命高速舞動而成的武器球之中。

九條鎖鏈，連接著九種致命的武器，舞成狂風暴雨般的球，危險嗎？當然危險？只是，無奈的是，它們的對手是琴。

琴踏入了狂風暴雨之中，然後微微側身，躲過一條直穿而來的鎖鏈，然後琴低頭，躲過了從背後甩來的鎖鏈，接著琴的腳微微抬起，腳下的鎖鏈有驚無險的擦過，頭微微一側，又是一條鎖鏈揮了空。

這些動作，都在零點零一秒的時間內完成。

然後，琴已經到了洗命的核心，接著，她笑了，同時間，亮紅色的電光炸裂。

一次電光，就是一次鎖鏈墜地聲，兩次電光，就是一雙鎖鏈墜地聲，電光聲音接連不斷，而鎖鏈墜地聲更是連綿不絕。

遠遠看去，洗命揮舞成的武器之球威猛絕倫，但武器之球內部不斷閃爍的紅光卻讓畫面更加美麗，宛如夜空的煙火，讓這場戰鬥，除了兇險，更多了瞬息萬變的美麗片段。

也許是電光的聲音太過刺耳，也許是鎖鏈墜地聲太過清脆，讓原本躺在地上昏迷的小炕嬤，微微睜開了眼。

這剎那，小炕嬤看到了讓她永生難忘的景象，在她眼中，那不是琴，而是一隻三色鳳凰，熱烈的紅色，燦爛的黃色，還有深沉優雅宛如天空般的藍色。

鳳凰姿態驕傲，而她的嘴裡，正叼著十三條已然軟垂的黑色蛇。

「改變。」小炕嬤再次閉上了眼，笑得好燦爛。「我們等妳，好久，真的好久了。」

我們等妳好久了，改變。

等妳好久了。

小炕嬷，是被琴抱出來的。

所有的大媽看見小炕嬷全身是血，急忙蜂擁而上，或緊張大叫，或擔憂嘮叨，最後都被大炕嬷一把推開，扛起小炕嬷，朝著醫護所大步而去。

但大炕嬷走了幾步，忽然像是想起什麼，停步，回頭看向了琴。

此刻的琴，身上沾著小炕嬷的血跡，但就算身上帶血，仍掩不住琴獨有的孩子氣臉龐。

「改變。」大炕嬷與琴互相凝視，然後大炕嬷吐出了這句話。「妳果然，就是改變。」

「改變？」琴歪著頭，露出不解的神情。

「沒事。」大炕嬷轉過身子，巨大的身影，扛著小炕嬷，快步朝著醫護所走去。

「改變……」琴繼續歪著頭，然後，她被包圍了，大媽開始七嘴八舌的問起小房間的狀況。

洗命，當然是包裝好了。

大媽們走進了小房間內，把已經完全軟趴的洗命，輕而易舉的用包裝紙包起，然後送給了運送人員。

就在當天晚上，天刑收到這份武器，他打開了，表情頓時變了。

這是洗命沒錯。

這是隨著他經歷了無數戰役，殺殘了不少黑幫高手的……洗命沒錯。

但，洗命卻又不是洗命了。

十三條鎖鏈失去了生命力，此刻的洗命，其實就是一個綁著十三種武器的，廢鐵。

天刑震怒。

於是他欽點了一千名武裝刑警，直奔來到了道幫總部，而道幫也因為得到了消息，緊急調來兩大堂主，天策和木狼，迎向怒氣勃發的天刑。

三人，在道幫門口對峙。

「這是什麼？」天刑伸出手，手中是軟爛成一團的洗命。

木狼瞄了一眼天刑手上之物，內心閃過一絲奇異。「洗命。」

「洗命？洗命的特質是能偵察道行，並主動發動攻擊。」天刑殺氣沉重，不斷逼向木狼。

「是嗎？」木狼接過了洗命，這一剎那，木狼就懂了。

懂了，然後就想笑了。

他懂，為什麼洗命會變成這攤爛鐵了，除了她，除了木狼從國小帶回來的那個女孩以外，還有誰能把洗命搞成這樣？這小妮子啊……

「你們毀了我的洗命，我一定要……」

「這就是洗命，不是嗎？」木狼抬頭，嘴邊叼著的牙籤，正隨著他的話語，緩緩的上下擺動。

「咦？你說什麼？」

「這就是洗命，不是嗎？」

「啊？」天刑皺眉。

「當初你送來的設計圖，十三條鎖鏈，加上十三種武器，可沒寫下任何一行字，要讓洗命能感應道行？」木狼咬著牙籤說話，但卻字字清楚。「怎麼？做得和設計圖一模一樣，你反而不開心？」

「木狼！」天刑眼睛圓睜，位居警察首位的他，殺氣更甚其他政府官員百倍。「你說什麼？」

「要我再說一次嗎？可啊。」木狼咬著牙籤，笑著說。

「你們道幫要造反了嗎？」天刑怒，但卻在此時，他發現了木狼與天策後面，不知道何時，站了好多人，這些人多半是道幫的幫眾，有些則是路過道幫大樓的路人。

每個人都看著天刑，看著洗命，也都看著現在正在發生的這一切。

而且每個人的眼神，都散發出一種，天刑已經三十年未曾見過的光芒。

那是自信的光芒。

光芒中，透著一股決心，告訴著天刑，『我們想要改變。』

就算所有人嘴巴未開，現場一片靜默，但光這眼神，就足以讓天刑感到膽戰心驚。

從什麼時候開始？人民與黑幫的眼神，都開始變了？

是不是從不久以前的貓街事件？從不久以前的貧民窟下起了陽光橄欖油雨開始？還是颱風尋寶事件？

不行。

我絕對不容許。

天刑怒極，正要發出怒吼，強壓住木狼的氣勢，但卻在下一秒，一件事突然改變了這一切。

那就是道幫本部內，忽然奔來了一人。

這個人速度好快，顯然也具備高明道行，而且三兩下就竄到了眾人面前。

「貫索。」面對這突然出現之人，木狼和天策的表情都微微改變了。「身為幫主親衛的你，怎麼會出來？」

「我會出來，當然是為了傳遞幫主的命令。」貫索身高不高，動作靈巧如猴，眼光更閃爍機靈光芒。

「所以，幫主有令？」木狼訝異。「天缺幫主？」

天缺幫主不是已經消失已久，為何這時候又派出了貫索？

「當然，幫主還有別人嗎？」貫索轉了身，對著殺氣騰騰的天刑。「幫主說，請天刑先回，洗命修復後，會再送回。」

「先請回？待洗命修復……」天刑看著貫索，他原本要大開殺戒的，畢竟，這些人的眼中，已經散發出令天刑感到不祥的……意志了！

野火不滅，遲早會燎原。

可是，面對天缺兩字，天刑卻猶豫了。

天缺，十四主星中的巨門星，不僅擁有易主霸權，更是被喻為當今第一的兵器天才，這絕對是一個天刑惹不起的名字。

「哼！許久不管事的天缺老頭都出來了，看樣子，今天是只能這樣了。」天刑牙一咬，手一揮，千名武裝警察頓時一起立正。「我們走。」

目送著天刑忿忿的率領千名警察離去，木狼看著貫索，開口了。「老大當真這麼說？」

「絕無虛言。」

「嗯。」木狼頓了一下，「所以老大知道，洗命是誰包裝的……？」

貫索聽到這，眼神閃過一絲奇異光芒，「這問題，我無法替幫主回答。」

「嗯。」木狼沒有說話，只是聳了一下肩膀，走回了道幫，只是，就在某個無人察覺的瞬間，木狼笑了。

巨門星天缺，果然還是天缺啊。

就算已經不管事多年了，一出手，還是如此威風八面。

「不過，」木狼在此刻昂起頭，看向天缺所在房間的方向，「天缺老大，你也注意到這小女孩了？不過……這對琴而言，到底是好，或是不好呢？」

不過，整件事的關鍵人物，琴，可是完全不知道當洗命被送回後，會引發這些在道幫與政府之間，暗潮洶湧的關係。

這一晚，琴還做了一件事，就是當她躺在上鋪時，忽然探出頭，看著睡在下鋪的娟姐。

「娟姐，我想問妳一件事喔。」

「嗯……什麼事？」已經快要入夢的娟姐，微微睜開了眼睛。

「妳知道……俊美男晚上通常在哪嗎？」

「妳幹嘛這樣問……啊？」娟姐這一瞬間，眼睛睜大，同時間，她露出了惡作劇的笑。

「我懂了，原本我不該知道的，但畢竟，待在這個幫派久了，所有事情都會略知一二。」

「所以……」

「如果妳要找俊美男，他就在，道幫大樓，九樓。」娟姐說完，閉上眼，轉個身，縮回棉被內。

「嗯，謝啦。」琴從上鋪輕輕躍下。

「還有，」娟姐的聲音，像是夢話。

「嗯？」

「若要打，別手下留情，把我的份，一起用力揍下去啊。」

也就在天刑憤而離開的那個晚上，道幫內，出現了一個唯一的受害者。

雖然這受害者似乎與天刑，洗命，木狼，天策，天缺沒有太大的關係，但，他卻是唯一受到慘烈教訓，且復原時間長達半年的人。

他叫做俊美男。

手骨斷，腳骨折，臉骨凹陷，顯然是被某人用拳頭痛毆所致。

他沒有說出誰揍他，但他只說了一件事。

「我不敢了，我，再也不敢了。」

而在一個月後，當小炕嬤終於回到工作崗位，全部包裝部門的大媽，在大炕嬤的帶領下，到了某家牛肉麵店慶祝。

這牛肉麵店是大炕嬤和小炕嬤帶路的，就位在黑暗巴別塔旁，很小，挺不起眼，但根據大炕嬤所說，這是她們吃過最好吃的牛肉麵。

當牛肉麵送上來時，琴不禁打從心底認同，大炕嬤和小炕嬤所說……

這的確是琴從陽世到陰界數十年記憶中，最美味的一碗牛肉麵。

先不說牛肉燉得是入口即化，麵條Q彈嚼勁之餘，又透著麵團獨有的香氣，重點是那個湯，湯乍喝之下清純可口，但越是喝，卻越能感受湯中所放入各式各樣的食材一一浮現。

該怎麼說呢？琴歪著頭。

「像是夜晚的星空吧。」

「夜晚的星空？」小炕嬤和娟姐同時失笑，「妳在說什麼？吃牛肉麵就吃牛肉麵，怎麼突然跳出這麼奇怪的感想？」

「呵呵，很像啊，牛肉湯，麵條，以及牛肉，就像是夜空的銀河，裡面點點的配料就像是銀河中的星星，各自閃爍，又能互相搭配出一幅令人屏息的圖畫。」琴笑。

也就在此時，老闆娘走了過來，四十餘歲的老闆娘風韻猶存，將一盤小菜放到了琴面前。

「這客人挺識貨。我向來會給識貨的客人送上一盤小菜。」老闆娘看著琴，眼中閃過一絲訝異。「呦，是新魂？」

「被妳看出來啦，其實我也不算新魂啦。」琴笑。「老闆娘，妳的星空食物，如果配到人體，也許會是很了不起的醫術喔。」

「哎啊，哎啊。」牛肉麵老闆娘眼中閃過一絲詫異，琴的這番話似乎直接打中了她心坎，但旋即被老闆娘的老練給掩蓋下去。「這客人實在過獎了呦，我只是一個煮牛肉麵的女廚子，怎麼會懂醫術，對吧？」

「嗯，」琴點頭，「但誰知道呢？陰界這裡，真是臥虎藏龍。」

「是沒錯啦。」

老闆娘走回了廚房，廚房內，一個男人坐在板凳上。

「老闆娘，幹嘛，表情這麼奇怪？」那男人戴著一頂鴨舌帽，笑容中帶著些許邪氣。

「沒事，外頭有個小女孩眼光好銳利，」老闆娘用眼角餘光，瞄了餐廳中的琴一眼。「不過，我沒感受到惡意，應該沒事。」

「嗯，是嗎？陰界中高手如雲，要小心。」戴鴨舌帽的男人叮嚀。

「這還用你說。」老闆娘白了鴨舌帽男人一眼。「老娘的經驗會比你少嗎？不過，你那邊……他的消息呢？」

「還是沒有。」鴨舌帽男人嘆了一口氣，「自從送進去『那裡』之後，他就像是人間蒸發一樣，完全失去了消息。」

「怎麼會這樣？」老闆娘閉上眼，「可是，也真的別無選擇，當時他傷得這麼重，重到連我這個陰界第二神醫的技『星穴』都無法醫治，才去找鈴星，而鈴說，既然第二不行，就只能找第一了。」

「是啊。」鴨舌帽男人重重的嘆了一口氣，「偏偏第一就在政府內，所以只能讓鈴去找了。」

「鈴回來了，但那人卻沒回來。」老闆娘閉上眼，語氣是濃濃的擔心。「就算知道他沒死，但一直沒出現，還真是令人擔心。」

「是啊。」鴨舌帽男人拿下帽子，用力抓了抓頭髮，「少了他，還真是少賺不少錢哩，暴力小英對外說，無論多久，只要這人回來，她仍第一順位接受挑戰。」

「錢？」老闆娘伸手，用力拍了鴨舌帽男的後腦一下，「你沒有良心啊，在颱風中，他好歹也救過你。」

「當然有啊，只是良心和金錢必須兼顧，向來是我阿歲的生存法則呢。」

阿歲？這個鴨舌帽男人是阿歲？

所以……那個重傷，卻被送到政府內讓人醫治的男人是……

「我聽你在放屁，」老闆娘用力又拍了阿歲後腦一下。「那我問你，小曦和忍耐人呢？」

「小曦和忍耐人，去政府內探消息了。」阿歲嘆氣。「但政府內戒備森嚴，六王關係複雜，要得到消息恐怕沒那麼容易。」

「是啊，可是別人願意親自去政府內探消息，你呢？就只會坐在廚房裡，一直抱怨錢賺得變少了！」周娘雙手扠腰，「枉費人家還救過你！」

「周娘，別這樣啦。」阿歲急忙陪笑，「我知道妳擔心他啊。」

周娘，這老闆娘果然就是當年被喻為陰界第二神醫的周娘，他們口中那位「重傷的人」到底是誰呢？

「當然擔心啊。」老闆娘再次重重的嘆氣，「好歹他也吃了不少老娘的牛肉麵，而且……唉……你這個臭阿歲，都是你啦！」

戴著白色鴨舌帽的男人，果然就是歲驛星，以蚊子為技的阿歲。

換言之，這位重傷之人，是阿歲，周娘，小曦，忍耐人，以及鈴共同的交集。

這人，究竟是誰？

而就在老闆娘與阿歲談論這一切的時候，在廚房以外十公尺處，一個女孩，正慢慢的一口一口喝著牛肉湯，她，似乎也想到了同樣的人。

忽然，她停下了湯匙，然後抬起頭，注視著窗外的天空。

湛藍色的天空中，幾絲優雅的雲絲緩緩飄移。

「那個奇妙的男孩，我有預感，你一定沒死對吧？只是，你現在究竟在做什麼呢？」

第十章・破軍

不過，專屬於琴，那不斷轉動的命運之輪，並沒有因此而停下。

就在這頓牛肉麵吃完，小炕嬤回到崗位後的第二週，一紙命令下來了。

「調職令？」小炕嬤與大炕嬤同時看向琴，而琴此刻正在包著一支牙刷。

這支牙刷看起來就像是一般的牙刷，但其刷毛用上了十六種特殊鋼材，每種鋼材都鋒利如刀，是某個小黑幫幫主訂製的武器，專司偷襲。

據說，當這牙刷一旦刷過人臉，敵人不只牙齒，連嘴唇，舌頭，甚至眼球，以及整張臉皮，都會被一整片的鋼硬刷毛給刮下來。

現在的琴，正努力在不損害這些鋼材的情況下，將牙刷包好。

小炕嬤看著琴的背影，語氣雖然有些不捨，但卻不意外。「調職令來啦，也該如此啊，包裝部門就像是一個巢，溫暖，但是卻空間狹小，但琴是一隻擁有巨大翅膀的大鳥，遲早有天，要展翅離開的。」

「我也是這樣想，」大炕嬤也點頭。「琴這麼快就要離開包裝部門，展開她的歷練了。」

歷練，是的，就是歷練。

因為紙上寫的調職令上，明白寫著四個字。

製造部門。

「不過，讓我比較困惑的是，為什麼不是刀堂的製造部門？」小炕嬤嘆氣，「而是劍堂？」

「是啊，我也不懂，但能夠將刀堂的人調到劍堂，這種跨堂的調動，應該需要很高層級的人出手吧？」雖然，大炕嬤並沒有說出那個人的名字，但是她以多年道幫的經驗，卻隱隱感覺到，這人的等級之高，甚至可能凌駕於木狼之上。

道幫中，那位獨一無二，強大卻又神祕的那個人。

如果琴是一隻大鳥，那麼劍堂的製造部門，將會是這隻大鳥的下一個棲息地吧。

此刻，琴仍渾不知情與手上這牙刷奮戰著，而她更不知道的是，當她去了劍堂的製造部門，她會遇到當時的老朋友。

差點置琴於死地的黑色小狐狸。

百大陰獸，火狐。

同時間，當琴的命運之輪不斷轉動時，這世界上的另一個角落，另一個人，另一件事正在發生。

這個角落，是一個寬闊的房間，房間內，共有三個人。

第一個人，身穿深色中山裝，全身散發絕強霸氣，正坐在房間中央。

第二個人，手拿一卷書，戴著無邊金框眼鏡，宛如老學究，正坐在第一個人的身旁。

而立於他們眼前的，則是第三個人。

這人衣衫平實，年紀看起來約莫二十餘歲，雖然年輕，卻掩不住一股自然散發的強者豪氣。

而奇異的是，這第三人的腳邊，還有一個黑色毛茸茸的物體正在移動。

那是一條大狗，額頭一彎白月，同樣散發著極度危險氣息的大狗。

這時，第一個人開口了。「天機吳用，你說你要介紹給我的人，就是他？」

「沒錯，天相岳老，他就是我說，想讓你見一見的人。」宛如老學究的男人說。

天機吳用？天相岳老？這兩個人不是政府六王魂之二，而且是武功最高絕與機智最聰敏的兩人。

那，他們共同要看的這第三個人是誰？

「嗯。」岳老那雙細長但充滿霸氣的眼睛，看著眼前的第三個人。「先不說這人，就說這隻狗，牙如冷刃，爪如狂風，一枚彎月在眉心，也算是老朋友了，對吧，嘯風犬。」

嘯風犬。

這是十二大陰獸中的嘯風犬！

「岳老好記性。」天機吳用笑。「這隻狗，的確就是陰獸綱目中記載的，十二大陰獸中的嘯風犬。」

「嘯風犬會跟隨的人，也不過那麼一個，所以……」岳老的嘴巴慢慢往兩旁延伸開來，延伸出了一個帶著狂氣與殺氣的笑。「這人，自然就是破軍了？」

「岳老，不只記性好，連認人……」

「吳用，你帶破軍來，不怕我當場殺了他嗎？」岳老笑容到了極限，瞬間轉變成陰冷的殺氣。

這字殺剛剛吐出，岳老手往前伸，五指張開。

這瞬間，第三個人只覺得一股強大無比的吸力襲來，將自己猛力往前扯去，第三個人腳用力往地上一踩，將所有的道行灌注到雙腳上，試圖阻止岳老這突如其來的攻擊。

但，沒用。

他的身軀仍不斷往前，只有地面留下的，兩條清楚的直線足痕，足痕下，瓷磚翻破，土壤刨開，足見這吸力的強度！

「吼。」就在第三個男人要釋放全身道行之際，他的夥伴，卻已經快了一步，出手了。

那是一團如同黑火的巨大影子，夾著凜冽無比的風，翻向了岳老。

「嘯風犬，多年不見，你的道行倒是進步了啊。」岳老眼睛綻放精光，絲毫無懼的看著這團兇猛黑火。

黑火，自然就是嘯風犬，更是曾在商業大樓中，主宰數百種陰獸，滅殺紅樓幫眾，輕易奪去天福星性命的至尊之獸，嘯風犬。

如今，他動了，帶著全力猛撲，要斷去岳老的這份吸力。

他的全力，捲起了驚人的風，狂風亂吹著整個房間，房間中所有的家具、吊飾、椅子，全部都被暴風凌空吹起，捲上了天花板，整個房間更隨著狂風而上下震盪著。

而狂風的核心中，嘯風犬宛如一枚砲彈，威力威猛絕倫的黑丸砲彈，就算是十餘公尺厚度的鋼體，也會被這砲彈輕易貫穿。

但，可惜的是，在嘯風犬眼前的，不是十餘公尺厚的鋼體，而是一個在陰界中，被喻為天下四大高手之一的，天相星，岳老。

岳老神色淡然，那隻張開的手，五指併攏，然後朝著嘯風犬拍了過去。

只是一拍，只是一拍而已。

嘯風犬引起的狂風頓時停了，那足以將高樓吹倒，將大地掀開的狂風，被岳老的一掌，硬生生壓住。

而且，隨著時間過去，岳老的掌越推越前，嘯風犬則開始慢慢後退。

「可惜，和我打，你還不夠格。」岳老冷笑之際，忽然發現，情況有變。

第三個男人，竟在岳老與嘯風犬對峙的同時，找到了空檔，他不退，反而迎著吸力往前躍來，並且在經過嘯風犬時，伸手握住嘯風犬胸前的一項物體。

「咦？」岳老眼睛一睜。

男人拔出了那物體，那物體很長，長到不像是可以被插在嘯風犬的胸口。

因為，那是一柄長矛。

夾帶著毀滅的風，足以撕裂大地的矛。

「看我的，破軍之矛！」那男人大吼，全身的道行釋放，夾著剛剛岳老吸力帶的高速，將長矛往前一刺，就要將岳老的胸膛貫入。

「好矛。」岳老驚訝之餘，仍不失他王者的氣息，他的右手五指再次收攏成掌。

然後往前拍去。

這一拍，比剛才擊敗嘯風犬的威力大上兩倍以上，頓時將正高速而來矛鋒，壓在半空中。

「吼。」男人再次嘶吼，衣衫暴碎，道行突破極限，狂風宛如黑蛇，繞著他的手臂不斷往前，再繞過了破軍之矛，然後集中到了矛鋒處。

岳老的手掌退了。

這一退，頓時讓岳老陷入空前險境，因為矛鋒宛如冷電，就要穿入這個陰界四大高手之一的胸膛。

「不錯。」岳老再次笑了，終於，他始終未用的第二隻手，動了。

兩掌合一，剛好夾住了破軍之矛的矛鋒。

「嗯。」這男人額頭滲出一絲冷汗，因為他發現，他的破軍之矛，動不了，完完全全的無法動彈。

這就是岳老的實力嗎？他手上的矛被夾住，再也動不了半分。

「好啦，回去啦。」岳老冷笑，雙手往前一推，這男人只感覺到手一鬆，一股巨力湧來，他往後狂退，眼看就要撞上牆壁時，嘯風犬躍起，用身體頂住了這男人，然後落地。

此刻，無論是這男人，或是嘯風犬，都居於絕對劣勢。

嘯風犬，這隻被喻為傳奇陰獸的怪物，面對岳老，竟然也是如此狼狽？

岳老慢慢從椅子上站起，由上而下，睥睨著這男人與嘯風犬，然後，他開口了。

「吳用。」

「嗯。」一旁拿著書卷，表現宛如外人的無用，抬頭。「怎麼？岳老？」

「你的『紫色懷錶』可以收起了吧？」岳老雙手負在背後，語氣冷峻。「你懷中暗暗抓著這懷錶，是想要偷襲我嗎？」

「哈哈，岳老不愧是岳老，這樣都被你發現。」無用邊笑，從懷中拿出一個懷錶，在掌心把玩著。

這懷錶呈現亮紫色，金屬外框，從懷錶後方的透明玻璃看去，裡面充滿了無數齒輪，齒軸和機芯，這些零件正高速而協調的運作著，一看就知道是極致的工藝品。

「哼，要不是得分神對付你，怎麼可能讓這柄矛來到我胸口位置？」岳老冷冷的說，「不過，這一人一犬倒是不錯，這麼快就可以讓我用上雙手了？」

「哼。」男人和嘯風犬一左一右，就算屈居弱勢，眼神仍然銳利，展現一戰的決心。

「放心，你們已經通過了我的測試。」岳老又坐回了椅子，露出慵懶但霸氣十足的坐姿。「我天相旗下，就收你兩個了。」

「收了？」男人詫異的看了看岳老，又看向了吳用。

「岳老掌握政府的軍隊體系，資源何等豐沛，他願意收你們，還不趕快道謝？」吳用低語。

「謝，岳老。」男人雙手抱拳，如此說道。

「不用謝。」岳老眼睛瞇起，看著這個男人，他手上的矛，與他身邊的巨犬。「待在我身邊，恐怕會比你想像的可怕得多。」

「嗯。」

「我不管你想入軍隊體系的真正目的是什麼，是為了政府的資源，還是想要找誰，甚至要殺誰，都沒關係，但軍令如山，而我的命令就是軍令，違者，立斬之，懂嗎？」

「嗯。」

「那，我要交給你第一個任務了。」岳老的手指在地上一劃，道行化成凌厲劍氣，竟然在地面上寫了一行字。

「啊？」男人看著地板，眉頭皺起。

「你的第一個任務。」岳老嘴角揚起冷笑。「就是殺了這個人。」

「……」男人拱手，「遵命。」

「很好。」岳老閉上眼，「離開吧，你要什麼資源，軍隊都會提供給你的。」

當男人退出了岳老房間，他原本繃緊的呼吸，頓時一鬆。

這個岳老，好強大的壓力，好高明的道行啊。

但，這男人知道，他必須在這裡生存下去，因為他想待在政府，這裡有他要的東西。

於是，他將早就預備好的深黑色面具，戴到了臉上，然後大步往前，而這隻傳奇巨狗，則擺了擺尾巴，追隨而去。

從今天起，政府的殺手傳說，即將新添一章了。

而當男人帶著巨犬離去。

「颱風中的第十個死者嗎？」天機星吳用慢慢從角落晃了出來，目視著男人離去的背影，臉上浮現出一絲詭異笑。「也許，這男人的改變，比死亡，更接近死亡呢。呵呵。」

這裡是陽世。

這裡，是一場遠近馳名的歌唱選拔賽，在超過二十萬雙的眼睛注目下，主持人拿著單子，走上了舞台。

然後主持人朗聲唸出了……

「現在宣佈，經過評審長達一小時的討論，以及觀眾票選的結果，所得到的最後四強！」

四強！

這個幾乎紅遍大街小巷，讓全國為之瘋狂的歌唱比賽，終於進入最後四強了！

而坐在選手區的八個人，神情各自不同，有的人緊閉雙目，雙手合握，低聲祈禱，有的人睜大雙眼，咬牙切齒，彷彿要把評審生吞活剝，有的人眼神飄移，左顧右盼，有如神遊太虛，不管世事。

漫長煎熬的比賽，將在此時進入最後四強，只要再幾首歌，再幾場表演，就將結束了，就將宣佈誰得冠軍了。

八個參賽者中，蓉蓉與小靜的手，緊緊相握。

她們正藉由彼此手心的溫度，給對方打氣，替對方消除那令人心跳停止的緊張感。

「以積分第一名進入四強的，恭喜妳，是……蓉蓉！」

蓉蓉雙手摀住嘴巴，放聲尖叫，專走低音迷離路線的蓉蓉，其實有著非常驚人的寬闊音域，這一尖叫，更加證實了這一點。

「好好，別尖叫了。」主持人用單手摀住耳朵，走上前，用力擁抱蓉蓉。「我知道妳可以唱海豚音好嗎？」

「謝謝。」蓉蓉回贈了女主持人一個擁抱，然後給小靜一個大拇指打氣之後，走到了四強區。

四強區，當然只有四張椅子，如今，蓉蓉坐了一張，也只剩下三張了。

「綜合聽眾投票與評審意見，得分第二高的，」主持人說到這裡，聲音突然拉高，「恭喜你！原野音樂王子，阿皮！」

同時間，阿皮肌肉結實的右手用力握拳，高高舉起。

擁有原住民血統的他，所擁有的，正是來自大自然之中，迴盪在山谷溪流間的獨特唱腔。

聽他唱歌，宛如置身清靈的深山之中，如此深沉，如此靜謐，如此悠遠而令人嚮往。

蓉蓉離開，阿皮離開，小靜依然在參賽者區，她雙手擰著衣角，她雖然害怕但也很開心，因為蓉蓉已經晉級了，這樣就好了。

她不敢想像自己能夠晉級，畢竟一路上她都跌跌撞撞，好幾次接近淘汰邊緣，但都有驚無險的被評審，或是聽眾硬是救了回來。

「第三位晉級四強的，我想，大家都不得不承認，這舞台，因為有他，而熱鬧，而喧騰，而令人熱血沸騰，歡迎我們最帥氣的……電屁股！」

電屁股，周壁陽。

他笑著跑了出來，當跑到定位，更不忘搖一搖他那像是裝了電動馬達的屁股，引來觀眾和評審一陣大笑。

「別搖了別搖了，周壁陽，你知道大家都怎麼說你？」主持人也笑彎了腰。

「我知道，臭屁王啊。」

「知道你還一直搖？」

「我的搖，是為了對某個人加油，希望她能拿到四強的最後一張門票。」周壁陽這樣說。

「喔喔喔，有八卦喔，是誰是誰？」

「沒有八卦啦，我只是單純是她的迷而已。」周壁陽說到這，停止搖屁股，反而露出害羞的表情。

「誰？」

「就是……」周壁陽說到這，忽然伸出手，用力大喊，「小靜，加油！」

小靜，加油！

這剎那，現場先是靜默，隨即爆出轟然掌聲，在掌聲中，小靜臉紅透了。

「小靜！小靜！」主持人率眾對小靜吶喊，「抱一下，抱一下。」

「沒有，沒有啦。」小靜臉好紅，拚命揮手。「不是，不是。」

「抱一下，抱一下。」「在一起，在一起。」「抱一下，抱一下。」「在一起，在一起！」

在主持人帶領下，群眾鼓譟著。

「不是，不是。」小靜臉好紅。「不是的啦。」

「好啦好啦，別鬧了。」主持人笑著阻止眾人後，把周壁陽拉到身旁，然後用手遮住手上的四強名單，放在了周壁陽的眼前。「給你一個福利，臭屁王。」

「好。」

「等一下第四名給你宣佈，」主持人笑，「但你可別不管看到誰，全部都唸小靜的名字喔。」

「不，不會啦。」

「什麼不會！這樣怎麼追得到小靜！」

「是！」周壁陽忽然領悟，然後笑了。「對對對，不管怎樣，我都會唸小靜的名字。」

「開玩笑的啦，」主持人慢慢的，把遮住第四名的手，慢慢的拿開了。

現場，同時安靜下來。

所有人都看著主持人的動作，也看著周壁陽的神情，因為光憑周壁陽的表情，就足以說出一切答案。

只有一個人例外，那就是小靜，她將臉埋在雙手中，讓自己處於一片令人安心的黑暗中。

也在這黑暗中，小靜忽然想起了她生命中，最熟悉的兩個人。

學姐琴，以及柏。

學姐已經過世，而柏呢？從比賽至今都未曾出現，他去了哪？但小靜確信的是，無論柏在哪，他一定在聽歌吧？

他一定站在自己背後，默默的支持著自己吧？就像小靜第一次在 pub 演唱時，所感覺到的一樣。

然後，在這片令小靜沉靜的黑暗中，一個又遙遠，又接近的聲音傳來……

「第四名，」這是周壁陽的聲音，聲音中充滿了激動，「小靜，是妳欸，是妳欸，我們又可以一起比賽了，太棒了！哇！」

四強。

小靜進入四強了。

現場瘋狂歡呼著，奇妙的是，其歡呼聲甚至高過了以第一高分晉級的蓉蓉，更高過了人氣最旺的周壁陽。

也許，聽眾聽到的小靜，已經不只是單純對歌曲的喜愛與否，而是他們都親眼見證了小靜的進步。

從一開始清純卻難免生澀的唱腔，在經歷了一場又一場的比賽，從悠婉的老歌，激情的快歌，熱門的K歌，地點也從攝影棚的舞台，轉到戶外直接面對人群，各式各樣的磨練，讓小靜的歌唱技巧不只純熟，更找到了最適合詮釋自己的方式。

看著小靜為了自己的夢想，不斷的跌倒，也不斷的超越自己，如今，她終於領到了四強的門票。

看著小靜，每個人心中彷彿都想起了，那曾經被自己所遺忘，名為「夢想」的美妙記憶。

此刻，小靜睜開了雙眼，她看見了歡呼的人群，看見了周壁陽誠心吶喊，她突然有點想念學姐與柏。

你們看到了嗎？最支持我夢想的兩個人，你們現在，看到了嗎？

我已經努力到這裡囉，你們看到了嗎？

事實上，現場歡呼的，可不只是陽世的聽眾。

不少熱愛歌聲美酒的陰魂，也盤據在此，他們擁護不同的歌手，但也為小靜晉級而開心。開心，是因為小靜的歌聲之酒，真的好喝。

不同於其他歌手，隨著歌聲在空氣中飛舞的酒之氣泡，小靜的歌聲，是海潮，緩緩的淹過陰魂的腳踝，每每都讓陰魂們彎下了膝蓋，小心翼翼的用雙手掬起了酒，然後張開口，痛快的暢飲著。

並且所有的陰魂都公認一件事,「這女孩的酒,越來越好喝。」

彷彿漲潮,隨著每次歌唱的歷練,海潮越來越高,有幾次甚至淹過了小腿肚。

「這女孩的歌聲,到底是什麼?為什麼不是泡泡?而是一片海水?」陰魂們相互走告,但卻得不到解答。

但陰魂們卻都確信了一件事,這女孩的魂魄,應該不是常人。

也許,她也是一個主星。

只是,為什麼易主時刻逼近,她卻依然沒有回歸陰界?

小靜究竟是誰?這問題,此刻,在喧鬧歡呼的陰魂中,一個男人目光如冷電,說了一句話。

「老四,可能真的是她。」

古怪的是,說這話的人,似曾相識,帶著些許頹廢的英挺帥氣,酷似電影英雄基努李維,這人就是當琴與小耗等人要進入颱風以前,去買怒風之蟲的釣魚店老闆,基努。

「真沒想到,外貌也差太多了,不只外貌,連性格也不太像啊。」第二個人,面孔更是熟悉。「是吧?老三。」

頭髮梳得油亮,身穿西裝,細眼薄唇,這不是在黑暗巴別塔中,操縱士林之狼與柏對決的……人權律師。

「不管怎麼樣,都得向二哥報告。」第三個人,則是一個生面孔,是一名女性,短髮,戴著金邊眼鏡,清秀中帶著些許知性,酷似日本女星松隆子。

「沒錯，老六。」釣魚店老闆基努微微點頭。「妳說得對，松子，那妳打電話吧。」

「接下來，是要讓這女孩死或是活，就全憑老二的判斷了。」松子說。「畢竟，老大不在的時候，咱們十隻猴子，老二說了算。」

十隻猴子？

那不是在過去政府黑幫混戰時，無論黑白兩道都痛恨與畏懼的殺手集團，十隻猴子？

小靜與他們是什麼關係？為什麼十隻猴子會找上她？

松子電話通了，而電話那頭似乎是一個非常寧靜的地方，只有隱隱低沉的鐘聲迴盪其中。

「喂。」電話接了。

「二哥，我們找到了。」松子說。

「喔，在哪？」

「還在陽世。」

「嗯……還在陽世嗎？時辰未到嗎？」

「那二哥，我們該怎麼辦？」

「……那就，」電話那頭，斬釘截鐵的說了三個字。「動手吧！」

「動……」松子先是一愣，然後支支吾吾的說：「對，對陽世的人動手？這可是大忌，若是觸怒了政府……」

「嘿，政府是什麼東西，我們十隻猴子，會在怕政府的嗎？」

「哈，」松子被二哥的氣勢感染，笑了。「二哥說得對，我都忘了咱們可是十隻猴子。」

「不過陰陽兩隔，要對陽世人動手，不是易事，但你們該會有辦法。」那二哥這樣說道。「這件事，就交給你們三個去辦了。」

「是。」

「另外，找新老九的事，辦得怎麼樣了？」

「已經找到幾個不錯的人選，就差二哥看過了。」

「很好。」二哥的聲音，帶著一絲冷峻，「本來那個老九，喜愛折磨他人靈魂，能力太弱，死了也好，易主時刻逼近，咱們十隻猴子也該好好整頓陣容了。」

「是。」

「就這樣吧。」二哥的聲音中，帶著一絲陰寒的笑意。「咱們十隻猴子，就要重新回到戰場了，請政府和黑幫頭目們，洗好脖子等著我們吧。」

十隻猴子，政府與黑幫的惡夢，回來了！只是，他們究竟與小靜有什麼關係呢？他們所謂的「動手」，又要做什麼事呢？

這裡，又回到陰界。

琴，正佇立在這棟大樓的第四十八層，而她的表情充滿著讚嘆。

雖然琴早就知道製造部由於必須製造各式武器，所以需要宛如高樓的大型治具火爐，但她沒想到的，所謂的大型火爐，竟是如此壯觀！

事實上，這裡的四十八層，是同時往上打通了四十九、五十層，往下則到四十七與四十六層，換句話說，要放入劍堂製造部的這些火爐，需要整整五層樓的高度。

這裡，共有四爐。

其中一爐，呈紅色，像是一座巨大火塔，裡面不斷飛濺出炙熱火光。

旁邊一爐，呈藍色，宛如冰雪巨人，表面冰般光滑，不斷吞吐出層層寒氣。

另一爐，呈灰色，方形，四面皆緊密封閉，但裡頭卻不斷傳出風的尖銳呼嘯聲。

最後一爐，呈棕色，說是爐子，實則是一株大樹，枝幹不斷往上蔓延，攀滿了天花板。

而大樹中，有各式各樣的陰獸爬進爬出，琴認得其中一種，那就是在新人通道曾經碰過的「礦工穿山甲」。

再仔細看，紅爐中附近也有著陰獸爬進爬出，那也是琴熟悉的，火狐。

但琴卻清楚的感覺出，此刻紅爐中的火狐，都不是她在新人通道時遇到的那隻火狐，而且，眼前這些火狐都太弱，太年輕，都稱不上百大陰獸的等級。

這時，帶領琴的男人回頭，露出不耐煩的語氣。「喂，菜鳥，走了啦，拖拖拉拉，沒看過厲害的火爐，冰爐，風爐，與樹爐是嗎？」

「嗯，」琴仍看著，原來，這叫做火爐，冰爐，風爐，與樹爐啊。

「我是不知道妳有什麼特權啦，能從刀堂中，最沒用的包裝部門，一口氣調來劍堂的製造部門，但我和妳說，製造部門可是非常重要的一門，還有，劍堂可沒刀堂那麼好混。」那個男人身材高壯，言語充滿自傲之氣。「懂嗎？菜鳥。」

「嗯。」琴看了這男人一眼，卻沒有反駁他，這些日子以來，她看過太多這樣的人了。倚仗著黑幫的勢力，自以為是，狐假虎威，但實際有多少斤兩，真的是試了才知道。

「好啦，從現在開始，就好好開始妳的下一份任務啦，」男人冷笑兩聲，「希望妳能活下去啊。」

希望妳能活下去啊。

琴苦笑，接下來她又會遇到什麼呢？

要怎麼透過這天下第大二幫，完成她想做的事呢？

小耗，冷山饌，莫言，阿豚，小才，小傑，鬥王，阿型，酷巴，甚至是陽世的小靜，還有那個為了替琴擋住天府星一擊而生死不明的男人啊。

我，琴，雖然在陽世只是一個小小，小小小小的編輯。

但，我一定會在陰界生存下去的。

因為，我是琴，我也許不是武曲。

命運之輪開始轉動。

而且，越轉越快。

越轉，越快了……

無論是琴，還是那個戴上面具，為了不知名的目標加入政府的男人，或是正因為自己進入四強而歡欣的小靜。

命運之輪，越轉越快了。

那巨大的慘烈的易主時刻，就要逼近了。

尾聲

「真難得，咱們兩個人又一起出現了嘿。」

「是啊，上次咱們兩個一起，好像是第一集剛開始？還是第二集嚕？」

屋子內，兩個男人正大剌剌的坐著，光是隨意的坐著，渾身上下就散發出強者的霸氣，而且這兩人身上都不約而同的帶著一股離經叛道的傲氣。

「沒想到，故事中咱們沒再次合體，反而是在這裡一起吃飯。」第一個男人，光頭，笑起來帶著邪氣。「是吧？橫財老友嘿。」

「在這裡一起吃飯可不是好事，表示我們沒機會上場嚕。」第二個男人，極肥極壯，滿身橫肉，殺氣騰騰。「莫言。」

這兩人，一人是神偷，莫言，一人則是鬼盜，橫財，分屬天上兩大凶星擎羊與陀螺。

「兩位別抱怨了。」這時，每次尾聲都會出現的侍者萊恩出現，他手上再度帶著托盤，放到了莫言與橫財面前。「請朗誦下集預告吧。」

「下集預告個屁！」橫財忽然揮拳，拳中帶著道行，形成一股暴力之門。

只是，這足以讓多數陰魂斃命的一拳，卻被侍者輕鬆閃過，不只如此，侍者還能在驚險閃避的瞬間，順便拿起紙條，塞入橫財拳頭的指縫中。

橫財的拳頭舉在半空中，收也不是，揮也不是，頓時尷尬起來。

「橫財，你不是這人的對手嘿，」莫言笑，伸手要拿橫財拳頭縫隙中的紙條。「這人不只在陰界混，他可是混過地獄系列，還當過聖佛跟班的哩。」

「聖佛嗎？過獎，咦？」萊恩才說到一半，忽然周圍景色一變，竟被一大團收納袋套住，隨即，身體開始縮小。

收納袋，這不是莫言的技嗎？

「我的收納袋，比鋼硬，比水柔韌，層層相裹，修煉至今已經提升至五五二十五層。」莫言雙手揮舞，「你就乖乖在裡面待著，然後把未來幾集的下集預告，都交出來吧。」

萊恩隨著收納袋開始變小，越變越小，只是他臉上絲毫不見驚慌，問道。「幹嘛要我的下集預告？」

「我是神偷，我喜歡偷特別的東西，像Div的下集預告，從來沒有準過，也算是一種夢幻逸品。」莫言笑，「絕對不準的下集預告。」

「是嗎？」萊恩在袋中，微微的笑了。

然後，下一秒，莫言的神情變了。

因為他發現，自己的周圍景色，也變了。

萊恩突然變大，更大，超大，甚至比自己更大上百倍。

然後萊恩用他的大眼睛，注視著莫言，莫言這剎那懂了，自己被收了，被收入自己的收納袋中了。

而此刻，拿著收納袋的人，是這個神祕的高手，萊恩。

「收納袋這技挺有趣的。」萊恩笑。「剛剛試了一下，我應該可以弄出一千四百二十六層吧。」

「可惡嘿。」

「別可惡了，快點宣佈預告吧。」萊恩的大眼睛，看著收納中的莫言。「篇幅有限哩。」

莫言哼的一聲，打開了紙片，然後與橫財一起開口了。

「她與他，再次相逢。」

「誰與誰再次相逢嚕？」橫財皺眉。

「想也知道，一定她與他。」莫言說，「難不成是我和你嗎？」

「是嚕。」

「不過，一定不準的啦。」莫言哼的一聲。

「未必。」萊恩笑。「所謂的驚喜，就是和過去不同，也許，這次會是準的喔。」

也許，這次會是準的喔。

她與他，再次相逢。

《陰界黑幫 第六部》．完

Div作品 10

陰界黑幫 06

國家圖書館出版品預行編目資料

陰界黑幫．06，／ Div 著.
一 初版. 一 臺北市：春天出版國際，2015. 02
面； 公分. 一（Div 作品；10）
ISBN 978-986-5706-50-0（第6冊：平裝）

857.7

ISBN 978-986-5706-50-0
Printed in Taiwan

作者 Div
封面設計 克里斯
內頁編排 三石設計
總編輯 莊宜勳
責任編輯 黃郁潔

出版者 春天出版國際文化有限公司
地址 台北市信義路四段458號3樓
電話 02-7718-0898
傳真 02-7718-2388
E-mail frank.spring@msa.hinet.net
網址 http://www.bookspring.com.tw
部落格 http://blog.pixnet.net/bookspring
郵政帳號 19705538
戶名 春天出版國際文化有限公司
法律顧問 蕭顯忠律師事務所
出版日期 二〇一五年二月初版
定價 260元

總經銷 楨德圖書事業有限公司
地址 新北市新店區寶興路45巷6弄6號5樓
電話 02-8919-3186
傳真 02-8914-5524

S P R I N G

每一本好書都是一顆種子，
春天播種在你的心田夢土上。

S P R I N G

每一本好書都是一顆種子，

春天播種在你的心田夢土上。

Spring